额尔齐斯石

曾其祥　著

新疆美术摄影出版社
新疆电子音像出版社

图书在版编目（CIP）数据

额尔齐斯石／曾其祥著. —乌鲁木齐:新疆美术摄影出版社:新疆电子音像出版社,2008.10
ISBN 978-7-80744-470-1

Ⅰ.额… Ⅱ.曾… Ⅲ.①中篇小说－作品集－中国－当代②短篇小说－作品集－中国－当代 Ⅳ.I247.5

中国版本图书馆 CIP 数据核字(2008)第 162026 号

书　　名	额尔齐斯石	
编　　著	曾其祥	
责任编辑	孟朝东	
书籍设计	党　红　李瑞芳	
出　　版	新疆美术摄影出版社	
	新疆电子音像出版社	
	（乌鲁木齐市西虹西路 36 号	邮编:830000）
电　　话	0991-7910282(编辑部)	0991-7910393
总 经 销	新华书店	
印　　刷	新疆新华印刷厂	
开　　本	787mm×1092mm　1/32	
印　　张	9.875	
字　　数	153 千字	
版　　次	2009 年 1 月第 1 版	
印　　次	2009 年 1 月第 1 次印刷	
书　　号	ISBN 978-7-80744-470-1	
定　　价	29.80 元	

目　录

有推翻前提，但前提是不能推翻的，为此，这位厂长最终被逼无奈，采用了出人意料的"高招"……

额尔齐斯石

1

做了五年电视台主持,我竟然没听说高度文明的当今,还有一片几乎与世隔绝的"世外桃源",想象不到那里还会发生一幕幕原始意味的人生闹剧。

上世纪 50 年代,为开采国家紧缺的战备物资云母,阿尔泰山深山老林中,有了定居开采云母矿的万千人家。

闭矿后,大部分人家都在上世纪 80 年代末,搬迁到阿尔泰山下的金山市,万人矿区留下了不少无法就业的人和大片老房子。这里撤走了单位后,便成了无政府状态。

原来以工资高福利好、让人咂舌优裕条件的矿工们没了工作,像没头的苍蝇从矿山散开,无法再就业的矿工,成了这里拣剩余矿品和简易开采云母的散兵游勇。

前几年,矿山一度又出现了初兴矿业时的"复兴",为此,天南海北操多种口音的人云集此地。有操广东口音面容富态者,他们领着花枝招展的女人在此招摇过市;也有蓬头垢面冒险出力的农民工,他们出入危险老矿洞和最廉价小吃部、小卖部,喝些最低质量的假劣酒,买些绝对是假冒伪劣的日用品。

无限胜算的原下岗矿工,以老房子为本钱搞出租,开了叫"白宫"的发廊和命名"希尔顿大饭店"的小餐馆,一夜之间成了"小工商业者"。时有牧民会把山珍野味,把羊肉、野鸡野鹿野兔野羊鹿鞭鹿茸等,摆出叫卖,甚至还能见到雪豹骨、哈熊掌;更有蚂蚁一样多的黄金宝石、云母等矿产品中间商穿梭在这里。

这里一度鱼目混珠,良莠不齐,一些人上蹿下跳,男盗女娼,搞得老矿山乌烟瘴气;常有半夜惊叫晨尸横暴的事发生,一片惊心动魄,带来了大量的社会治安综合治理问题。

李国川说,本来云母是太阳,黄金宝石们是星星,围着太阳转,是云母的伴生矿,如今,一夜间喧宾夺主。原来不许开采黄金,而上世纪80年代中期悄然无声掀起了采金的高潮,人们蜂拥而来,争相无序开采黄金和宝石,产生了惊心动魄的争夺战,这里人的命运,也随之发生了翻天覆地的变化,于是,那些矿山的散兵游勇和每年高峰期外来的数十万淘金人,把这些弃置老房子当成了新的乐园。

2

李国川说,他家原是阿尔泰山云母十矿的。

那天,我和李国川正在家看电视,说家,其实是我们营造好的小窝,我们并没有结婚,住在一起而已。就这,他妈妈先是紧张,后是喜悦,再就是抹下了脸,她原以为我们这样太过分,后来以为他儿子毕竟把我睡了,就暗喜。经母子悄声唠叨后，知道他儿子没有实质性占上便宜，脸一下子就长了，就看我不是我了，好像不是我一个如花似玉的姑娘亏了，而是他儿子亏了，大惊小怪的样子，好象天突然不是她家的天了，要塌了似的。

作为主持，我看电视全然不是大家那种休闲娱乐，而是专业所致。我在注意女主持小田的表现，那是我的徒弟，小姑娘刚上镜，虽然生硬做作，还算声情并茂。

在报《额尔齐斯石》选题时，我以为不大个事，就让小田她们做了，我压根没想到，此事不仅大得很，而且还与我个人紧密相关，并引发了一场关于我，和我没法想象的天大的事来。

我冒昧地说，知道额尔齐斯石的人很少，知道它比钻石硬度更大、更罕见贵重的人更少，额尔齐斯石奇特在于，它是人们从未发现过的新晶体结构。

小田播报的稿子，是经我再次修改过的：

观众同志们，电视里这位老人，就是自治区著名地质学家钟安石先生。钟老先生去年在阿尔泰山采集矿石标本时，有位妇女向他咨询一块怪石，此怪石既像阿尔泰山白水晶，又似当地有名的蓝宝石，这就是举世罕见的额尔齐斯石。

钟老先生早在上世纪60年代，曾在阿尔泰山额尔齐斯河上游的云母矿山，首次发现了这种怪石，他便起名为额尔齐斯石，而如今，那枚宝石早已无处可寻。期间，额尔齐斯石没再出现过。

令人关注的是，如今这枚唯一的额尔齐斯石，它的价值并没有被世人所识，尤其是拥有这枚无价之宝的妇女，据说

3

从一盗墓人手上以300元购得。钟老先生说，这次所见，与当年所见的额尔齐斯石，应说是同一枚。

当时，在钟老先生惊讶并发愣时，那位妇女夺路而走。为摸清此额尔齐斯石相关情况，钟老先生在追赶此妇女时，不慎跌入山沟，当时就不省人事。

钟老先生成为植物人3个月后奇迹般醒了过来，苏醒后他关注的第一件事，就是额尔齐斯石。

钟老先生动情地说，对额尔齐斯石的挂念，是让他重返人间的原因之一，同时，他不无遗憾地说，目前，这枚流入民间、具有特别价值的额尔齐斯石下落不明，成了他的心病。据了解，有巨商愿以1000万元购此宝石……

下面是同期声，钟老以微弱声音，颤抖着呼喊着：

"那位大嫂，如果你能看到这个节目，请你把额尔齐斯石交给国家吧……"

一时间，各媒体把额尔齐斯石炒得沸沸扬扬。选题意外获得成功，小田高兴的小脸整天红红的。

我当时关注业务上的事，不会关注"钟老先生"，也没有注意到"钟安石"这个名字，更不会联想我母亲也姓钟——而这些是多么重要！

尤其是，我不可能知道这一切与李国川、我，及这两家人，以及后面发生的惊心动魄的事，都有着密切的关联。

李国川指着电视机叫着：

"在说额尔齐斯石！"

"那与你何干？"我说，"你的驴眼瞪得快崩出来了啊，你。"

"……"

4

他熬不住了,解密了,他说:"上面说的就是我妈,我妈有啊!"

这无疑是一重要情况,李国川所说额尔齐斯石,还有他妈以及钟老先生,与我们的选题联系起来,我的职业敏感告诉我,深度挖掘的好戏来了。

然而,打死我也想不到,坏戏像魔,也悄然无声地附体于我。

我在想选题的进一步深化等问题,李国川在说,他亲手在矿山捡过红绿蓝宝石和云母,淘过阿尔泰山的金,当地人称,阿尔泰山 72 条沟,沟沟有黄金。

"我父母参与的矿山与城镇间一座 50 米的桥梁建设,仅建桥取沙拌和混凝土,至少掺入 8 千克黄金,这是一位国家专家说的。为此,那桥被称之为金桥。前几年淘金热时,大桥周围的河沙被人们翻了几遍,信不?"

他越发激动地说:"额尔齐斯石——这块石头,我也是前次妈来时,才知其家中秘密的。"

"真的?"我是天问。

"真的,我妈是有这块石头。"

"你知道额尔齐斯石的价值吗?"我问。

他说,不知道。李国川比较老实,不太势力,这是我看上他的原因之一。他家一窝蚯蚓里,就出了他这条龙,走出了深山,上了大学,现在又留在了乌鲁木齐市。

"你家在阿尔泰深山有珠宝店?可你家为什么是穷光蛋?"我开玩笑问李国川。

他的几位哥姐都穷。我看过他家去年春节的全家福:是

5

努力做出精神模样,而实际是塌头塌脑的一群,只有她姐还人模人样,其白净其标致显然是鹤立鸡群,但穿戴上至少落后了一个世纪。还有,他妈来过一次,在乌鲁木齐市逛商店下馆子时,抠抠缩缩,当然,这不影响给我宝石之潇洒。还有,她妈处处表现出豪情满怀,但不敢明说为我们的房子添点钱,房子才是她儿子的关键,直接关系到她孙子的诞生。

我听他妈说过,他们家所在的额尔齐斯河畔,是阿尔泰山沙金宝石走私的集散地,一度乱得很,常发生抛尸原野的事,淘金挖沙时,可能会突然挖出一具尸体……

这让我感到那儿很恐怖,说明那儿能出宝石,也挺能掩盖坏人坏事。

3

我们正说这事时,李国川手机响了,他脸色大变。

他妈已经奄奄一息,手机里说。

"我得马上回去……我妈上次来还好好的呀……"

有的人逻辑真成问题,你妈上次来是好好的,就说明必然永远是好好的?

他开始伤心,接着对我说:

"和我一起回? 再说,正好和家里人见见嘛。"

他企求地望着我。

我没法预测这是一趟倒霉之行。

当时想,是该看看他家了。

　　我想起我妈说的,要看看人家的"家种",真讨厌。李国川人高马大,一表人才,挺有头脑,人家的家种有什么不好?我对他算基本满意吧,说实在的,就是没买房子,除此而外,我也没啥可挑剔的⋯⋯

　　我当时想去,一是考虑《额尔齐斯石》选题的深度,二是也想去玩一趟,那里是天边,遥远、荒凉、神奇。

　　我们当天坐上了那种专程长途车,出发了。

　　路上,李国川紧张地不停地给他家人打手机,而每次得到的答复,都让他一脸疑惑、恐惧和不安。

　　这不是折腾人嘛。让人长时间受着煎熬的故弄玄虚,是不是他家"种"派生的一种行为?

　　一想起"种",我就想笑。我和他恋爱至此,多了一项我妈交待探知他"家种"的内容,想到这,看着他的大鼻子和老是绷着的脸蛋儿以及超级小嘴,我就忍不住想笑。

　　讨厌的是,我不是认为"验种"有必要,而是让妈这么一说,我老爱往那儿琢磨。算闹着玩的。

　　我们从乌鲁木齐市出发,穿越荒凉的准葛尔盆地,在千里戈壁沙漠向北急行。

　　阿尔泰山出奇的美!我原来以为李国川是瞎吹,或是"主观美论"。

　　车进入可可托海后,便进入了可能是全中国少有的无污染的山景之最,可谓尽善尽美;青山绿水远近错落,红黄山花漫山遍野,峰峦峻峭幽谷洁净,红白松树密密层层,松鼠跳跃于高树之间。牧民远离世界般悠然自得,夏日里穿着厚皮衣裤,歪歪斜斜在马背上,想着什么或者说根本不想什么,牧羊如珍珠散落在蓝天白云与肥草中……巨大的石钟浑然天成永久倒扣在路边,仿佛扣藏了全世界的秘密;无数碗口粗的几十米的松树,长得太快太高,无力刺天,纷纷弯腰,天然搭起了一道道绿色彩门……

对不起,不是我与李国川悲痛心情不合拍,是阿尔泰山的美景太少见,我负责地说,比我去过的名山大川的确要好。要不是后来遭遇他家那些事,我单纯一游该多美,下次我一定要带妈来。

事实是,我们把事想得简单了。

原以为李国川的妈只不过是一场大病,让我们回去看看而已。我算"我们国川没过门的媳妇",回去给家人增添一次热闹的气氛。得。因为,他挺着高高鼻梁儿的妈才60多,且身残志坚(那年在山里挖宝石摔残)。

让我们始料不及的是,他家人说他妈病危时,其实他妈已经死了。

更让我们始料不及的是,他妈死的奇特——吞宝而死!

还让我们始料不及的是,他妈吞得是刚刚让媒体曝得沸沸扬扬的额尔齐斯石!

天啦! 这都怎么回事?!

早知他家如此之乱七八糟,打死我也不来。

我想起了他妈透着小商人精明的眼睛,想起了她给我那条金"狗链子",我用它打了三条时髦款式的金项链呀,给我妈一条,我妹一条,我戴着一条。

他妈去年来了次，其实就是来看我和定夺我的。看得出，她对我不是一般的满意，是欣喜。当然，我是谁？在校是校花，在单位是美女范本，是时尚引领者。当然，我更是电视台的名嘴名播，红着呢。关于我不好惹，浑身是刺等，我还没表现，她们哪知道？

他妈极尽讨好之事，给了我不少好东西。她把一只粗粗的金项链塞到我手上，用最粗劣的当地卫生纸包着，那链子粗得像我家小狗脖子上用的，所以我私下叫"狗链子"。

李国川妈妈两眼放光对我说："你不要嫌它粗笨噢，你是电视台的金枝玉叶儿，不要嫌噢，它可是阿尔泰山天然原始金打的噢，是没有让公家提炼过的噢，公家卖的都提炼走白金的噢，我这里面有5%的白金噢，你自己去重新加工，加工时，可要两眼不松盯死了噢，要不，他们就给你换掉了或抠你一点噢……"

他妈像个最诚实的商人而又习惯于兜售。他妈还给了我一块上好的阿尔泰山产的碧玺，碧绿纯粹，洁无瑕斑，蕴含无穷，无限幽深的样子，我很喜欢。还有一只猫眼宝石。还给了我两块大如拳头的、玲珑剔透、一尘不染的水晶石，我放在了办公室桌上，对此不精心收藏的态度，李国川很不高兴。总之，他妈给我的东西，品种齐全，质量大概一般。

他妈还给我妈一只哈熊掌，是出自阿尔泰山著名哈熊沟的稀少珍贵物，说是治病良药。

这一切，都因为我这个"我们国川没过门的媳妇"，就这，我妈还要让我探人家的家种呢。

他妈和我在一起时，一直是最谨小慎微小心翼翼的，看得出，以她精明强干的商人眼神，完全能看出我非等闲之辈，她怕稍有不慎坏了儿子的大事。

有次他妈喝酒了，有点兴奋，就如数家珍地讲她怎样倒卖黄金，比如把黄金垫在轮胎间，把成包的沙金投入车油箱里，还有一般人羞于启齿的方法，她总能巧妙地把沙金带下山……等等，凡此种种，她要说明的是，她能干和精明，估计潜台词是说，有点钱。李国川狠狠地说："妈，那全是违法的，还津津乐道……"他妈脸一沉说："我违法？我不违法，你们咋长大上学的噢？啊？'我们国川没过门的媳妇'，是噢？你快过门了噢，自己家的人，说说怕啥噢？"

我心想，你肯定我就是你家的人了？

路上，李国川被他家人弄得时而心神不宁胡思乱想时而忧心忡忡沉默寡言，看着他高耸的鼻梁儿和男人少有的小嘴，我想，这与他的"家种"的自然属性有关，遗传基因决定的嘛。遗传只能决定人的自然属性，不太能决定人的社会属性——就是那个品行，这是唯物论的，而在我妈的逻辑学里，"家种"的自然遗传还决定着人的社会属性，属于唯心主义……我们都有着怎样的品种遗传性？

4

我们晚些时候才到他家。

正值他父亲忌日，他妈和兄弟姐妹本来是上山迁父亲坟的。李国川父亲死了多长时间,李国川就正好多大。他妈有情有意说,不能把他爸爸一个人留在山上。

没想到的是,上山后出现了一系列难以置信的事情。

重要的是,她妈是有意死在矿上老屋的,并明确留言,算是遗嘱:埋在山里他们父亲旁边,不再迁出,于是,李国川一家大小都上了云母矿山。

李国川家因哥姐原都是矿工,座落在沟上坡下的旧房子还有几处。

他家还住着只有边远地区才司空见惯的独院。大门上高高挂着一朵大白花,向人们昭示此院的不幸。门一则贴着:"恕报不周"。虚掩的门里,层层叠叠的大小花圈给人以人间人生定义的沉重说明。再往里走,院子里烟雾弥漫,嘤嘤啼哭和烟灰在院子里旋转飘荡着。哀香阵阵扑面而来。香已不是香,是悲;花已不是花,是丧;这一切让我毛骨悚然。他家一只体形庞大的土狗盲然地对着李国川和我认真地叫了两声,提示我们的陌生和它的存在,并向主人作了通告。

李国川已泣不成声,跌跌撞撞,大哭冲入,一头跪在了纸花丛中那口黑黝黝的棺材边。

我跪也不是,不跪也不是;哭也不是,不哭也不是。

我怎么愿意在这种情形下来玩,来看他家人及探他家的种呢?

实话实说,我与李国川,行,与他家人,还没有感情,包括送了我那么多山中宝贝的他妈。说心里话,我不是讨厌他妈土得掉渣,是讨厌他妈身上一股子小商人气息,那是满嘴"噢噢"的、炫耀的、故弄玄虚的、精明和本身不是精明的小精明。

然而,我很快就发现,笼罩他家的悲伤,已被另一种潜在并一触即发的危机替代。

他家这会儿主要应当是痛哭、悲伤、哀悼及安排后事等系列问题,但除了这些外,他家的人还多了一种眼神里互相的怒视,是一种仇恨。这更叫我提心吊胆,比见亡人还毛骨悚然。李国川的姐姐李国华冲了出来,一把抱住了李国川,然后就放声大哭。

李国华漂亮!第一眼看她,就让我惊奇无比,李国华比照片显得还年轻和漂亮,我真为她抱不平了,这深山老林中怎么能有这样美丽绝伦的人?但李国华穿着太一般了。

李国川的姐姐李国华这一哭一叫,结果他们全家人都闻讯出来,个个披麻戴孝,触景生情,掀起了悲壮"大合哭"新高潮。

他家的狗紧跟形势地大叫起来,狗叫声在不远的山里悠长地回荡,由大到小,到无。

"李国川,你要给妈做主呀,坏蛋们要对妈下毒手呀……"

她姐和家人一般情况下叫李国川是叫"国川"的,这时李国川的地位与作用,已经从"国川"到"李国川"了,家中的事已用"坏蛋""下毒手"这种词了,说明事态已很严重了。

他姐李国华一对大眼里闪烁着寒光。

一家人剑拔弩张的样子。

李国华痛苦地哭着摇着,仿佛此时此刻要天崩地裂。

李国川的姐夫在一边作态度端正状,表示凡天下做姐夫的,不太关心岳母家常态之事,但表示坚决捍卫老婆和自家利益的原则不动摇。

李国华给李国川戴上了孝，憨憨的大嫂拿着孝布望着我不知如何。我看了眼李国川。就冲那眼神，我也戴了那个黑袖标，这让李国川悲喜交集。

"坏蛋"是谁？坏什么？怎样的坏？为啥坏？

下毒手？谁对谁下毒手？一家人何以用"毒手"这样的话？对他们的妈下毒手？人都死了怎么下毒手？

我惊愕地睁大眼睛。

"妈呀，你尸骨未寒呀！"他姐李国华又转向棺材处，扑得天昏地暗。

"少来这套！"

我听到一句冷飕飕的话。寻声看去，是他五嫂。他五嫂一脸阴沉，眼睛里闪现着凶神恶煞的光色。

他五哥像一尊雕塑，表示坚定与凶神恶煞婆娘站在一起的样子。同时，他五哥有一对鹰眼，从见我第一眼时就乱了阵脚地在频频闪光，不时地扫我的脸和我难以平抑的高高胸脯以及全身。我美目反射，直到他转目，去摸索脸或抠抠鼻梁儿。

李国川家排行与别家不一样，他们是，把父辈家兄弟姐妹放在一起论大小，所以，他大哥最大就叫大哥，而眼前盯我者排在了老五，李国川叫五哥。

13

5

送走了络绎不绝送挽帐奠金花圈的人后，李国川家的人严肃地开会了。

小孩避开,他大哥李国柱、大嫂、五哥、五嫂子、姐夫李国华、李国川,加上了我。我来了嘛,又戴着孝,也就当然被"全委扩大家务会"扩大参加了。

"好,说吧,今天,我把话搁这了,大家看怎么办吧。"

他大哥是假休矿工,矽肺病患者,为他真退休早拿退休费,正和单位烦乱着,看来又被他母亲之死折腾的千疮百孔。

"妈是咋死的?"李国川声泪俱下。

对。还不明白人是怎么死的呢。

对此,他们大都没兴趣或回避。

李国川才回来,正进入家庭尖锐化矛盾的第二阶段,至于第一阶段他妈之死及因为死而卷起的风暴,看起来已过去,这会儿,大家关注的是"商量大事"。

一家人都穿素戴孝,脸上个个充分记录着悲伤、疲倦与点着的狼烟。

李国川不认识一家人似的问:

"商量啥?啥大事?"

没人理他。

"反正,妈一辈子受苦受累,石头在妈肚子里了,趁着外人不知觉, 就让她老人家带着石头走吧……呜呜……"说此,李国华又哭了。

他们把额尔齐斯石一口一个说成"石头",天!是阿尔泰山里宝藏太多?

这里的人,连李国川的家人也一样,把红蓝宝石水晶石

14

等通称石头，不知是故意贬低其宝，还是不知其珍贵。我和李国川有一次逛珠宝店，他后悔莫及说过，早年在矿山，那年月，人们没有现在这种"经济头脑"，谁敢有此资产阶级苗头？所以，谁家窗台床下门口路边，不扔些玩过的水晶呀宝石的？李国川就用拳头大的水晶擦过小屁股，然后，随手就扔进了水沟里。

目前他们举家伤心还来不及哟，就把全部心思用在了她妈的肚子里。

不孝之子哟，真是尸骨未寒就起萧墙之祸呀。我想，还是该先弄明白这事。

沉默。

最后，还是五哥在五嫂鼓捣下，嗫嚅说：

"……我看……我们还是实事求是，实际些……爸死时欠的账，压了我们多少年？眼下国川要结婚买房子，大山没工作，二曼子要上大学……全家要花钱的地方太多了，总不能让这么多钱装在妈肚子里——埋了吧？"

"不行，妈的肚子里就是整个阿尔泰金山也不能挖！"李国华歇斯底里吼叫着。

什么？开膛取宝?!

……

在沉默中沉默。

"大哥，你说吧，我说，我们还是听大哥的，一个家不得一日无主，别唱高调！"五哥冷冷地说。

"谁唱高调？你说，你这个黑心窝儿。"李国华擦了把泪珠。

15

"不是你唱高调,我对得起谁呀,真是的。"

"我就是唱高调,咋啦,就是不能开膛! 这让别人知道了,我们还是人吗? 妈……"说着,李国华又大哭起来。

"别人怎么能知道?!"

"就是别人不知道,我们又能下得了手呀? 啊!"

"得了得了,就你是个孝子,天下就你孝,哼!"

"老五,你讲清楚,你什么意思? 你什么意思?"

"哼,你心虚什么? 我说啥了?"

"……我知道,你们说过的,妈平时给我多些……可是,这些年来,妈头痛脑热的,平时吃喝拉撒的,你们哪儿去了? 那次……"

"别转移视线……"五嫂子阴阳怪气声援着男人。

"好啊,你话中有话,是吧? 今天,你们当着大哥、国川都在,非得讲清楚……"

我听懵了,我的头在膨胀。

这时,埋没在沙发里一脸苦楚的大哥突然大喝一声:

"都别说了!"

6

两条战线明显形成:他姐李国华要拼命保卫老娘的尊严和完整,五哥五嫂子说她别有意图。

而他五哥五嫂坚决要"实事求是"开膛取宝。

对此,李国华骂得骇人听闻。

他大哥呢,始终至死不悟的样子,一脸的痛苦不堪。

接下来,就看他妈的爱子李国川了。他还没来得及表态,他还在家庭极大不幸和娘肚子里额尔齐斯石带来的浓密阴云中。

一个没有父亲的家庭,确实容易崩溃。而家庭没有领袖人物,没有维系这个家庭的支柱,当然容易摇摇欲坠。

第一眼看到李国川大哥时,我就自然而然想起"大哥,大哥——你好吗"那首挺绕情的歌,而眼前这个大哥与歌里的形象相去甚远,这是一个在家里抬不起头来的大哥。

原来李国川没说这事,这次才说的。他大哥在家庭里没有能力担当"大哥大"的角色。他是老矿工,本来是家庭支柱性人物,本来年年是矿区的先进工作者和模范人物,当到了连长,不料"画皮"被撕破,是因为他搞了手下的"矿花",那个被称是男人们一见就腿软的小媳妇,之后,身败名裂,一蹶不振。

大哥虽然还有着当连长时的能力和精明,只是在家庭里已没有威信,可他偏偏要在老娘死后重大的家庭决策上担纲。他为难的表情和无能的样子叫人感到遗憾。

主开派和不主开派斗得如火如荼。

第一次家庭会议不欢而散。

我和李国川此时成了家庭新的焦点,李国川成了两派间争取的对象。这一来,李国川倒是忘了自己的主意是什么。我关注着他。

为了拉李国川,我这个"未过门的弟媳妇"也成为重中之重,好像我比李国川更重要。对我们,他们之间展开了没有硝烟的拉锯战。

五嫂子说:

"国川小云,家里这面人多,到我家凑合吃点吧,啊?小云?"

他姐李国华严肃地说:

"刚回来,就在家吃行了,多守会儿妈。"李国华说"家",就是他们的妈所住的这个家,是他们所有家中处于中心地位的家。因为他爸早故,他姐就和他妈住一起。现在,就是李国华的家。

五嫂一扭屁股,夸张地哼了一声,走了。

随便吃了碗面条,李国华对我们说:

"妈是不能动的,是吧?国川?"她的眼神寄予无限期望。

"姐,这到底是咋回事?"李国川抹着刚吃过面条的小嘴,有些惊恐地问李国华。

李国华似乎没了刚才的劲头,累了,听此,眼泪又下来了。

"妈就是为这些事死的哟!"说完大哭。姐夫过来拉拉拽拽劝着。

关于李国川妈的死,李国华是这样说的:

"家丑不可外扬……前段时间,妈神乎其神的样子,已经有些神不守舍了,当然,她是嘴里叼不住咸鱼的人,那晚,她告诉了我这个秘密,就是那块额尔齐斯石。说那个专家老头见了后,眼睛像是点了灯。我们一晚没睡,连你姐夫还说我们母女俩怪怪的呢。思前想后，最后，我告诉老娘，为了安全，为了家，暂不要把这事说出去，包括大哥，当然还有五哥，原因是，他们这些年一说钱眼就绿，且不可靠。"

这时，大哥就在一旁抽着烟，听此，不置可否地挪了挪身。

"不告知大哥是因为不能说给老五，你五嫂子……结果，咋样？妈答应的好好的，第二天，老五和你五嫂子就闹到家里来了。原来，老娘把这事也悄悄告诉老五了。"

"那天，妈也给我说了。"大哥插了句。

"这不，事就来了。"

李国华说着就软散地坐了下来。

"哪能咋样呢？"李国川发出嗔怪之问。

"咋样？他（指五哥）的小曼子刚高考，要一笔钱上大学，这是借口，还不是借故向老娘伸手？他倒腾云母和宝石赔大了，这些年一直阴阳怪气，说白了，就是嫌妈不时向着我了，给他少了呗。"

"你少说点。"姐夫制止。

"说就说了，又没外人（看了看我，作放心状）……她（五嫂子）疯子一样，天天缠着妈把石头卖了，卖就卖吧，可额尔齐斯石到底值多少？是电视上说的值1000万？还是报纸杂志上说的价值连城？有人说值500万，可也有人说最多200万，她和你五哥说，能卖200万就行——什么就行？急功近利，再说，200万，妈干吗？"

说到这，大哥一声不吭走了。

19

望着大哥消失在门口有些佝偻的背影，李国华恨铁不成钢地说：

"大哥吧，让老五烧烧着，也逼着老娘卖掉——我也同意卖了，只是有价无市，再说，还没卖呢，为了分钱，已闹起来了，当然，大哥的矽肺病挺严重的，一直没钱去做手术，病，是重了……还有，大山（大哥的儿子）一直瞎转着，就想买辆车跑出租。再就是大哥那口烂牙，真是没治，才40多的人，像60了，穷折腾，越省钱就越来越坏，早说了，要有几千块把牙烤瓷了，就不受罪了，还有……这些，全都不是逼老娘走的理由呀！"

李国华当时没有说出的大哥"还有"，是指大哥暗养着矿山"东方巴黎"发屋的一个婊子。

"你少说两句行不行？"姐夫强烈制止了。

我见李国华这才一脸倦怠，歪歪扭扭靠在沙发上了。

7

我为此行后悔莫及。

李国川说，去一下大哥家和五哥那儿。

这是起码礼节，李国华不置可否，淡淡说：

"看看就回来……别听你五嫂子胡说！"

"你说什么呀你。"姐夫埋怨李国华。

我们出了门。

院外早已黑透。

晚些时候的阿尔泰山里,已看不见青山碧水绿树蓝天了,却缠在了扑朔迷离讨厌的李国川家务事中。

我们分别去了大哥和五哥家。

关于老娘的死,一付窝囊废样的大哥卷曲在70年代的沙发上说:

"妈吧也是的,何苦哟……那天,妈给我说,电视节目中说的那事那人,就是我。妈说,那个老头见了这块石头眼睛亮得像狼,妈本来是随便让他认认这块怪石头,给估个价码儿的,却一转身就让他找不见了,幸好,那老头不利索……妈说,老大,妈有了这块石头不一定是好事,你说怎么办?"

大哥在身上翻了会什么,接着摸索出一块指夹盖大小的猫眼宝石,看了眼大嫂,又看了眼李国川,就对我说:

"小云嘛,第一次来,没啥……这,拿着玩吧……"

大哥接着说:"当时我说,石头当然是卖掉嘛,只是卖了后怎么分。国川,我给你说实话噢,我只给妈说要50万,我治个病,小山买个车跑跑出租,这小子也没多大出息,不日弄个车能干啥?"

"你咋知道我不能干啥?"坐在一边被说成"不能干啥"的小子一扭头,甩着飘逸的长发,怒气冲天而去。

"家里的事可不敢给外人说噢!"大嫂对着背影急呼。

"知——道——了!"飘逸长发厌烦地、玩世不恭地回应着。

"就狗尿这样",大哥说,"能干啥?给他买个车……我呢,镶口牙。"

21

说着,大哥条件反射地嘶地吸了口气,表示牙状的严重危害性。

大哥说,我们在金山市那个小饭馆重弄一下,给你大嫂那个小店换个好地方嘛。

大嫂在一边表示同意,并作喜悦状,说明大哥没有忘记家中的中心工作。

"就这,不算过分吧?可你五哥狮子大开口,要多少你知道?80万!——你五嫂子吵闹的不行……你凭啥要80?你要80,我要多少?啊?——"

"别说了。"大嫂已收起了喜悦变成了愁眉不展。

关于老娘的死,五哥是这样说的:

"我只是借!借妈80万元。国川,你知道的,我不只是小曼的事,三模下来,小曼是年级前三,上大学没问题,只是上什么样的大学,对吧?跨进哪家校门,于一生关系密切,你知道的,这年头要上好的学校,就得花钱,没10万8万元,想进好的重点?没门,再说,眼下云母生意时好时坏,我上次出手的2000吨云母碎,不料狗日的给我掺了——"

说着五哥想起什么事,就从上衣袋里掏出一个卫生纸包着的东西,递了五嫂,五嫂神采飞扬地,夸张地一把搂过我说:

"小云,你来了吧,也没啥给你作纪念的,喷,这块蓝宝石吧,还行,不要送别人噢,自己用,上次胡老板非要出3000元,我就是舍不得,想着吧,咱们国川早晚要带你回来,就给你留着呢,嘻……"

"值这么多钱？我不能要。"我说。

"说什么呢小云，一家人这算什么？嗨，这两年，嗨，要是前几年吧，我送你一只大猫眼！"

五哥作了个手往下劈的姿势——

"云母他妈妈的砸了，赔了30多万呀。最近，我杭州那个朋友，就是刚才你嫂子说的那个胡老板，大客户，要5000吨！我要有个几十万元周转一下，机不可失呀？你想，钱，不周转能有效益吗？得了，我是为家挣钱，他们认为是我伸手要钱，我真是——"

"是嘛，小弟，你知道的，你五哥这些年辛辛苦苦，是挣了些，我们还不都为了这个家？可这年头容易吗？"五嫂子说话时眉动眼跳，很有感染力：

"是吧，一家人，平时挺好的，可是一到关键时刻，有人就显了原形——哼！就说妈吧，平时，李国华是照顾多些，我们没帮妈多少，这是事实，那是因为赔了嘛，可我们不是不出力吧？那次妈摔伤，我给妈端屎端尿可是三天三夜呀，你说妈咋就偏呢？所以，我说，是为钱，也不是为钱，为的是要这个理！我也只是给妈说理嘛，可妈——呜呜，你咋就这么激烈，就吞了呢……"

紧接着，五嫂迅速擦干眼泪，两眼发光说：

"我们没错！那块石头留在手上早晚要出事，不如出手。别听电视节目说的能值千儿百万，能买卖成交，200万元就不错，是吧？国川？啊？"

她又把灵晃晃的眼神飞向我。

我讨厌她。其实人吧，用不几眼，就能看出谁善谁刁。

"现在，我还是那个意见，把石头卖了。"五哥说。

"……不是说，额尔齐斯石在妈肚子里了吗？那咋卖？"李国川无限困惑地问。

"……就是说嘛……小弟，你说，该不该，把，把那个那个石头……弄出来？"五嫂说话开始吞吞吐吐。她不把开膛这话说直了。

我看李国川咋说。

李国川眉峰锁定了，小嘴更小了。李国川，你有点像墙头草？我趁人不注意，捏了他一把。他欲言又止。

五嫂子察言观色说：

"这年头人心叵测，哼！"

五哥总找窍门盯我，五嫂子也总看我。意味不同。

我心里一紧张，就尿多，山中的老房子里没厕所，五嫂子一眼就看出我的窘境，就合情合理拉我出去上厕所。

我看出了她，她没看出我。她是要给我做"思想政治工作"。

说是厕所，其实就是废弃的旧房子，这里多得很。我蹲在残垣断壁间，就有了时间听她不厌其烦叨叨李国华的种种不是。

她说："李国华，哼，唱高调，小云，你说，把200万吞在肚子埋了，这实际吗？这些年来——钱呀，没钱怎么行？也不知怎么回事，这年头越是忙钱，钱，越来越重要，可就越没钱，别人的经济发展了，我的钱到哪去了？这是个啥子理儿？……"

"我和你五哥为这个家花了多少？那年，妈倒金子被弄了起来，是谁花大钱弄出来的？我们！她李国华出啥了？只会假模假样哭，一说花钱，就往后缩，就那么点能耐，哼！妈还说她下岗没钱……现在，她把自己打扮成孝子，无非就是想独占便宜。"

五嫂说大哥看风使舵没有主见甚至于还有些两面三刀。

"你五哥吧，这人倒是心挺好的，就是一遇家务事就脸面儿薄。"

我和五嫂回去时，发现李国川和他五哥正在说悄悄话，声音很低，内容绝不一般。

我和李国川单处时问他：

"你和你五哥鬼鬼祟祟说些什么？"

"……没，没有啊……"

我说，李国川，你给我听着，你家的狗屁事我才懒得管呢，但是，我在关注。

我心想，我关注的正是你家"种"的问题。

从大哥五哥家出来时，天已很黑很凉了，我一出门就打了个寒噤。

我手里捏着大哥五哥送的东西冰凉冰凉的，我对李国川说：

"我一来就要人家东西不好吧？"

李国川声调变了：

"说什么呢？这对他们来说，不算啥，你那么见外……再

25

说，这里的人再穷，也能随便掏出一把石头。"

8

好在出了门，阿尔泰山中透着浓郁的清新气，给人一种一尘不染的舒爽。

虽说是夏季，太阳一落就得加衣，只能听到远近处潺潺流水，我想那水一定是李国川说过的清凉甜美的山泉，蛙鸣风过，鸟语花香，树草浓郁的自然气息，让我一下子不再想李国川兄弟姐妹，不想回到烟雾弥漫的香火味中，尤其是还一挡子乱七八糟家务事，连同袅袅香烛和白纸彩条扎出没有生气的花团锦簇，给人一种森人的恐怖。

而此时此刻的院外，这种凉爽，更增添了世外桃源的仙气。似乎近在咫尺的庞大山群横亘鼻前，只能从星星的出现来构图山形轮廓。

自然永远这么美好宁静，烦得是人和事。

外面的空气简直就是天然氧吧，清彻透凉的沁人心脾，可是，我们还得回到那个搭着灵棚香烛，飘荡纸花瑟瑟的地方，还得去感受悲哀家庭一触即发的矛盾激化。

他们让我睡觉，不让我守灵，这当然。可我睡不着，虽然门外就是李国川和李国华在幽暗马灯下说着话，(给老矿山每天只送电到晚上 11 点)但我心里还是恐惧。

这毕竟是一个充满阴森的特殊环境，窗那儿，映出的是花圈树叶发抖的轮影，我还知道，花圈下是黑黢黢一口没有

26

盖棺定论的棺材，里面那人，一生忙忙碌碌，如今死不瞑目，那人给过我山中宝贝，我咋睡？

我隐隐约约听李国川和李国华在说他们的妈，那个送我"狗链子"的人，以及额尔齐斯石——他们口口声声说的"石头"，还有，就是他妈吞宝的激烈之死。

"国川，小云来，我没什么送的咋办？弄块小石头吧，又不当事，我想……"

矿山人认为，第一面见朋友或像我这样"未过门"者，就一定该送件什么，不然就哪儿不对劲。

"姐，你不必了，姐夫身体那样，妈又刚……说啥——妈也不该去寻短见嘛——呜，呜，呜哇——"李国川开始哭了。

要是男人平时这样哭，我肯定瞧不起，而男人到这种时候不这样哭，我会觉得可怕。李国川哭得很可爱，哭得我的心很宽。

"……老五没说？大哥也没说妈为啥寻短见？"李国华问。

"没说，姐，到底家里发生什么事了？"

"这些不要脸的，没脸说呀，国川，他们不逼妈，妈会死吗？"

是的，人是"逼上绝路"的，人不被逼，是不会死的。

可是，何以逼李国川的妈吞石而死?！这有点叫人难以置信。

"妈本来是想吓我们的，意外，意外，不说了吧，要是别人知道了，丢人丢大了……反正最后，老五逼妈说，要不卖

27

掉那块石头,要不他就离婚,就一走了之,反正还不起账,活也是受罪,二曼就交给你了。"

"你五嫂子又哭又闹,我说了几句,她就和我撕上了,妈拉她,她看似无意,其实是故意一拳向妈打去的,打在眼窝上,你不是问妈的右眼咋乌的吗?"

"大哥呢,看起来在搅稀泥,其实他也想快出手"。

"为此,妈大病一场,那天,妈说,她决定了,卖了算了,卖多少是多少,分给我们。你知道的,那块石头,说是这个价那个价,真要卖了,可能就不是那回事"。

李国华说,她妈准备卖额尔齐斯石时,就找了几个老客户打听,还真有老客户牵线搭桥,有人价格真议到了200万。这时候,五哥说他也找到一个卖主,出价250万元,说多50万,唬谁呀?而且还是和他做云母生意坑他那个姓胡的人,我们当然不干,妈也不答应,五哥就闹,非要让妈把石头交给他——

"这可能吗?"李国华义愤填膺说"这简直是胡扯。"

"五哥见妈不信他,就说了难听话,说妈偏心眼,说他从小就怀疑自己不是亲生的,长得和谁都不像,你说是不是莫名其妙"。

"五嫂更了不得了,哭天抹泪,大闹腾啊,要和五哥离婚,说这个家不公平"。

终于,他们这个家丑态百出了。

"五哥那晚后半夜偷妈的包,却和大哥不期而遇,两人还大打出手。第二天,妈把我们都叫到一起,说,我把话说开，卖掉，就是看怎么分。妈说了，我出生入死辛辛苦苦为了谁哟？这是真的。妈一天福也没享，可就……"

他妈说她出生入死，不过份，我早已听出些他们在矿山捣腾金子宝石类的凶险。

李国华沉寂了会说："就是那天为争多少，五嫂把妈逼哭了。你五嫂是啥东西？我看五嫂子太过分，我帮妈说了几句，她上来就撕下了我一撮头发，我揪掉了她的耳环……"

"大哥和五哥之间也动了手，打还不算，当着小的面说了不该说的……"

"我就说！"李国华不听男人暗劝，接着说："老五说大哥要钱是为了嫖娼养'梦巴黎'那条狐狸精，大哥骂老五要钱是为了'白宫'那个婊子，老五把大哥一拳捣在地上，小山见他爹倒了，疯了一般，一砖头把老五的头砸得鲜血直流——砸得好，谁让你太过份。"

"五嫂子不愿意了，抱着发疯的小山就撞向了墙，小山一闪，五嫂子自己撞了上去，愣了会儿，转过身来，装疯子了，见啥砸啥，胡撕乱扯……"

我没法想象，当时这个家是何其混乱！

"正大乱时，我见妈一下子软了下去，口吐鲜血，断断续续说……'你们让我怎么办哟'……大家这才停止打骂。"

"这时，我们才看到，妈两眼发直，用手指着自己的肚子，只说，'我只是想吓唬你们一下，吓你们一下'……接着就说不出话了，那块包石头的红色金丝绒飘甩在了一边，又一股鲜血从妈口中涌出,妈当时就没多少气了……"

"我们意识到妈弄假成真把石头吞下去了,就赶快给她想办法往外弄,可是,不行了。这里人人都弄石头,都知道吞金子宝石的厉害……呜哇——妈,你好惨哟……"

李国川也放声哭了起来。

我也流了泪。我为哪般?不知道。反正,我觉得想流点泪水,冲冲眼前这些乱七八糟的事情。

大概他们痛苦了很长时间,我只听到他们嘤嘤在哭。

之后,李国华又说话了:

"就这,这些狼心狗肺们不是赶紧救妈。我说,快找车送下山!大哥动了动,老五说,晚了,不要惊动别人了,再说,对外人咋说清楚?说额尔齐斯石?那别人知道了不招大祸?再说,那块石头比重特大,奇重,吞它比吞金还厉害。也是的,我抱着妈,觉得已慢慢凉了。你想,这时候你两个哥在想啥?啥?!不是妈,而是妈肚子里的石头!大哥说,怎么才能弄出来,老五说,只有剖腹……你说他们是不是牲口?他们还把妈翻来覆去,一会挤一会倒的,想把石头弄出来——我不干了!"

"别听她胡说。"

这时,大哥和五哥来守灵了。

我有些担心,从门缝隙看到,他们一脸怒气看着李国华。

李国华霍地立了起来,坚决地抬起头来直视他们。

大哥脸一转,回避着李国华的目光。

他五哥铁青着马脸。

"国川也回来了,夏天,妈最多放三天,我们把事定了。

大哥你说是吧？"五哥冷静地说。

"说什么？"李国华很生硬。

"姐——"五哥突然叫李国华"姐"，让我听的都非常耳生。

看来，家务事将要走向小河淌水的佳境。

他们在商量着。

连日赶路，说睡不着，我还是有些困乏，有些迷糊时，一声惊叫吓醒了我。

"李国荣，你要敢动妈一根毫毛，我就和你拼了！"原来李国川五哥叫此名。看来他们还是谈不拢。

"李国华，你不要死猪脑子不开窍。"五哥气急败坏。

"国华，我们不能不实际，就是妈活着，也不会让石头埋了呀。"大哥。

"李国华，你不要太过分！"大哥也歇斯底里了。

"啥？我过分？天啦，我们李家怎么出了这么没出息的两个男人哟，爸，妈，你们养了两个畜生哟，妈哟，你好惨哟……"

"得了，李国华，今天咱们就实话实说，你别管我们李家的事，你是哪路子的，非要我们哥几个给你点破吗？"

突然间，屋内外死一片寂静。

"大，哥——老五，你们们们说啥啥？你说，说说——"

这是李国华胆颤心惊、有气无力、垂头丧气、捞救命稻草的一问，全没了横刀立马、按她说是"捍卫母亲"那种凶悍。

李国川突然对大哥五哥语无伦次，听得出在极力掩盖什么。

我意识到什么重大变故将要发生，头嗡嗡了。

31

此时此刻真是掉根针都能听见。

马灯大动作地跳了下,火花"咻"的一声,很闷。

寂静。

9

绝对的寂静。

阿尔泰深山里,一丝风无力地抚过,带出一片沙沙声,风小,却有着压垮一切树草的力量;远处,隐隐约约传来山泉水的哗哗,有偶尔的狼嚎传来。

"实话实说就实话实说。"五哥:

"我是不该说这事的……妈,我不得不挑明了……"

"五哥!——"李国川声嘶力竭要制止。

"说,国川,让他说,说!"听得出,李国华异常紧张。

"大哥——你说吧。"五哥。

"……国华……大哥对不起你——你……你不要管我家的事……你是我家抱养的……"

我只听"咕咚"一声,接下来便是一片手忙脚乱。

"大哥五哥——你们这是干啥!? 你们为什么要说出来呀——哇!"李国川失声哭起来。

到此,我也明白了这个家几十年的秘密。

李国华是抱养的。

李国华已不省人事……

好在李国川还是人。他两个哥,正如李国华所说——连畜生都不如。

一直有意徘徊在他们家务事之外，并没有把自己当他家媳妇的我，不知哪儿来了劲头。

我怒血沸腾，冲了出去，一边给李国华掐人中喝水，一边把李国川大哥和五哥骂得狗血喷头。

我把那两个男人骂傻了，还把他大哥骂出了眼泪。

我依稀记得，我骂他们还是男人吗？为了额尔齐斯石，竟然要开膛自己的母亲，你说，你们的母亲——我是专门用"你们的母亲"这说法，以示我作为外人具有的起码的不容怀疑的正义，我说，你们这是丧尽天良，传出去，让世人笑死，等等等等。

李国川说我当时真的很厉害。他大哥被骂得掩面而去，他五哥铁青着脸，不堪忍受一个该是最最小心翼翼女子之训斥，也走了，让他们领教了他们李家"未过门媳妇"、全市闻名的"名嘴"、著名节目主持人的厉害。

我根本没把他们送我的石头放在心上，只要他们愿意，我会一把扔掉。

李国华醒来后放声大哭。

李国川要解释什么，李国华摆摆手，动情地说：

"国川……你不要说……我……早知道……我姓钟……"

她和我妈妈一个姓。

这时，我还没有敏感到这是个大问题。

事后，李国川告诉我，那年，在矿山挖矿的"老牛队"里，

33

有对搞地质姓钟的右派和李国川父亲关系不错，钟家生了个女儿后，他妻子当时难产死了，那个"牛"又将面临判刑，已无法养活这个女孩子，加之李国川父母没女孩，就收养了李国华。

我对李国华说："我把两个男人骂回去了，他们不会再提开膛破肚的事了吧？"

李国华慢慢地摇头说："不一定……这年头，人都疯了……"

10

第二天一早，家里突然来了不少人，原来，他家有额尔齐斯石并吞在他母亲肚子里一事——

露馅了！

是大哥那个飘逸长发的儿子当晚被骂走后，为讨好小情人，夸耀地说出了家中天大的秘密。

一大早人陡然多了，个个话里有话……这一来，李国川一家紧张无比了。

他大哥当着众人狠狠打了长发儿子，骂他胡说八道：

"啊！你胡说啥？你奶奶哪能有那石头？啊？"

他宝贝长发儿子不服气，捂住脸蛋儿大叫：

"就有，就有！吞在奶奶肚子里了，就有，气死你！"说着吼叫着跑了。

李国川大哥举起一截木头要继续追打时，被人劝住了——

别掩盖了。

李国川家有额尔齐斯石以及关于这块石头在他们娘肚子里的事，在山上已家喻户晓。

李国川一家进入空前紧张的状态。

他们说，别说是额尔齐斯石这样的石头，那年出了一块香港老板取名"海市蜃楼"的阿尔泰山海蓝宝石，价值不过四五十万元，就惹出了腥风血雨的传奇事件，让当地电视台连续跟踪了几十天，并听说还让人编成了连续剧。那块石头53克拉，令人叫绝的是，宝石中有一水珠似月，取名曰：一轮明月，"月"下，呈现"万家灯火""海市蜃楼"状。

而举世罕见的额尔齐斯石会惹事生非到什么程度？

关键在于，这事传出后，会带来什么样的严重后果？！

李国川的兄弟姐妹又开了紧急家庭会。

我照例参加，不仅如此，我自从大骂了他家哥儿们后，威信明显提高，好像我更是他家的人，并是举足轻重的人物了。虽然，他五哥故意表现出对我的不屑一顾，那是没底气而装的。他有点怕我了，至少，他不再往我身上乱看，他失去了那个兴趣。而我骂了他们李家人、应当说成为柱石人物后，五嫂子明显对我冷淡了，说明了我和他们已不是一个战壕的战友。这，我不管。我压根就没瞧得起五哥和五嫂。

眼下，正在李国川家应当说达成统一战线"一致对外"时，应当说如何躲避可能发生的不幸灾祸时，他五哥仍坚持尽可能开腔，他说：

35

"取出石头,才是最好的办法。"

他本来说得还算软,连着接通了两个电话后,就张牙舞爪不顾一切了。

因为五哥的债主及时赶来了。二曼招生的老师已到了山下金山市,说要联系一下。说白了,就是要钱来了——8万,进一个知名品牌大学。要花10多万的话,可进一个更好的大学,青鸟索食来了,谁都知道,决定二曼命运的时刻到了。

五哥把头甩得很不负责的样子:

"咋办咋办咋办……"

他在屋里来回急走,把一双大手甩荡的不像样子,好像他的事已成为非常之非。

一句话,要钱。

"咋办?"五哥。

"咋办?问你自己。"李国华。

"妈……"

"你的事自己办,和妈有啥关系?"

"当然有关系当然有关系当然有关系……"五哥说着又垂头又甩手,左右前后三步两腿挪着。

他太不像男人。实际上,我见第一眼时,唯见其英俊沉稳,像是个见过世面的人物,人长得的确不像李家兄弟,人模狗样的,还行。但我很快发现他心机不正,而且浅显,不仅是他见我第一眼时的那种,而是那骨子里的小家子气。而我看李国华第一眼就有好感,并不是因为她漂亮,而是她有种气质。

"别打妈的主意。"李国华。

"我家的事——你少管!"

"……我就管!她就是我妈,我就是她亲生的!"李国华带泪喊叫着。

"姓钟的你滚开,我家的事不用你管——"五哥也喊,他崩溃的样子,叫人可怜。

"我就管!"李国华。

"你们不管我们死活,我就死给你们看!"五嫂也喊了起来。

"谁不管你们了,好意思说出口——为了给你们填账,妈和我们几乎全都拿出来了呀,你怎么这么不讲理?"

李国华哭着对李国川说:

"前阵子,你五哥被逼账逼得……我们做得怎么样?说呀!你,你……你(她指点着五哥五嫂子)没良心呀你们!"

"那够吗?"五哥说。

"你……"李国华气得手发抖:

"你不要脸!我们只有那些呀,都帮你了呀——"

"当时是只有那点,可现在呢?把石头卖了,不啥都有了?"

五哥和五嫂子本来理亏不太敢面视家人,然而,五嫂子大叫一声:

"一家人这么绝情绝义,我不活了——"

"吓唬谁?死呀!"李国华。

"你凭啥管我们李家的事?她不是家里的人,她姓钟,别听她的!"五嫂子看出以死威胁不管用,就把眼珠子快瞪出来了。

"你也不是姓李的,也不听你的。"李国华。

37

"听——我们听大哥的!"五哥说。

......

11

矛盾又出现了新的高潮。

李国华仍然当仁不让横刀立马,关于她不是李家亲生的——这事好像不复存在,她一如既往不折不扣在奋斗着"保卫母亲"的目标,这让他们李家二兄弟颇感棘手。

五哥五嫂反复强调和暗示我们:李国华是不是本家人,这事,很重要。

关键时刻大哥和了稀泥。

我对李国川单兵教练了一次,他此时当然站在我一方,也就是站在了李国华一边,力量对比不断变化,但始终以李国华略胜一筹为主流,这让五哥少了些底气。

正在他们争得不可开交时,大哥出现了重要转折。

原因之一是,这时,他长发儿子又为他节外生枝:玩的那个女孩找上门来了,出口要 20 万元青春损失费。大哥一下就瘫在了沙发里。

还有的是,他抽空出去接受了"东方巴黎"女人的"洗礼"。他很长时间没去了,因为没钱。事后,那女人迫不急待指着大哥:"你李家一天哭丧着脸叫穷,原来你家真有那块石头啊,给老娘拿 10 万来,你拣了老娘多少便宜啊你?"于是,大哥这事也很快随着额尔齐斯石的沸腾而败露。

于是,大哥四面楚歌时,掉转风头要取娘肚子里的额尔齐斯石了。

按说,李国川妈放了两天了,明天就要出殡。山里的气候虽说凉,但毕竟是 7 月份,白天有时温度在 20 多摄氏度,我已经嗅到棺材那儿阵阵香火掩不住的异味了。

傍晚,大哥那个不争气的长发儿子透露说,那女孩子得知,有人将在我们出殡的当天夜里掘墓——

这是新情况,且完全有可能,这也是额尔齐斯石在他娘肚子的事暴露后,李家已经、必然要想到的。

得到这个消息后,李国华傻了,嘴张着说不出话。

五哥有些小得意。

大哥像木雕泥塑一样。

我和李国川也傻子一般立在无言的一家人中。

也就是说,你李家敢把吞额尔齐斯石的老娘埋了,就会引得无数盗墓人月黑行事。

那后果不堪想象……

李国华和李国川,我——我们陷入了困境。

大哥五哥五嫂子又提出——

开膛。

大哥说:

"总不能让外人掘墓开膛吧?反正事情已让人知道了,不如公开说开膛了,这也保住了妈……"

五哥说:

"你不动,别人也会动,对不对?国川?不如我们家里人动。"他问李国川,却看得是我。

不行。李国华说。

"那你说咋办?你说!"大哥五哥异口同声。

……

现在成了——母亲难葬!

"怎么下刀呀!"李国华头晕目眩地歪在了床上。

"是呀,国华,可又怎么办呀?都是我们那个挨刀的嘴坏。"大哥给李国华盖了条毛毯。

"明天,明天,就3天了,时间到了,就要下葬了呀。"大嫂也软了下去。

"妈呀,你怎么这么糊涂呀,你让家人怎么办呀你……"李国华晕倒了。

晚些时候,五哥带来一医生,要动剪动刀,见此,李国华脸色大变,持菜刀横于门前,脸胀得变了形,吓退了背药箱的来人和五哥。

……

12

我是第二天一大早下山的。

走前,我们干了件让李国川大哥五哥及所有人想不到的事。

我所以走得匆匆忙忙,严格地说,和李家事无关。

我妹子来电话说:舅舅找到了!

母亲因找到了她的哥哥——我们的舅舅而激动地脑出血。

我大哭了一场。

虽然我有点儿瞧不起老娘,总和她作对,可那是我亲娘呀,听到她大病,我太伤心了。

我这次来阿尔泰前,我母亲又住院了。

她每次见我,一定会不厌其烦地重复三件事:

一、要我务必认准李国川的"家种";二、帮她找哥,我的舅舅,你现在调电视台工作了,好找呀;三、结婚呀,你,结婚,男方要有房子,男方要有房子……

见我不顶撞,当然,代价是她大病在床,于是乎,她就大胆地展开说:

"这一呢,好种不传,坏种不断,昨天你们电视剧里也是这么说的。小云呀,嫁人是一定要看他的家庭的,嫁坏一个害一窝,坏你一个不说,祖祖辈辈就栽下坏种了……"

接下来就是颠三倒四的唠叨:"你一生下来头上就两个旋呀,女孩子家哪有两个旋的? 又凶又犟的,不听话。"

说到这,她就开始循环重复,像放 VCD 出现了故障。

天啦,我说:"我嫁的是他,不是他家。"

真是的,什么叫"家种"? 李国川的"家种"怎么定义? 什么标准叫好? 什么叫不好? 好,与我们俩何关? 不好,又能对我们怎么样? 真好玩。

前不久, 年老加上大病或良心复苏, 母亲让小妹在市《早报》上发了寻人启示,找她文革失散的哥。后又逼我在电视台找人。

那是她文革时为家人亲情欠下的一笔孽债:为了向造反派表现"忠"和革命态度,她竟出卖了自己母亲的身世,供出了家庭一号机密:我外婆是大问题之家之女。结果害了我外婆、逼走了我舅舅,她也没占上便宜,是因为人家想占她的便宜,那个头头早就对她垂涎三尺——我妈40岁以前,是无可挑剔的美女。为此,这些年来,她在乌鲁木齐这座边城一角苟且偷生。我大了,她告诉了我这些事,等于为她养了一株刺玫。我从小就浑身是刺。可我漂亮。

母亲病重,我要回家,这让我对李国川的家事灵机一动。

李国川因家中事正如火如荼,没能陪我回去。

13

我千里打的回到乌鲁木齐市时,已是夜晚。

母亲已缓过来了。我们母女三人好好地流了会儿眼泪,这样大家都舒展了些。我们这个没父亲的家啊。

想到没父亲,我马上给没有父亲的李国川打手机,紧张问询我的"杰作"反映如何。

乱了!乱子大了。

李国川说,全乱了。

就在大哥五哥坚持开膛取宝而李国华至死不允,同时又怕别人盗墓时,最后采用的是我的主意。

第二天,大哥五哥见夜里被钉了棺,很生气,说:"你想让人家把妈挖出来啊? 你安的什么心!"

见李国华不理他们,大哥五哥就要强行开棺。李国华持刀于棺材前,哥俩就与李国华话不投机扭打成一团,最后,在前来众人的干涉下,草草出了殡。

大哥五哥和五嫂子气急败坏,又在想别的事,竟没顾及瞻仰他们母亲最后一眼!

这正是我估计到的。

安葬后,李国华突然趁着人多大声宣布:

"额尔齐斯石已从我母亲肚子里取出,让我们国川的媳妇——就是小云——带回乌鲁木齐市了。"

这当然是我们总体设计中最最重要的部分,因为李国华宣布时,我已在路上。

这像是我携宝夜奔。

一片哗然。

五嫂听到李国华宣布后,就大叫一声:

"我早知你们会独吞——"

说着就冲上去撕扯李国华的头发,揪的一把一把的……李国华奋勇抵挡,不料五哥也对李国华拳打脚踢;李国川为李国华遮挡,挨打不少。

大哥先是帮五哥推搡李国华,见五嫂和五哥过分了,又反过来帮李国华。

总之,一家人疯了一般。

结果是:李国华被打坏了,晕倒在地,不省人事。

五嫂嚎叫着,要到乌鲁木齐找我算账。

这也是我的设计之一:这样一来,外人就不会掘墓了——

43

尽管那是空棺。

这又是人们想不到的。

当时呢，虽然我们安排周密，但还是担心有人挖墓。

我见矿山上到处都是前几十年挖云母矿的山洞，就说，不如来个偷梁换柱金蝉脱壳。

于是，当晚，趁大哥五哥不在时，我们把他母亲的遗体抬了出来。

说实话，当时他们抱人出棺时，我们的心情都非同一般，各自都乱了章法。

我是怕还有别的……

李国华和李国川肯定是五味俱全呀。

当时顾及不了了，总之，我们好不容易把他们的母亲认真包裹了，藏匿在一个李国华称591洞的洞里。

所以选这个洞，是因为李国川父亲死于此洞开采，并，此洞早为危洞，无人问津，没人敢光顾，也没有了任何剩余矿物可捡采了。

李国华还在洞内冒险弄塌陷了一截，封了洞中洞。山上类似矿洞不计其数，藏匿10人也会无影无踪。

只是我没想到，他们把李国华打得过重……

14

没几天，李国川回来了，我让他带来了重伤的李国华，住进了医院。

李国华的到来，受到了我及家人的隆重接待。同时，那天也是李国华正好过生日，我们全家为她订了一桌高档酒席。

她生长在深山近 40 年，从没见过都市这种奢侈：五星级酒店的富丽堂皇和山珍海味，加上背后有专人伺候。

她有点受宠若惊了。

她哭了。

李国川为此激动不已。凡是我对他家人藐视，他就揪心，凡是我对他家人示好，他就激动。

我说："你激动什么？我看上的是你姐，不是你这个旗帜不太鲜明、但最终没出错的家伙。谁让我和你姐长得像呢？我们连性格都那么像。"

听此，李国川更激动了，他使劲点头，接着又摇头——

"我不像你姐？"我问。

他说："像，你们俩长得还真像——我怎么没注意?! 不过，我姐的性格从来都是最柔的，哪像你……"

"你姐从来都是最柔的! ……"

这是天问，我没问出口。

45

我发现病中的李国华就是漂亮：38 岁，却只不过是 30 的样子，天生丽质，一张标准的鹅蛋脸儿，两只大眼和我一样，可称之为水汪汪、亮晶晶，还有和我同有一个无可挑剔的、接近我母亲的希腊鼻，连医护人员中那个同学都说我和李国华是姐妹，还有，李国华和我一样皮肤白净，特别能叫男人们想入非非，全不是李国川一家人的黑灯瞎火状。

15

我不能不关心额尔齐斯石了。

我安排徒弟小田约那个知其额尔齐斯石的钟老先生，我要亲自出马采访。这时，我妈病又重了，身病加心病。

舅舅的儿子，我表哥来了，带来了舅舅急切想见妹妹的愿望。

表哥说，舅舅病已难起，舅舅的身体本来很好，就因为去年在阿尔泰山出了事，摔坏了。

我妈妈为的就是见她的哥哥，可她的哥哥我舅舅找到了，她的病却更重了，不敢见了。

经我再三做工作，最后决定，母亲带我和妹子去看舅舅。

舅舅见了我们异常兴奋，泣不成声。

我和舅舅天然说得来，他拉着我们的手，有说不完的话，连表哥都说，舅舅对我们比对他们还亲。

我们拉家常时，电视台我的部下们来了，其中就是那个播报额尔齐斯石的女主持人，我的徒弟小田。

我们相见面面相觑。

当我知道舅舅就是前一段时间媒体炒得沸沸扬扬、与额尔齐斯石有关的钟安石老先生时，我懵了——

前面我说过，我怎么就忽略了母亲也姓钟?!

在我还没有走出云山雾海时，又一连串惊家大事出现了。

舅舅说，他此生有三件事未了。

一是额尔齐斯石下落不明，这会让他死不瞑目，他说，他一生两次痛失了保护额尔齐斯石的机会。文革开始时,在额尔齐斯河上游的云母矿山,他首次发现并暗命名额尔齐斯石,那时,因为他戴着"右派"帽子,原单位又来了可以让他更倒霉的罪行材料,要判刑转移到另一个地方,在他生死难料时,把额尔齐斯石悄悄交给了为他收养女儿的一位矿工李大哥……李大哥答应说:"即使死,也要和额尔齐斯石埋在一起。"舅舅说:"我敢说,那枚额尔齐斯石一定还在那位矿工李大哥手中,那是一个多好的人哟。"

再就是去年,舅舅见矿山一妇女持一枚额尔齐斯石向他问价。舅舅不会认错,那就是 30 多年前他发现的那枚。

舅舅的第二件未了之事,就是他失散的唯一的妹妹,我的母亲。

我想说舅舅的第三件心事。

说到这第三件事,舅舅已老泪纵横。

他在当年文革受迫害时,曾在阿尔泰云母矿山与前妻有个唯一的女儿,在近 40 年中,由于他的转矿判刑,后来他平反了,才知云母矿山已整体闭矿,矿山万人四处迁移,八方落脚,当他费尽周折打听到矿工李大哥一家迁走无址后,大病一场,为此,他的女儿至今杳无音讯。

舅舅说,他女儿的生日就在前几天,38 岁喽。舅舅说出爱女出生的准确年月日,还说,他的爱女额头上有一颗"观音痣"。

我惊呆了。

他女儿的出生日期与李国华一致,刚给她过的生日。

李国华原本姓钟。

而李国华额头上也有一颗十分显眼的"观音痣"!

天啦!……

我在犯傻。这一切何其突然,何其巧合奇特!

小田问及额尔齐斯石的价值。

舅舅说,它的学术价值很高呢。说此,舅舅津津乐道。

小田又急切询问额尔齐斯石的经济价值,说白了,就是能值多少钱?是不是能值千百万?

舅舅一脸严肃,不语,只是念念有词道:

"不知额尔齐斯石在哪里?她是国家的……"

我从翻江倒海的思绪中回归了,我面对舅舅和母亲大声宣布:

"舅舅,当年收养你女儿和收藏额尔齐斯石的李家找到了,李国华就在这里治病——"

我发现舅舅的脸涨得通红,嘴抖擞不停。母亲惊喜交加,笑逐颜开地像是年轻了 10 岁。

我让李国川赶快去打电话找李国华来。

最后,舅舅问我额尔齐斯石在哪儿?在哪儿?他泪眼巴巴,像小孩那样大喜过望地表现出无力和无助。

我想了想说:"额尔齐斯石——回到了该去的地方。"

16

这时,李国川慌作一团来说:

48

"大哥和五哥名义上迁父亲的坟，其实是要开父亲的墓——因为他们想起来了，父亲早年受那位学者影响，有意收集了不少奇石异矿，说为了国家今后有用，好像其中就有额尔齐斯石，所以，父亲倍加爱护。父亲死时，那些奇石异矿都让母亲包了，随其父亲同葬墓中——"

大哥回忆说随他们父亲所葬的一大包石头里，至少有体大优质的红蓝宝石、碧玺、水晶等。

正说这事时，李国川的手机又响了：

李国川说：

"大哥说，完了，父亲的墓早已被盗，那包石头早已不翼而飞，五哥肯定说，妈那块石头，弄不好就是父亲当年随葬的额尔齐斯石……"

49

鸳 鸯 洞

"你过得比我好……"

钟国伟正想睡觉,手机彩铃显示来了信息。他漫不经心地打开,立刻,他像电打一样坐了起来,半闭半睁的两眼如铃铛一样睁大了。

信息是新娘子彭红发来的:

"明天随领导检查工地到你处。"

这会儿,工地帐篷里10多位伙计快没声了,大老曹已率先打出了响彻云霄的呼噜,然而,新娘子要来工地,而且这时候来这种信息,不是折腾新郎官嘛。

消息是悄然显示的,钟国伟本来可以不用发布,再说,为打消你新郎官的不良念头,人家新娘子明白说是来检查工地的,是工作性质的,而新郎官就此激动地不得了,浑身颤抖不说,上嘴唇还不停地碰着下嘴唇,最后,猫嘴里还是叼不住咸鱼,家里存不住隔夜粮,看小马还没睡死,捅了捅,就走漏了风声。

很快,小马就吼了起来。帐篷里睡着的被闹醒了,瞌睡的搞兴奋了,没睡的激活了,都说:"钟国伟你狗小子明天是个好日子呀,明天这时候你他妈不和我们共呼吸了呀你,这下鸳鸯洞有好戏看了。"

这时大老曹也醒了,他很快就进入了角色,当仁不让地充当起"实话实说"主持人,他说:"归根结底一句话——人家还没有抱热的新娘子大老远来了,你说人家最想干啥?"

伙计们一片哄堂怪笑。

258工程

第二天中午,钟国伟去工地现场回来时,远远就看见指挥所门口,也就是晚上叫鸳鸯洞那地方,停着一辆小车,最抢眼的是,一个戴着面纱的、鲜红外衣裹着的苗条身影在忙碌着。

钟国伟太熟悉那个活水一般的身影,他的心砰砰地要跳了出来。

他走近了日夜思念的新娘子……

然而,新娘子彭红却没有看出她的郎君。一方面,钟国伟虽则是讲整洁的主,但眼前此人脏得实在不像样,像是灰里捞出来的;二是男人们也都戴着面纱,全一个模样,像阿拉伯人。天热异常,人们虽然早已汗流浃背,却不得不"穿着打扮"戴面纱,那是因为工地上的蚊子异常凶猛,一批批围着人冲锋陷阵,大有前赴后继不屈不挠的执着精神。

直到钟国伟到了彭红跟前,这时,彭红突然停住了手里的活,面向一个满身灰土的男人,妖娆苗条的身子开始抖动,像在打摆子。

51

他俩激动地无声无息。

彭红激动时，一般不会轻易流眼泪什么的，除了满面通红，最显著特点是一个劲咽着什么，仿佛有什么非常难咽的东西卡在了喉咙，说白了，可能是和夫妻那点事有联系的时候。

钟国伟掀起面纱，露出男子汉傻呼呼的笑。

彭红伤心地看到：此人奇黑无比，那个白面书生新郎官早已不复存在……

她也轻轻撩开了自己的面纱。

妈呀，钟国伟要惊呼了，是她吗？是彭红？是我结婚后258天没见面的新娘子？眼前此人美丽的如此陌生！

他俩的结婚照在钟国伟的床头摆着，伙计们有事没事都爱绕他床铺一周，品头论足说，彭红太像有位广告美女。为此，他们拿钟国伟开涮的时候，早把彭红当作那个美女。现在那位美女，不，彭红，就在眼前，这可能吗？眼前这位水嫩芽儿，红白粉粉的大活人，就是他的新娘子？

两口子都不好意思说第一句话，互相还表现出大红脸儿。

心在吼，脸在烧，身在抖，眼晕眩，钟国伟在犯傻，彭红在加大频率咽东西，咽得她眼泪在眼眶直打转儿。

他俩无比矜持，无比害羞的样子，是初恋那种雨朦胧，鸟朦胧，更像他俩初入洞房面对花烛夜那情景，总之，好像他们陌生的从来没有过什么。

这时，胡一蛟来了，他大声吼叫：

"钟国伟，出问题了！快去9标段……"

这狗日的公报私仇，钟国伟想。

钟国伟和彭红对视了一下，泪眼巴巴欲言又止。

钟国伟不能肉，不能在这种千载难逢的时候连老婆都不会哄，于是乎，他故做轻松，做出无私无欲的样子，本想说的是句安慰话，不料出口却是：

"……晚上，晚，258工程……"

"258工程？"

彭红没听懂啥叫258工程。她此次作为总部技术中心副主任科员，来的任务是为西新铁路线9、10标段成型路基的技术资料，对"9"和"10"比较在意，不懂什么"258"。

钟国伟脸腔一热，知道自己说漏嘴了，说得不是大家的话，或者说，说得不是人话，就更不知所措。

"……晚上'鸳鸯洞'……"

忙中又出乱的钟国伟说得更错了，彭红脸上腾地飞出了两朵儿红晕。

这可是工地人的行话，公司上下谁都懂。

他说的是"鸳鸯洞"呵！

所谓"鸳鸯洞"，是钟国伟所在公司在修建南疆铁路时发明的，是属于工地专有的"临时洞房"。谁的爱人来了，公司就腾出工地最好的"别墅"，就是那个时不时挂着横幅、贴着标语、彩旗飘荡、在工地修得略高耸一些、属于工地中枢神经的——地窝子而已，就是为人家幸运者晚上一抖雄风提供优质服务的地方。

工地人说，到了来真的时候，也就是说，像今晚这样的时

53

候,"鸳鸯洞"口就会插上了公司那面红旗,被作为禁区控制起来,算宾馆的"请勿打扰"。你看吧,劳累了一天的工地人们,这时会出现一片兴奋和躁动,不仅如此,他们还有更绝的——听房!那才叫人说不出口。难怪,出校门不久初来乍到的小马在一次小组会上发言说:"这里的精神文明不太好"。

谁妻子来工地了,谁就拥有了"鸳鸯洞"的所有权,也就是说,谁就会在伙计们无比羡慕、自我解嘲、衷肠无限、无可奈何、眼睁睁注目下,在伙计们一片直截了当的"下流"过瘾调笑中,走向光明,走向灿烂,走向人间天堂……

那里是工地一道靓丽的风景线,是建设者们的特殊景观。大老曹说,在某种意义上说,比发给他奖金和让他立功还重要,那似乎就是工地最高的奖励。

听说"鸳鸯洞制度"已被千里铁路建设线上广泛采用。

总之吧,工地有个"鸳鸯洞",算不了什么,善解人意而已。好好的事情,小小的事情,平平常常的事情,实事求是的事情,而到了公司"下流职称"评为一级的大老曹嘴里,就全变味了,本是"一夜风流"的那点事,硬让他们把洞中情节演绎得不堪入耳。

反正这些远离大本营千百里的筑路人们,一年四季南征北战于戈壁沙漠那些人烟稀少的地方,是大老曹说的"连母狐狸都见不着"的地方,太寂寞了,最大的快乐不过是过过嘴瘾,解解"嘴饥荒"而已。

钟国伟脸蛋儿烧哄哄地走了。

就这样,钟国伟和彭红在分开 258 天后,只见了一面,

54

大老曹说,钟国伟笨得连皮都没蹭上。

估计在这个世界上,只有钟国伟能精确地计算出一个非常重要的时间,这就是:从今儿个凌晨1时起,是他和彭红婚后25天分开的第258天。在这258天里,"旺盛的精力与日以增长的内部需求与英雄无用武之地之现状",是他当前的基本矛盾。此论出处为大老曹"曹氏经典理论"。大老曹还专门发表过"工地黄皮书",说钟国伟之所以没搞成事,主要是新婚"不足月"。

钟国伟把与彭红分开的258天,和今天将要在"鸳鸯洞"可能发生的事件命名为"258工程",这,只有天知道,还有钟国伟自己知道。

走在路上的钟国伟那个悔呀,只骂自己太烧包,太文明礼貌了。不过,他对晚上"鸳鸯洞"战役还是有信心的,他是当然的"项目负责人",这些,不能像大老曹那种人俗不可耐说出来,彭红的到来,就意味着今晚"鸳鸯洞"的所有权已基本在握。

其实这事吧,也不一定非到晚上才可以,上次老王的老婆来,大家在工地上干活时,他就在第一时间和老婆把工作做了,这样,就可以在晚上搞"二次创业"。这没什么,是一件本着实事求是精神的事情,老婆们来工地一趟很不容易,不算千载难逢,也算"百载难逢"吧,不浪费时间这种一次性资源,没错吧?

所以,钟国伟认为,彭红是上午到的吧?这样,中午就有时间!想到这,他内心一阵子冲动和狂喜,尤其是见了活灵活现的彭红,比几百个橘色的梦还叫他心驰神往,真人比照片、比想象动人百倍哟!

美哉,258工程! 此时,钟国伟觉得这个地球店是为他开的,谁见了他都挤眉弄眼使坏脸坏嘴,他见谁都笑逐颜开,觉得谁都那么可亲可爱,包括那个和自己正别扭的讨厌的胡一蛟。

大老曹那面已经开始"现场直播"了,整个话题都是围绕彭红和钟国伟以及鸳鸯洞的,把伙计们逗得热火朝天,活也越干越有劲了。

大老曹在直播报道什么? 说白了,就是他"反复强调指出"的——"人家新婚半年多没见了,既然来工地有机会在一起了,你说人家能干啥? 都实事求是点吧,别他×的给我假模假样唱高调。"

钟国伟忙忙碌碌完事回来时,已到了午餐时间。

他再见彭红时,彭红好像就是他的妻子一般,少了许多初恋的样子,看来,人家彭红比他老练多了,喉咙好像也畅通无阻了。

彭红先是对他报以春天般同志似一笑,接着,就有了总部来人居高临下的从容。

她忙碌着,并不在吃饭的叫喊中去食堂,仍在晚上叫"鸳鸯洞"、而白天是指挥部的洞口进进出出,好像她来此一趟不容易,就是要抓紧抓好业务上的事,别无他事。

钟国伟有意说几句什么,可彭红的表现说明,人家真的是来工作的,人家的手里在向另一个来员比划着,嘴里在吩咐着什么,挺忙碌的。人家指挥若定,毫无杂念,专心致志,大公无私,一直旱涝保收的样子,好像此行的确、根本、完全没有其他事项,没有工作以外的任务,当然不领会他钟国伟混账的"258工程",兴趣全在那些纸堆堆里,并把手里的资料摇得哗啦哗啦直响。

不过,钟国伟见彭红的眼睛还是忙里偷闲,在滴溜溜地环顾四周,那细长脖子仍有下咽的动向。

这时听到一串只有工地人才能如此露骨的笑声:

"小钟,老婆到底来了,这,这就是小彭,彭红?"

大老曹眼直了。他油腻的厚嘴唇在闪光,手里一只鸡腿在滴汤。

他看了无数次彭红和钟国伟的合影,虽然照片上的彭红是很美丽,但他知晓现在化妆的严重虚伪性,不料今儿个见了真彭红,大老曹觉得肠子在抽搐,那颗乱蓬蓬的心被彭红的真实美镇住了,他真的没见过有这样真实漂亮的女人,自己对自己偷着说,他在都市大街上注意过万千女子,也没见过这样的,还有,他不该、并已卑鄙地偷偷地看出,人家那个地方很生动活泼,是无比蕴藏的样子——他×的!

他呆若木鸡的瞬间,回过神来,词不达意说:

"钟国伟,抓,抓呀紧时间啊,工作第一呀!工、工作,啊哈哈……先工作,后吃饭啊哈哈……"

这是大老曹很正经的话了,而且有些语无伦次。

大老曹到了一边,蹲在地上认真地狠狠地喝了口鸡汤,心底深处一声长叹,才知道自己一天骚哄哄的,今天才算见到了天下真正的美女。想到人家一对水汪汪的大眼睛和粉红脸蛋儿及其那一对要命的东西，又想到老婆的粗劣和干瘪，都是女人，差别咋就这么大呢！人生啊！

很快，大老曹坚定地要求自己，不要这样下流地去想问题，而是要高尚地看事物看美女，人家可以算是小字辈了，小朋友嘛。

工地就是这样，说说彭红，就能让人们情绪高涨，见到真人，早已把工作热情有声有色地翻了一番。

能来到工地的漂亮女人的确很少，更别说彭红这样的。彭红在指挥所，或者说在鸳鸯洞口忙忙碌碌的身影，早已被这帮"混蛋"深刻地"刻录"下来，这一点，钟国伟明白，他们见谁的老婆都眼绿。

钟国伟当然还知道，那是带有"普遍意义"、放之四海而皆准的、属于有些工地人的"宏观骚情"，是超越微观、不能具体指向的"意境"，属于精神世界范畴，这只是一群"精神贵族"而已。

工地人一口一个"工作"，这让彭红的喘息越来越紧。公司上下都通晓这些来之工地的黑话，这一来，彭红的脸蛋儿又红了。

"大家吃饭，你们，啊，工作，我们保证不听，谁听，我撕破他的耳朵，要听，晚上，晚上！啊哈哈……"大老曹放肆说着。

钟国伟明白，他们这些狗日的能不听房？见鬼去吧！

"听房"是大老曹"拓展鸳鸯洞业务"的又一经典发明。

彭红羞与为伍，天本来就热，她被黑话和眼神折腾的满身是汗，头一扭，钻进了指挥所，她身后爆出了烈火般呼号，还带有口哨声笑声和敲打碗碟声。

伙计们的放荡不羁,弄得钟国伟在"鸳鸯洞"门口进也不是,退也不是,想着走着,脸蛋儿像是贴上了烧饼,最后他横下一条心,去你的,老子百年不遇,我,进了!

他向伙计们努力地做着怪笑,就往"鸳鸯洞"里钻去。

这时,彭红却拿着碗筷出来了,表示人家这时是吃饭第一!对钟国伟视而不见。

钟国伟发懵时,听到彭红蚊子一样的声音:

"傻呼呼的……"

钟国伟的确傻了。要知道,大家去吃饭,这"鸳鸯洞"绝对是闲置的时候,机遇吧,这东西稍纵即逝,时间就是资源嘛,当然,他不一定要在这种情况下全面完成"258工程",达到初级阶段水平也行嘛,工地人们都是求实派,都了解和理解这事,没人假惺惺笑话这事。

彭红往外走时,有点走猫步,像在大学模特队第一次上场,一脸严肃紧张的样子,走得缠绵和迟疑不决。

其实伙计们"懂事",瞎胡吵归胡吵,见钟国伟真有机会"工作",就早在大老曹吼斥中去离散了。

钟国伟就顺势勾着彭红衣角往里拽,他顾及不了那些了。

"你,你要干什么呀你?"彭红很不情愿的样子。

天啦,我要干什么?你说我要干什么?钟国伟狠狠地想。

彭红扭动了一会儿,就以被劫持的样子,双双钻进了"鸳鸯洞"。

这是工地人践行实事求是原则的具体体现。

在俩口子独有空间里,世界在此时退出,时间已经凝固,时空出了问题,两人一时相对无言。

他俩多日不见,既亲切又陌生。关键这陌生叫人别扭,你总不能随便向一个陌生人动手动脚吧?于是,他们进入了战略僵持阶段。

但他俩最终还是本着实事求是的态度,在形势逼人,形势喜人的总态势下,在一道道闪光冲击心扉的作用力下,虽然有和陌生人拥抱那种感觉,他们还是彻底地拉近了正负极距离。

"看你黑的,像非洲人!"彭红好娇滴滴地点了下钟国伟的额头。

"钟国伟,钟国伟!"

关键时刻,胡一蛟焦躁的喊声传来。

"他妈的!这大虫!"钟国伟发狠说。

"你对胡一蛟是不是有些误会?"彭红小声说。

"钟国伟,钟国伟!"

喊声向"鸳鸯洞"天窗声声逼近。

此时,"鸳鸯洞"里出现了片刻寂静,钟国伟突然一把搂紧彭红,迅速地完成了任务中的前几项,闪电式的。

这时,胡一蛟的脚步声已到了头顶。

钟国伟出了洞口。

胡一蛟说:"快!9标段修改图已到了库藏市。"

仅此一句就够了。

工地传真机坏了,凡是急件,都由总部发到离工地最近的库藏市。钟国伟知道,凡这事,谁也不敢迟误,更何况是大家正发毛的9标段。这两天，围绕提高防洪等级和别的事项，两种意见，一会儿要改，一会儿不改，一会儿这样改，一会儿又要那样改，这不，为这事，主要头头全去开紧急会议了——都烦着呢。这又是他工作份内事，他只好打了牙齿往肚子里咽，算你狠！

钟国伟跳上越野车，和司机小马冲向了库藏市。

工地到库藏市有几十千米，是施工便道，路面堆积着被施工车辆碾成半米厚的虚软灰土，车行时，相当于在虚灰中"乘风破浪"，车过之后，平地掀起了几十米高的尘埃。

彭红就这样看着钟国伟腾云驾雾般颠簸而去。

大老曹狠狠地盯了眼胡一蛟。胡一蛟表情悻悻。

一路上，别提钟国伟的心情有多坏了。

相 思 沟

去库藏市要途经野云沟，这地方很奇特，孤立的山体，巍峨挺拔，峰颠高处，一年四季被一团白云缠绕，轻易不散，而四周天地却一片亮堂，就此，工地人取名为"相思沟"。明明人家是自然的，也有名有姓叫野云沟，这些到处跑的工地人硬是改了，改得总离不开男女那些事。相思相思，想时不是。大老曹说的。此时，那山有些像钟国伟，而那云就是彭红，而构成这幅野云沟图的，是那个令人讨厌的大虫胡一蛟。

自钟国伟走后，彭红像午后曝日下的草叶片儿，有点蔫了。

个把小时后，彭红最早看到库藏市方向浓灰骤起，有支

61

箭在射向工地,很快,那支箭变成一艘舰艇,乘风破浪般疯狂而来。

钟国伟带来了满天厚灰,遮天蔽日,横扫工地。

尘埃落定,钟国伟站在了彭红面前,像从灰烬里捞出来的,只有那双大眼在闪着光,还有那一口曾经洁白无暇而如今满是黄垢的牙,呲着。

从眼神看,钟国伟还念着"258"事呢!

接下来是完全可以办事的时间。

之前,大老曹和胡一蛟大吵了一架,他们是同一天分到工地的,说话可以随便。大老曹骂胡一蛟不通情理,不为人着想,"我不能去取资料吗?一天喊叫以人为本,你不是折腾人嘛,让你临时负责两天就上劲了你。"胡一蛟骂大老曹烧包,"你什么年龄了啊你,一天没个正经,尽想那事,还像个小年轻人!谁的工作就得谁去,这是规定,噢,来了老婆,公司的制度就不要了,你上次丢资料的教训忘了你?"

胡一蛟怒气冲天拿着钟国伟带回来的图上工地了。

所有的人都主动撤离现场,或者离"鸳鸯洞"远些,那阵势,就是赤裸裸地给钟国伟和彭红腾地方。

因为"鸳鸯洞"就是地窝子,大老曹说,这属于"地下活动"。

可彭红表示,这会儿一定要上工地,她说,机关书记说了,她正在预备,来一趟工地不容易,要认真体验一线的艰苦生活。

大老曹说:"算了吧,你犒赏一线的新郎官就是体验生活，这最实在，小钟憋出病了，机关书记报药费？你们书记和我是同学，让他来，我和他说。"

说得彭红彻底低下头后，大老曹他们已走开了。

因为是大中午，大老曹扭着眉，挥手支开人时，还说了一句：

"大白天这事，相当于城里歌舞厅的'日场'"。

鸳鸯洞里，彭红在钟国伟步步逼近的情况下，说，"看你黑的脏的"，说着说着，气就紧了，给了钟国伟一头瀑布般秀发。

钟国伟第二次扎扎实实抱住了彭红。他闻到的是人家的奇香和自己的酸臭，而平时帐篷里只有汗酸脚臭，这反差太大，更激起了钟国伟的冲动。

于是乎，钟国伟更加放肆，彭红更加半推半就……

问题在于，最最关键时刻，钟国伟的手机急速叫了起来。

"你过得比我好……"的彩铃声，一轮比一轮高，一轮比一轮缠绕，一轮比一轮烦人。

信息："十万火急，速去库藏市。胡一蛟。"

钟国伟一屁股坐在床边不吭声了，彭红也为自己延误军机后悔地低下了头。

此时，鸳鸯洞顶上已传来零散急促的脚步声，由远而近，已听到胡一蛟的叫喊：

"钟国伟！"

喊叫着，胡一蛟已到了鸳鸯洞口，他怒不可遏吼叫着：

"钟国伟,你干得好事!"

钟国伟知事不好,冲出洞口,紧张地问:

"怎么回事?"

胡一蛟脸色铁青:

"少第5张图!"

"啊!?"钟国伟傻了。

他作为技术科长,当然明白目前施工的紧迫性。前几天上级领导和专家组来到工地,对9标段基础提出改动决定,要把防洪标准提高一等级。在工期特别紧的情况下,修改的图纸,就意味着不仅仅决定9号标段的施工时间和进度,而且决定整个铁路线的工程进度,什么叫时间和进度,耽误一天就会损失上百万!还不仅是经济效益的问题。

怎么会少一张?钟国伟只恨自己一心扑在"258事业"上,而不在工作上。

问题还在于,他这几天和胡一蛟弄得很别扭,除了具体施工方面的事,主要还是些鸡毛蒜皮的摩擦。那天,库藏来了份特提,按规定,作为技术科长的钟国伟应该去取,但钟国伟在工地现场上,胡一蛟就让大老曹去了,结果大老曹鬼使神差私下活动后丢失,虽然后来又找到了,但耽误了工期半天。当时是你钟国伟把人家胡一蛟埋怨的一塌糊涂,气得胡一蛟没有龙气也没虫样,说人家不按规定办,这下好了,钟国伟同志,按规定办吧!

钟国伟二话没说,一挥手,和小马冲向越野车,一溜烟,

64

又奔向了库藏市。

大老曹和工地一些人对胡一蛟大为不满,说他不近人情,甚至说他变态,你自己没老婆了,也不行了,见人家该用老婆了,就使坏是不是?气得胡一蛟脸色铁青,嗓音尖的更像女人了。

正在彭红心里七零八落时候,库藏市方向又发来一只"火箭",一个小黑点后面,是一大片浓浓的灰尘。

都以为是钟国伟折回来了,彭红的心七上八下,胡一蛟怒视远方飞沙走石般刮来的"飓风"。

"风"停了,下车的却是公司吴总,他前不久因胃溃疡住院,听说第9标段基础要改动,偷偷溜出医院,在库藏市一时找不到公司的车,就打的赶到了工地。

胡一蛟正在埋怨吴总不好好治病,大老曹见出租车要走,突然大声说:

"哎,小彭,上车,去,去库藏市,找到小钟,给钱,给我带两瓶酒回来……"

听此,彭红的喘息急促起来,胸脯剧烈起伏着,脸越涨越红,使劲咽了一下,突然,一跃钻进了车里。

"那,那——小彭,不要付车钱,我付得可是来回!"吴总冲着车大叫。

"太阳是从西边出了吧,这个彭红一直稳当当的呀。"胡一蛟纳闷地说。

"让你憋上一年半载试试看!"大老曹说。

"闭上你那张臭嘴!"胡一蛟。

65

龙仔计划

库藏市是个新建市，其实就是个小县城，而且可能是全中国最小、人口最少的那种县城，也就一条像样的街，甩一只馕，从头滚到尾，趴下，就已经滚完成了主街的观光。

彭红很容易就找到了钟国伟，好险，钟国伟心急火燎要回了，原来是总部少发了一张图，他当时也没顾得上细验。

钟国伟从彭红异彩洋洋的脸上和一个劲咽什么，明白她这一举止的不一般，心里好激动，然而，他为难了，他必须要从速赶回，他已经耽误了工作，心里骂自己100回了，不能一错再错，望着彭红读懂的眼神，他心痛的像针刺。

彭红说：

"你看你，马马虎虎的，图纸拿到了，咱们就快点回吧。"

"……那，那你？我们……"

"我陪你回呀。"

司机小马在，他们不便太柔情蜜意的，就双双上了车。

"走哇，小马。"

钟国伟催促着司机小马，小马望着前方不说话，也不动车。

"咦，小马，怎么回事？快走。"钟国伟又催。

好一会儿，司机小马才说：

"钟科，你急啥嘛你，工地上啥时不火烧屁股？"

"咦，我说小马，你啥时候改性了你？工地等图纸，这十万火急的事，你脑子进水了？"

钟国伟还要催,小马干脆下了车,扔下一句:"我忘了件事。"这小子,说完把门一甩,走了。

这时,钟国伟才明白,心里喊叫着,你这狗小子,清凌凌的小伙子呀,都让大老曹教坏了这是什么时候?我能和彭红在车里"工作"?彭红这人会干这事?

钟国伟又可气又可笑地跳下车,把小马扯上了车。

正要走,"你过得比我好……"来了。

"胡一蛟,这大虫!"钟国伟绷脸回着话,听着听着掩饰不住地乐了,但很快,又好像悟出了什么。

"怎么了?"小马问。

"胡副官说,吴总到了工地,知道9标段的修改情况,图纸不用急着送回,让我们在库藏市等着,一小时后,总部还有特提传来。"

小马"唏"一声,开车就走,擅自到了县委招待所,"嘎"一声刹住车,"嘭"地一声摔上车门,走了。

"嘻嘻,这狗小子,全让大老曹教坏了,嘻嘻。"钟国伟明白,这让他和彭红开房间!

彭红羞涩得不得了。

钟国伟紧紧拉着彭红的手,一搂,又一搂;彭红头一偏,又一偏,下车了。

钟国伟和彭红进了县委招待所。

钟国伟大步流星、笑逐颜开、双手抖动着就去服务台开票。

说实在的,这会儿就那么回事了,不要任何虚伪和做作了。

"开个标准间。"钟国伟不能亏了彭红。

"你？她？你俩什么关系？"

服务员警惕地瞥了眼又黑又脏的男顾客,心存不平、仔细地看着漂亮无比、脸蛋儿红潮未退的彭红。

"什么关系？夫妻呗。"

"结婚证。"

"什么？结婚证？没带。"

"那不行。"

"怎么不行？"钟国伟急了。

"先生,我们有规定。"

"你当我们是出来旅游哇你？"钟国伟火药味来了。

"不是旅游？那就更不能开了。"

"为什么？为什么?!"

"先生,我们这是县委招待所,不是那种……"服务员停住了口。

"你,你把我们当什么人了？"钟国伟火了。

"我知道你是哪种人？你不是那种人,把结婚证拿出来呀!"服务员不倚不饶。

"我们是修库藏市铁路的!"

钟国伟想找到同情和理解,心想,我们这是为你们修铁路呀,你还扎刺?

"看出来了, 所以, 才不能随随便便给你们修铁路的人——开房。"

"你,你到全世界人民那里问问,这年头谁还要什么狗屁结婚证?!"钟国伟声嘶力竭争吵时,彭红一把拽走了钟国伟。

钟国伟气得呼哧个不停。

彭红说:"国伟,国伟! 算了嘛!"

彭红和钟国伟出了县委招待所,彭红说:"我们随便走走嘛。"

在路上茫然走了会儿,钟国伟拽着彭红就领往路边叫"好莱坞"的旅馆。

"国伟,这里是? "彭红直摇头。

"嗨! 我们就将就将就吧? "钟国伟嘿嘿笑着。

彭红犹豫不决, 最后还是随钟国伟进了明知不干净的地方。

店主倒是客气周到,端茶倒水忙个不停。店主提示钟国伟:

"自带? 要另加管理费。"

"嗯!"钟国伟没好气说:

"最好的房间。"

"好的——8 号! "

钟国伟拽着彭红就往里进,彭红犹疑着,扭着,她受不了店家用那种司空见惯且有些为她抱不平的样子。

关上 8 号门了,钟国伟迫不急待拽彭红的衣裳,彭红打着他的手问:

"啥叫 258 工程? "

"你马上就知道了,嘿嘿……"

"你学坏了你……"

结果是,当钟国伟激情澎湃时,彭红却脸色木然。彭红不是成心不配合,她首先发现那床实在脏不忍睹,接着看见床上出现了一只小动物,像是打扰人家了,再接着,纸板材料的隔壁那面,一对男女放荡的声响宛若眼前;再再下来,她闻到了奇臭,再再再下来,彭红大叫一声——她头挨近的地方,竟然是有没干透的"上任"留下的有机排泄物。

完了,什么258工程,败兴了。

他们双双站在那里相对无言,别说要干那么高尚的事业,就是多呆一会,彭红都要呕吐。

看来只好罢课,钟国伟一幅失魂落魄的可怜样子。

"……伟,晚,晚上……那,那个,'鸳鸯洞'喔……"彭红本着实事求是的态度,不得不安慰她的新郎,羞涩地说出了鸳鸯洞。

钟国伟想起胡一蛟那副憎恶的面孔,心里只咬牙。他想,他还不一定怎么报复呢,八成找个理由搅和,真划不来,平时关系还可以,怎么在这时候闹腾?

"公司对胡一蛟的印象可以呢,我倒是听说大老曹这人名声不太好……"彭红说。

"你知道什么,大老曹才不坏,好了,不说这些事。"钟国伟正烦着呢。

他们认为政工科胡一蛟科长有些令人讨厌,甚至说他有些溜拍之嫌,平时爱出风头,管闲事,好表现,拿腔作调,装腔作势的,这不,公司的头目都去总指挥部开紧急会去了,让他临时负责一下,这下好了,他拿着鸡毛当令箭,有点儿按捺不住弄假成真的味道,所以,大家背地里叫他"胡副官"，讽刺嘛，谁叫他老大不小不知天命的总不和群。

　　钟国伟说，别以为这只蛟龙多正统，上次的事我都难以启齿，公司发季度奖，因为他病了三天扣了90元，他竟然明显地说出了不满，还气得两天不太吃饭，三天不和我说话，你以为他觉悟有多高？是我造得表不错，可我是按规定呀，和我有关系吗？真是的。

　　这两天关于9号标段方案修改，钟国伟和胡一蛟争吵得上上下下没有胜负。胡一蛟原是工地技术员，工程师职称，懂工程方面的事。上午，钟国伟又因一个技术问题又和胡一蛟争了几句，最后证明钟国伟正确，于是，钟国伟就越发看不惯他处处表现"胡副官"的样子。

　　钟国伟已经知道，这大虫前年离异了，他老婆可是漂亮得很，文艺工作者，最后实在忍不住了，嫌他大半辈子不着家，把她弄成了活寡妇，老都快老了，不陪了，终于休了这个没有什么实际价值的青梅竹马。为此，胡一蛟这只蛟龙没了气息。大老曹说他把精气也给憋回去了，连胡子也憋脱了，连声音也从正宗男人浑厚"低气压"，转成了"高气压"的尖细，大老曹还偷偷说他像个公公。此后，胡一蛟对女人不再正眼看。工地上，只有他不与大老曹等同流合污，不干那些讲荤段子听房等"下流勾当"。

　　他该不会心理变态折腾我吧？钟国伟想，人往坏处想，越想就越坏。

　　他们离开了那家小店。

　　没走多远，就听到"呜呜——"警笛叫着，随声看去，妈妈的,好险!公安正在端那个店呢,钟国伟和彭红亲眼看见从那里揪出三四个衣着不整低头掩面的男女来。

见状,彭红一下子软了下去。

钟国伟扶起彭红快速离远了。

彭红用审犯人眼神审着钟国伟,又轻轻地摇着头。她相信钟国伟是正人君子,不会"把那路边的野花采",她知悉钟国伟的做人,尽管她发现钟国伟在那方面知识见长的厉害,心想,都是大老曹带坏的。

当然,公司上下对这些常年在外的人有些微词,坦白说吧,虽工地远无人烟,但听说有人"利用工作之便",在近处有人烟的地方"有所建树",根据分析,比如,那次大老曹和小马到库藏市取图纸和买材料,中午吃饭时,大老曹狼吞虎咽速战速决,小马没吃完,大老曹就甩下碗筷借故走了。他私下活动近一小时,回来时面如赤潮,大汗淋淋,像洗了头,不多的头发,一小撮一小撮地贴在头皮上。回工地后,他明知几十公里外拉来的水贵如油,却使劲用,难得那么一丝不苟认真地大洗。

不知为什么,大老曹自前年回家回来后,一反常态,最显著特点是说些不健康的话,"荤段子"很多,手机里"黄信息"天天爆满,层出不穷,取之不尽,且达到了一个新的水平,有人说,他可能还言行一致,"说到做到"。

这一来,钟国伟什么情趣都没了,妻子远道而来,自己怎么满脑子都是那些事?难道夫妻间只有这些?看来是中大老曹的毒太深了。

　　钟国伟想来想去,还是要以夫妻的精神文明建设为主,人家彭红是对的——要得是呆在一起! 多呆一会儿就是幸福,自己的境界不够高哇。

　　想到这,钟国伟就说,我们逛商店吧?

　　彭红两眼一片雪亮,像是说到了心坎上。

　　在女人那里,好像越不实际的东西就越有意义,事实反复证明,不切实际比"实际"更叫女人想往。钟国伟想。

　　库藏市最大的商场,只有都市一般超市的规模,但钟国伟和彭红逛得很开心。

　　他们什么也没买, 没什么可买的。钟国伟说:"这怎么行? 得当最佳纳税人吧? 不是说我们铁路线上的人收入高嘛,钱留着生仔呀? "

　　彭红有些不以为然随口说:"钟国伟呀钟国伟, 你傻冒吧你,班上的那几个不怎样吧,你看人家,死活不肯上一线,现在发了,那才叫高收入,年薪 10 多万,论专业技术,可比你钟国伟差远去了,算了,人和人不一样,我不看重那个,我只要你事业有成。"

　　"我问你,今年是啥年?"彭红突然问,同时想着,你以为我这次来真的只有——工作,就是那个关于技术资料的工作?

　　钟国伟摸索着一头脏乱差的头发,说不出所以然。

　　彭红说:"今年是啥年很重要,确切地说,明年比今年更更重要! "

　　这一绕,钟国伟傻子当定了。

　　彭红没有怪他,而是独个儿脸蛋儿绯红而已。

73

钟国伟半会儿才反应过来——对,去年结婚时制定的"龙仔计划",就是当年"育种",在来年龙年时,产一条小龙来。这是父母的指令性计划。

可是,西新铁路打响了,他们一道向公司立下军令状,其中之一是,他们承担的库藏市9、10标段,顾不上要孩子的事了。

"红",钟国伟说,"大老曹说过,公司那个伙计就是在工地上那个那个的,结果,小孩畸形。我们不是说好的嘛,这里的水太差,又苦又咸,一年四季吃不上几次新鲜蔬菜,照这种培育法,哪能做出我们跨世纪、划时代、高质量的龙品种?"

钟国伟说着笑呵呵的,其实心里揪揪的。

彭红偷偷拧了一把调皮的钟国伟,说:"可是,爸妈说的……过了龙年,就不再是龙孙了……"

"什么呀,迷信!"钟国伟说。

彭红说:"啥呀,不是我信迷信,是老人的心情,老人为此都大病两次了。"

"什么? 爸妈病了,咋不告诉我?"

"告诉你有啥用? 好了,好了,是妈病了,住了两个月院,早好了。"

"红——"钟国伟眼睛潮湿了,说,"红,你真的辛苦了……"

"谁让人家倒霉跟了你……"

钟国伟说:"我们转了半天,总得买点什么吧? 对了,来,小姐,买一个洋娃娃,为啥只是个女娃娃? 再来一个男娃娃!

这叫龙凤胎！"

"去你的。"

"对不起先生,没有男娃娃。"

"什么? 那就把这个女娃的裙子扒了,算男孩儿。"

"多少钱?""太贵了,买了两个了,便宜点,取掉两块八零头……什么? 国有的,不降价?"

"你过得比我好……"此时,钟国伟的手机又响了。

钟国伟和彭红马上从"龙凤胎"龙飞凤舞热烈中回到了现实:陌生的售货员,职业的笑貌,一对大眼睛洋娃娃,还有,遥远的铁路施工线,远离自己的小窝,且想干"坏人坏事"也没着落……他们该回工地了。

钟国伟和彭红抱着一对洋娃娃上车时, 司机小马不满地说:"你们咋不在招待所? 让我找了半天"。

回去的路上,钟国伟和彭红坐在车后,他们两只手在司机小马基本看不见的情形下,紧紧地捏在一起,还有细节动作若干。一对洋娃娃被委屈地扔地一角瞪大了眼睛。

种种迹象表明,在库藏市多呆的那一个小时,的确有一份特提资料传来,更有胡一蛟人为的痕迹。

鸳 鸯 洞

钟国伟从库藏市买了些吃的回去,加之彭红她们一行的到来,工地人当然不会放过这种正当喝酒的理由,于是乎,就大喝一顿。

　　大老曹在钟国伟回来后,用小马的话说,就一直用色迷迷的眼神看钟国伟和彭红,这会儿喝了酒,就问钟国伟:

　　"怎么样?久别胜新婚吧?你狗小子太有福了,晚上还行不行了?"大老曹的本色又露出来了。

　　说完长叹一声。大老曹你呀,这辈子与美女无缘喽,与美女虽不在地球人与外星人那个坐标上吧,至少是癞蛤蟆与天鹅之间那种关系,还有美与丑、圣洁与龌龊的关系,自己是一个一年四季脏衣不离身的工地黑铁塔,一嘴口臭,满脸疙瘩,黄牙不全,鼻眼红肿,几撮稀发,胡须乱扎……嗨!除了胃口好,身体倍棒外,还有啥?他在心里直打自己的嘴脸,想着想着怎么又回到了不高尚的"专业"?福气永远是别人的,不足则永远是属于自己的。

　　"胡副官"还是通情达理的,亲自把那面不鲜艳夺目但绝对入眼的红旗,插在了工地鸳鸯洞口。

　　这一来,整个工地有了由来已久的高潮。

　　大老曹说,是他为钟国伟争取的合法权益,他端着酒非让钟国伟和彭红喝交杯酒。

　　闹腾得差不多了,干了一天活,人也累了,加上天太热,人们有意散开了。

　　大老曹有些醉眼惺忪对钟国伟说:

　　"把响声给哥们弄大些!"

　　"真不要脸,这话也说得出口……"

　　彭红怪嗔嗔小声嘀咕时,大老曹赶鸭子一样,赶走了"鸳鸯洞"口所有的人。

尽管"鸳鸯洞"里闷热难耐,透不过气,但彭红好像认真吸取了教训,很听话的样子,甚至轻柔乖巧得像小花猫儿,像那对洋娃娃,说让他们干啥就干啥,这不,彭红让他们让开,他们就双双睁着大眼离开了床铺的中心位置,毫无怨言。

钟国伟很有经验地说:"等狗孙子们彻头彻尾累累的了——再'工作'不迟。"

"他们不是说都回去睡觉了吗?"彭红问。

彭红虽然尽知这些工地男人们的"坏人坏事",但不知道有"听房"这么坏、这么下流、这么无赖的举国上下都为之罄竹难书的事。

钟国伟笑了,说:"嘿嘿,他们坏得很!不知底那就上当了,别以为插上旗就"请勿打扰"了,他们哪有这么老实?"

钟国伟笑盈盈狡黠地说:"没有办法,嘿嘿,我也听过他们的,我听过老王大赵老马小刘小民子……"

彭红说:"你们,你也不要脸!"

钟国伟说:"要啥子脸!"

彭红说:"我说呢,你们一口一个'听听'的,原来是这么不要脸!"

钟国伟搂紧了彭红。

工地人关注"鸳鸯洞",并拿那儿的"好戏"没完没了的调侃,就有了像小马说的"精神文明不太好"的问题。公司对此当然有考虑,针对这种在新世纪里精神生活与物质生活十分匮乏、仍然过着"吉普赛部落"式生活的筑路者,可以说,他们已绞尽脑汁,想尽了办法。

工地先期买收音机、录音机,后来买了电视和 VCD 等,上级宣传文化部门还为他们安装了接收卫星电视节目的设备;再后来,是胡一蛟出的"高招",把工地职工的家人录上像刻了盘,老婆儿女在电视机里哭哭笑笑,有的叫喊着"爸爸,要安心工作——","老公,不要想家,铁路完工就回来!"等。这些人间的天籁之音,弄得工地粗犷男子汉们哭天抹泪,泣不成声。这效果不错,鼓舞了斗志,体现了总部的思想政治工作力度,达到了教育的目的。再就是把公司所有的新旧报刊杂志收罗到工地,结果往往是,一张报纸百人看,一本杂志翻到烂。等等。最后,按大老曹之说,这一切都不管他姨的用——

"拿老婆来!"

"鸳鸯洞"的一次"业务",就足够他们开心半年数月,他们盼望多有几次这种"工作",当然,最好是能有自己"主持工作"的一次。可惜,这种事一年也发生不了几次。

今晚是钟国伟当家作主,大家可是见了彭红真人的,工地的气氛很不一般。

然而,今晚上,既是钟国伟想有所作为也难为情,因为这天热得异样。说实话,两人挨近些都受不了。温度迫近 40 度,异性也相斥,即使千年等一回,也难上烙饼儿的锅。

工地上所有人都热膨胀似的进不了帐篷,当天午时的地表温度达到了 60 摄氏度。

帐篷就是蒸笼,工地唯一的高级建筑——"鸳鸯洞",因半截在地下,温度也只比地上低一点儿。大老曹就在一边操心地说:"完全不符合钟国伟和彭红"地下工作"的需要嘛,这天气,别说要进行重体力劳动,就是坐着喘气都困难,钟国伟苦也!"

钟国伟的确苦哉。

彭红却想草草了事然后出洞,"鸳鸯洞"虽然比外面有丝儿凉气,但不如外面空气流通,更难受。

彭红想和钟国伟在荒僻的工地上走走,再说,她总在担心"听房",担心头顶上的埋伏,好像她头上始终有一群小动物在活动。她的心乱蓬蓬的。

钟国伟很执着。他对躲避"听客"虽则没有新招,但胸有成竹。他知道今儿个大家干得很累,于是,他先和彭红好好谈天说地谈谈心,说得再难听一些,就等于"泡",就是大老曹说的,菜在坛子里要腌熟了才有味儿,等那些坏蛋们人困马乏再努力实施"258工程"不迟。

钟国伟给彭红继续说"鸳鸯洞"的杰作。说最早,大老曹率领钟国伟他们听得是副总经理的房。那位副总以为这里的夜幕静悄悄,后来,才知道"鸳鸯洞"顶埋伏着神兵千百万!把他和老婆的一声一息都听了个透。

"后来人"当然就是曾经的听客,算知彼知己,于是防范措施层出不穷。先是在"鸳鸯洞"里醒着打呼噜,装模作样睡了,把"听客"骗走才工作。对此,大老曹他们大呼上当。再之后,道高一尺,魔高一丈。再最后,一切把戏都不管用了,只好以其极其压抑的方式工作,遇到能沉住气的还可以,可大多数工地人的老婆们,在工地饿狼们的强大攻势下,个个显得不够争气，那些风吹草动还是成了第二天的笑料。以至于，某技术员技术不过关，在"鸳鸯洞"假打呼噜，弄巧成拙，弄假成真，真的睡着了，老婆怎么都叫不起。技术员的老婆第二天走时真的伤心了，因为人家是带有使命来的——人家给公公婆婆立下了军令状的，此次回去是要有所交待的，这不，让这些人一搅合，全完了。

"人家就不听他大老曹?! 不要脸！"彭红问。

"嘿嘿，大老曹是自食其果。"

钟国伟说，那年的事了，大老曹爱人来后，他说请客，让大家多喝酒，往多喝。大老曹和老婆入"鸳鸯洞"后，先是很长时间没有任何声响，最后，大老曹憋不住了，出来赶洞顶天窗口正猫着的弟兄们。钟国伟等散开后，又悄然无声爬上洞顶。这时的大老曹早已迫不急待进入了状态。

小马听傻了，他说大老曹太坏，听他老婆"痛苦失声"，尤其是大老曹老婆一声凄惨大叫，划破夜幕，让小马毛骨悚然，十二分恐惧，这小伙计腾空而起，拔腿就往回跑，嘴唇还抖个不停，一路小声喊叫着："大老曹要出人命了。"

他和彭红在热腾腾中乱扯着，觉着差不多了，就出鸳鸯洞看风水：他笑了，原来，今晚上太热，加之白天工作太累，大家几乎都蔫倒了，工地上横七竖八躺倒一地。有的在帐篷边，有的在机车下，垫个垫子，搭条毛巾，支个蚊帐。傍晚正是蚊子大轰炸的节日，机停人歇时，工地只有蚊子这些轻型直升飞机狂轰滥炸声和一片浓郁的驱蚊药水味儿。

人们真正是热锅上的蚂蚁，整个工地热的无处躲藏，连石头都是热的。

"今儿个他妈的太热。"大老曹一蹶尾巴,大家都知悉他要干什么,这会儿,帐篷里太热,外面蚊子又多,大家睡不着,提起女人,就来了兴趣。

"晚间新闻"当然是大老曹那些让工地人百听不厌的"荤段子"了。政工科长胡一蛟批评他是"精神文明不太好"的罪魁祸首,他就梗着脖子说这是"工地文化",反正大伙爱听,人气旺,有"市场需求"。

这会儿,小马等都吵嚷着让大老曹说,说呀。其实,大老曹早憋不住了。

大老曹就来了精神。

彭红听到了大老曹关于工地"鸳鸯洞"的原版:

"……从前,(其实就是前些年修南疆铁路那会)有个伙计的老婆随总部领导一行来工地检查。你知道两口子有多长时间了?不知道吧?200天呀!可惜呀,工地上没法干那事,你想嘛,白天施工,你总不能在光天化日之下野外作业吧?工地上一马平川,没遮没掩,也不能现场办公吧?这晚上,伙计们几十人一窝,像一窝子老鼠仔,没地方呀,总不能一家欢喜百家愁吧?怎么办?第一天,那伙计就这样虚度年华了……两口子那个急呀。"

"话说那天晚些时候,头儿查夜,见两身影鬼鬼祟祟爬进了高高的挖掘机驾驶舱,头儿眨巴眼正纳闷,嗨,不说了,反正,就在人家千钧一发关键时刻,只听我们头儿大呼一声'抓贼呀!'结果,啊哈哈……"

81

"人家媳妇没有完成光荣而艰巨的任务，伤心透了，也顾及不了脸面了，索性捂住脸蛋儿那个哭呀。这事引起了头目的注意，于是乎决定，以后不管谁家属来了，给我腾！腾出指挥所，于是乎，那儿就被命名为'鸳鸯洞'……"

"……我给你们说，都给我长点记性，在工地这样的地方，种豆不能得豆，和老婆只能搞丰富多彩的文体娱乐活动，刚才我给你们说得那老伙计，虽然在公司领导和同志们亲切关怀下胜利地完成了任务，种下一颗建设人的种子，可是，因为工地水土环境卫生饮食等原因，那伙计老婆第二年生下来一个畸形儿，记住喽，别他×的只顾当时一时痛快，只能无偿劳动……"

大老曹每次讲这个故事时，都眉飞色舞，直咽口水。

那边，大老曹发现人们都快没声息了，就大声清清嗓子说：

"油水这么大你们都不长精神啦？好，好，我给你们来一段新编"鸳鸯洞"，你们绝对没听过，包你们听了个个，不说了，今天工地有女人……啊哈哈。"这一说，人们还真有了点动静。

……

整个工地没一丝风，大家像是进了烤箱的烤鸡，天气没这样热过，有些异常。

一会儿，大老曹也没声了。

钟国伟乐了。原来，最叫人担心的坏蛋大老曹才妙呢，他在涵洞口支着蚊帐，早呼噜冲天了。

小马说，大老曹不得不使出拿手好戏：醉睡，也就是说，本来今晚就热，躺在地上都觉得像烙饼，热得实在睡不着时，就咕噜咕咚喝醉酒，在醉熏熏中醉睡。他忙碌了一天，加之大老曹今儿个有心思，实在太累了。

小马还说，大老曹的情绪今儿个有些反常，横肉一堆不让我们听你的房，说狗日的谁听我撕谁的耳朵，自己咕咚咕咚狠喝酒，这不，喝多了，一会儿说，"人活着真好呀小马呀小马！"一会儿说，"他×的，人活着有啥意思，人活着有啥意思呀。"倒啦。

钟国伟放心了，只要大老曹倒了，出坏点子的人就没了，基本可以和彭红一决雌雄了。

钟国伟回到"鸳鸯洞"正值大展宏图时，彭红为难地望着钟国伟，想说，太热了。

钟国伟虽然没有功成名就已浑身汗流，但他不甘心就这样白耗良宵。

彭红可怜她的郎君，以准备自我牺牲的精神顺着钟国伟。

这时，只听得头顶突然"呼"声大起，接下来，便是山崩海啸，像是冲来了呐喊的千军万马，"鸳鸯洞"顶外狂风大作，沙飞石走，仿佛天地崩裂。

彭红连声"怎么回事？！怎么回事？！"

"鸳鸯洞"外早已乱哄哄地忙成一片，有胡一蛟紧迫的催促，有大老曹出众的高音在叫喊什么，还有什么人的奔走呼号。

不用说，钟国伟知道沙尘暴来了，这就是命令，保护设备物资要紧，虽然工地已有充分准备，但不敢马虎。

钟国伟打着手电筒，一面穿衣戴帽一面紧张对彭红说：

"快,快起来,我去外面,你不要动啊。"

他最后一字只留在了洞口,人已出洞口了。

彭红心想,别以为我是花瓶,我是来工作的。

彭红也穿戴好冲出了洞口,投入到忙忙碌碌的人流中。

彭红在跟着忙时,她听到两人声嘶力竭地训斥她:一是胡一蛟,这个钟国伟和工地人很讨厌的"大虫"在呼哧呼哧训她——"回去!回去!听到没有啊!"再就是大老曹,对她大声疾呼"你给我回去——滚,滚回洞去!"

彭红没有滚回去,而是汇到人流之中,这些人真是的,她心想,哼,小看人。

风实在太大,沙石扑面打来,叫脸生痛。

好在工地上的人早已习以为常,要在都市来这样的风,可能整个儿乱作一团了。人不到工地,没法想象沙尘暴的厉害。

正忙碌着,急风没走,暴雨又倾泄而来了。

晚上看不见雨有多大,彭红只觉得有人在她头顶泼水,狂风暴雨中,稍不注意,气都喘不上来。

84

这时,听到胡一蛟惊叫:

"快回帐篷——下冰雹了!"

大老曹平时嘻嘻哈哈没正经,这会真生气了,指着钟国伟骂着:"让你老婆给我滚回去!"

说时迟,那时快,冰雹噼噼叭叭射了下来。

紧张的抢险因冰雹而停止,人们都回到了帐篷。彭红和钟国伟当然还是被推进了"鸳鸯洞"。

钟国伟搓着头皮说,"好险,你没有打着吧?"

彭红觉着头上有些部位很麻木，说，没有。

气温突然凉爽了。

刚才闷热难忍，这会儿一场大风一场雨，好凉快哟。

钟国伟一声一喘有那个意思。

人家彭红也明白，可人家刚才在急风暴雨中，弄得好脏哟。

钟国伟简明扼要洗了洗后，就傻呼呼看彭红洗。因为彭红要认真洗洗，当然不让人看，包括你这个258天没见面有点陌生的新郎官，就说："钟国伟钟国伟，你看啥你?！"

钟国伟就知趣地躺下了。

钟国伟这一躺不要紧，眼皮打起架来。这不是钟国伟为防大老曹那些坏蛋而假睡，至于那些人，估计早累趴了，再说，外面下着大雨冰雹，"好色"也不能不要命吧？

问题是，钟国伟真的睡着了，昨晚激动了半夜，今天又忙碌了一天，太累了。

人家彭红呢，正半羞半不顾地进行着程序化洗礼，而钟国伟已小声呼噜了。彭红心里笑着，一个劲地要干坏事，真要这样了，睡熟了……想到这，又凄然泪下。

彭红基本洗礼完毕后，为难了，叫也不是，不叫也不是；不是又是，是也不是；不是就是，是就是是……

彭红摸了摸他们下午买的那对龙凤洋娃娃，一个穿着鲜艳夺目的小裙子，一个被钟国伟拔了裙子当了男孩儿，他俩睁大眼睛毫无杂念地望着彭红……

彭红犹豫了会儿，就目的意义比较明确地推醒了钟国伟：

"伟，伟，脱了再睡……"说起来，人家只是关注钟国伟

85

睡眠卫生问题。

钟国伟惊醒后，一股脑儿翻腾起来，一懵一惊。

听洞外，风驰电掣，暴雨哗哗，并无胡一蛟紧急状态呼天抢地声；洞内，异样寂静，芬芳扑面，佳人喘急；“夜来风雨声，花期误多少？”钟国伟回过神来，一下子抱住了彭红。

彭红说什么也没别的理由了，早酥了……

钟国伟同志太激动了，有些放荡不羁的样子，本来想以实际行动向彭红汇报258天来的工作，然而，问题出在他心太迫切了，正是大老曹说的，工地这地方害男人，时间久了，出现了男人们忌讳的“不行了”问题。

在两人努力下，还是出现了峰回路转欣喜的大好局面，然而这时，只听洞门被推得“哗哗”直响——

“谁?！”彭红想，工地人最多不过“听之任之”而已，不会来推门呀，马灯下，彭红吓得盖这捂那。

钟国伟到门口一看，是二于子。

“唔唔……我，我嘛！”

彭红听着钟国伟哄哄骗骗好容易把那人支走了。

“谁？”彭红已领教了工地人的那种不要脸劲儿，但是，说什么也不能容忍这种下流和过分。

“别生气……是二于子，脑子坏了。”

“那怎么还留在工地？”

“嗨，他得了病，大老曹说叫什么病来着？噢，就是一见女青年就犯病，就冲动，放回去了一阵，在城里，凡是见了漂亮的女青年，就叫着他女朋友的名字直追，惹事生非的，就只好让他在工地看材料。"

"好可怜哟！"

"二于子原来可不是这样，人家是名牌大学生呢。那年修沙漠公路，可能环境太恶劣，你想嘛，他刚毕业，没见过酷暑、黑风、缺水和几百里无人烟以及绝对寂静，又被蚊蝇叮肿过敏了，这时，女朋友也吹了，不知咋地，精神就崩溃了。"

彭红听此，半天没有吱声。钟国伟说：

"好了好了，嘿嘿，言归正传，嘿嘿……"

钟国伟急乱中，一不小心，把那个被他拔了衣服的洋娃娃弄到了地上，鼓红喜欢上那个洋娃娃了，就心痛地让钟国伟捡起来。

钟国伟一脚踩到了床下——而就在他的脚落地的瞬间——

"水，水！哪来的水?！"

钟国伟惊叫起来，打开手电一看，傻了——满地黑水，已淹到脚脖子了。洋娃娃飘浮在水面。

"不好，发水了。"钟国伟惊呼。

与此同时，"鸳鸯洞"外也传来呼叫：

"发水了！"

"山洪暴发了?！"钟国伟大叫。

钟国伟拉起彭红就往外奔。

彭红呢，这会儿已反应过来，但她死死不肯动，两手乱抓着。

"快跑！危险！"钟国伟一面大声喊叫，一面硬拉彭红。

他以为彭红吓呆了，其实，彭红知道有险情了，没有呆，

87

很冷静，或者说她顾及不了什么危险，她在更大程度上认为,自己当前状况才是最大的危险！她不折不扣地在忙碌着找衣服,"天啦！衣服呢?"

钟国伟和彭红正拉扯,水已漫过小腿。

这时,胡副官和大老曹已在鸳鸯洞头顶,急呼着:

"钟国伟,钟国伟,快出来！"

彭红大声叫唤:

"别,别进来！"

她好不容易在黑不溜秋中完成任务的三分之一，可另一方面一点也不是钟国伟说得"别管了"那种轻率和不重要,你钟国伟说得轻巧,谁让你给我扯没了？彭红那个急呀……

还是钟国伟机灵又实际,把他的衬衫往彭红头上一套,拉着就跑。

"我的裤子！"彭红大叫。

彭红最后穿得是钟国伟的裤子跑出"鸳鸯洞"口的,钟国伟只穿着大裤衩。

钟国伟冲向一个箱子抱着就往外冲,这时,彭红也抱着她整理过的资料出了洞口。

彭红放下后还要往洞里钻,被钟国伟硬挡住了。

彭红恢复了她总部副主任科员身份:

"让开,让开,开！"

夜茫茫,风雨狂,天地小,人奔忙。

当他俩蚂蚁搬家正紧张,洞里的水已迅速淹到大腿。钟国伟知道,这还是在洞周围有防洪沟的情况下,不然,小小地窝子早灌满了。

钟国伟说什么也不让彭红再下去,他知道,山里的洪峰,一个瞬间就可以淹没这样的小坑洞,对于天地来说,这个"鸳鸯洞"不过一只蚂蚁洞而已。

这时,远处"哗哗"地响声大过了风雨声,近处黑压压、白茫茫的水绞在一起,不时掀起一个浪涛,以迫不急待之势而来,估计大洪峰很快就要到达。

彭红往洞里冲时,钟国伟动手了,他野蛮地推三阻四不让彭红进去。

彭红声嘶力竭喊叫着:

"我的资料!"

"我来,你给我走!"钟国伟怒吼着。

彭红一闪,又溜了进去,钟国伟也同时跟进了洞。

这时,大老曹正来抢险,看见这对夫妻在推搡中双双进了洞,然而,他又眼睁睁看见一股黑压压的水,像张着大口扑向了洞口——

"不好!"大老曹狂呼一声就冲向洞口,和那股大浪一起涌入了"鸳鸯洞"。

大老曹明白,这股水进洞后了得!钟国伟和彭红已是凶多吉少。

"钟国伟!钟国伟!"大老曹叫唤着,用手电拼命照着。

洞里闪过一道手电光。

"大,大老曹,快,彭红——"大老曹手电照去,只见钟国伟和彭红只露着头在水里挣扎,洞顶和水面只有半米空间了。

洞内已是险象环生。

水还在上升,洞口在不断涌入洪水。

从洞口出去已不可能。

都明白,此时,再来一股哪怕不大的洪水,那么,这个"鸳鸯洞"就会灌满!

大老曹不顾一切游扑过去,和钟国伟一起,趁一股水势,把彭红一拥,从洞顶的天窗推了出去。

彭红还一直在死去活来惨白地喊"不!"

大老曹喘气时,心里一阵狂乱。他偷偷地承认,他在完全无意识的紧急状态下,双手得到了最大的满足——那就是,他推推搡搡彭红时,的确触到了彭红的那一对让他惊心动魄的东西。这是不该的,不要脸的东西!他骂自己!那是小朋友啊。我是无意的呀!

他一面在偷偷地忏悔,一面又回味无穷,尽管他在冰水中,心却热腾腾地在跳。

一线白浪以排山倒海之势冲向"鸳鸯洞"。

这一切,不过是在几钞钟的时间里。

钟国伟要奋力把大老曹推出天窗。他想,是大老曹奋不顾身救出了彭红,这会儿说啥也是大老曹离开危险地的时候。

钟国伟也是才听吴总工说的,说大老曹此人吧,看起来说荤段子乐此不疲,有点对什么都漫不经心,有些"烧包",其实,他是很可怜的,别人不知道,也令人难以置信。

　　大老曹此时不顾一切推钟国伟出洞，两人推推搡搡，水已迅速淹及嘴边。还是大老曹劲头大，他往水里一蹲，脚下一使劲，再往上一冲，就把钟国伟推出了天窗口。

　　钟国伟死死拽着大老曹的手。

　　彭红在洞顶已回过神，就拼命去拉大老曹扒着洞顶边沿的手。

　　因为他们刚才都是站在一只大箱子上的，大老曹推钟国伟时，用力过猛，一只脚夹在了踏破的箱子里，这样，大老曹的脚被箱子死死拽住了。

　　钟国伟和彭红拉着大老曹，可大老曹却出不了"鸳鸯洞"天窗。

　　几钞钟后，也就是说，还不容钟国伟和彭红拼命喊人和想办法，在甩在一旁的手电微弱光线下，彭红看见了大老曹眼窝里迸出一束亮光，是明确给彭红渗透出来的，同时，大老曹还努力露出一丝微笑，这是永别的笑，因为这时，突来一股冷风，紧接着，一股一米多高的洪水凶猛地扑压而来，钟国伟和彭红被这股巨大力量一掀，被推走了，留下了大老曹和他最后的眼神。

　　"大老曹！"他俩同时的呼救声旋既被恶浪淹没。

　　也不知道"鸳鸯洞"是什么时候、在怎样的情况下被冲垮冲塌的，反正，奄奄一息的钟国伟和彭红被救援战士救生时，是在离洞百米远泥水里拔出的。

　　一对龙凤洋娃娃赤条条半埋在泥中，还是那样睁着好

91

奇的大眼睛,在看着瞬息万变的世界。

当他俩被抬回工地指挥所时,看见包扎过的胡—蛟和小马及战友们,沉沉地伫立在曾是鸳鸯洞的水坑前,那里担架上,躺着的是大老曹。

了解工地人吗

工地一片狼籍。

库藏市电视台消息:昨夜零时左右,库藏市以西68千米西新铁路野云沟一带,一场罕见的暴风雨夹带着冰雹倾盆而下,仅几十分钟时间,洪水便从山间呼啸而来,瞬间冲毁了多处路基和边坡的土方,已开挖好的桥涵基础和导流基,被山洪夹带的泥石填满,洪水浪高一米多。在建设单位施工区,四家筑路公司无一幸免,洪水涌进了地窝子,工地的帐篷,被褥、衣物、粮油及部分施工生产资料、周转材料等被洪水席卷一空,近9000筑路人员面临困境……筑路公司管理员曹伯虎同志,不顾个人安危,为抢救同志和物资,不幸被埋没在地窝子中光荣牺牲。灾情发生后……

钟国伟听小马说,《库藏日报》和电视台记者们要大写特写大老曹的事迹,但他们的热情洋溢却被一些人的冷言冷语搞懵了。

"为什么?!"钟国伟直着眼问。

有人说,大老曹能舍己救人,但并不说明他就值得大树特树,因为,他思想意识不好;

有人说,大老曹这种人,能干工作也能牺牲一切,就是管不住嘴,干也是白干;

甚至于有人说,大老曹能舍己救人,那是因为漂亮女人,有特殊心理作怪;

还有人说,大老曹功是功,过是过,过,就是思想不先进,这种人能代表工地员工的先进形象吗?

钟国伟发火了,他以为这是胡一蛟所为,他要找胡一蛟大吵一架。

钟国伟怒发冲冠到处找胡一蛟,却见胡一蛟正在接受采访。

《库藏日报》的一位年青记者用锋利的眼神直逼胡一蛟说:"经我们了解,曹伯虎在各方面的确很优秀,30多年来一直坚持在工地一线,修兰新复线时,曾三推婚期传为佳话;干北疆线正较劲时,他母亲病危直到去世没能回去;在南疆铁路百日会战关头,他重病不下火线,多次获奖⋯⋯"

"可是——"记者话锋一转:

"我们听说曹伯虎同志在近年意志薄弱,明说吧,是不是思想意识方面有些问题?"

"没有的事!曹伯虎同志很好!虽然说,他平时为了活跃工地气氛,讲些笑话,喜闻乐见,喜闻乐见呀!同志们喜欢,那是工地文化嘛,是好的,没什么不健康的⋯⋯"胡一蛟坚定地说。

记者找到钟国伟,还是想了解大老曹那方面的"先进事迹"。

"胡说!曹伯虎同志没什么可怀疑的。"钟国伟说。

"你不用担心,生活中的英雄更真实……"有个记者在诱导。

"没有你们怀疑的生活问题,我想说——你们了解工地吗?你们了解工地的人吗?"

钟国伟心里有话要说,他心里堵得慌。

"了解,工地建设者们艰苦卓绝无私奉献……"

"行了,不全是那些,工地人也是人呀,是活生生的人呀!"

"那么,你敢说曹伯虎同志是一个高尚的人吗?"

"……什么叫高尚的人?能舍己救人的人就是高尚的人!不对吗?"

"对,对呀!"胡一蛟动情地附合着。

钟国伟想起大老曹,流泪了。

大老曹牺牲后,从胡一蛟和吴总那儿得知些大老曹鲜为人知的事。谁都知道,大老曹原来没有这样,是前年回家回来后才"变坏"的,原因是他老婆害了一场大病,做了手术,那儿永远对大老曹关闭了。老婆知大老曹这方面功能太好,就提出来离婚。大老曹为此气得跺脚,说:"我一辈子南征北战修路架桥,一年没几天在家,让你等于守了半辈子寡,老婆子,你那病,是我们没有经常男女合床,因缺少锻炼才病的,是我的责任,在这种时候,我怎么能干那种缺大德的事?两口子哭天抹泪后,最后,竟然在老婆以死相许的要求下,达成了可以让他在外面找"相好的"协议!大老曹哭笑不得说,就我这样,谁会和我相好?"

据大老曹给胡一蛟透露,在库藏市丢图纸那次,他差点儿干那事。大老曹没见识过,有意想看看那种女人是啥样的,所以,他就走到了那种店门口,但真的见了那种女人转身要逃,但他还是被妖女拉进了窝。他本来就气喘虚虚心惊肉跳的,见女人那么利索就脱了衣服,他吓住了,也反胃了。他事后说,他不知该怎样对一个不是自己老婆的女人下手。他要仓皇出逃,但那女人硬抱住他,死拽着他,吼叫着"反正已经看了",要了一张钱才放了大老曹。

胡一蛟说,要说大老曹坏就坏在那张嘴上!

最后,胡一蛟给赶回工地的领导建议,由钟国伟和彭红一行当夜护送大老曹遗体回公司。

胡一蛟给总指挥说,这小两口子忙了半天,没干成事儿。

总指挥一听不愿意了,脸一横说:

"那你是干什么的?"

胡一蛟委曲地挥着两手说:

"这,这事能怪我吗?"

钟国伟不走,原因很简单,总部在组织积极抗洪救灾同时,作出了不能因为洪水而耽误铁路工期的决定,这就是说,一场更艰苦卓绝的大战将开始,在这种时候,钟国伟怎么能走?

"那就让彭红多待两天再说,洪水后,很多资料要重做嘛。"胡一蛟对钟国伟一挥手,意思就这样定了,他还在临时总负责角色上呢。

"不",彭红听钟国伟转达胡一蛟的意图后说:"国伟,你丢不丢人?……我要送大老曹回去,他救了我……"说着,彭红又哭了。

因为天热，要及时送回大老曹，彭红一行要走了，"鸳鸯洞"也没了。

钟国伟悄悄把彭红拉到一边说："亲爱的，反正工地的水土不好，种瓜不得瓜，那个，那个，'258 工程'肯定经不起质检，我们，我我们们，春节回回家再再——啊？"

彭红羞得使劲点头，一个劲咽着口水，同时，眼圈红红的了，她难得流泪了……

彭红噙着泪花儿，恋恋不舍、万分担忧地跟随送大老曹的车走了。

彭红走时，抱着那个光着身子的洋娃娃。"好了，我们一人带一个洋娃娃"，当然，钟国伟说，"把穿裙子的给我留下，你抱那个男娃娃回家吧。"

彭红走的那晚，钟国伟梦到和彭红在"鸳鸯洞"的具体情景，因为情景逼真，像是又发洪水了。

钟国伟醒时，估摸着彭红他们赶路已在半道，摸着冰凉的洋娃娃，吟着古诗：

"人意共怜花月满，花好月圆人又散。"

"大老曹走好。"

"老婆，走好。"

二难定律

午饭时，我们有意喝了酒，酒后而去，按王尔顿的话说，"是醉别人不醉自己"；午饭而去，是因为，人在午餐后一般较显疲惫，让对方看着我们萎靡不振，从而丧失应有的警惕性。

我们选择了江南毛线厂作为攻击和报复目标。

要是早知道那有绝色女子，说什么我也该衣冠楚楚，至少要扎上那条 10 元可买三条的领带，套上雪白的衬衣领子（这种东西可能已绝迹），穿上乡镇企业出产的那种司空见惯便宜，但标明是世界名牌的西装，把头也摩丝一下。

不过，话也说回来，要真是那样有备而去，可能会适得其反，可能不会产生我和她之间凄美的故事。

出行前，我翻阅着刚买的孙子兵法书，想着就靠这本书开始我的厂长生涯，想来个瞒天过海，把坑过我们的商人放进口袋，向天发誓，当时的我，没想到、也不可能想到——把人家娇艳妻子也装进自己的口袋。

妈说我嘴硬心软太老实，和人打交道总吃亏，而局长说，这正是我的重要优点，所以，让我当了厂长，并让我一同接管了那个在江南毛线厂上当受骗的小针织厂。

97

"厂长是要从事经商的,经商的干活,老实的不行,"副厂长王尔顿说,"你要借助于孙子兵法"。副厂长老常也说:"还得看看《三国演义》,当然,也要读些经商术之类书籍。"他们都说,往难听点说,就是让我学着"狡猾狡猾的干活",说好听点,就是"要有革命的两手"。王尔顿开玩笑说:"对女人也是这样。"

我和王尔顿衣着陈旧灰暗,像两张破旧的帆,游弋在江南大地绿色的海洋里。我们两人虽说蓬头垢面醉眼惺忪,步子却透出自信有力,一幅落地有声的样子,双脚像西部威风锣鼓的重槌,一步一响地敲打着,迈向通往江南毛线厂湿软的乡道上。

走在路上,我对作战方案有些心理障碍,认为这样做太那个那个卑鄙了嘛,事嘛,可能是对的,他们没少坑我们,但,为了钱让我去玩人家,我心里发虚。

"原则上还是以诚相待,先礼后兵,人不犯我,我不犯人;人若犯我,我再——"我有些犹豫地说。

"那就晚了!人不犯我,我先犯人!我算把我们这些商人看透了。"王尔顿打着酒嗝说。

商场像耍猴,而我们曾是那只被耍的猴,我接管的针织厂吃过大亏。南方内地的一些毛纺厂的人像弹生西瓜听响一样,把我们的脑袋弹得青红一片,一想到这,我就觉得不能心太软,商场如战场嘛。

原来的我,是不会制造血淋淋事件的,我之所以这样调整了人生态度,是因为我被逼上梁山当了厂长,是因为上世纪 80 年代末,沿海地区市场经济雏形形成了,南方人的生意经已炉火纯青了,南方人很会挣钱并很有钱了,人已经精明透顶了,我们却每每吃亏上当,而我的主管副局长大声疾呼:"呵,变了,一切都变了,问题在于人变了。"他这时才小心翼翼地说出商品和钱这些"不耻于人类狗屎堆的东西",当然,他很快又开始大喊大叫"要树立改革开放意识",因为,针织厂一大群原来很听话的阶级姐妹也变了,变成了因一年多没发工资能缠能闹的老娘们儿了。那天,她们有意把他围攻了 5 小时,老娘们轮流去尿尿吃饭,不让他吃,也不让他尿,还让他一杯接一杯地喝茶,第二天他就住院了,所以,副局长突然讲大道理少了,让我把精力迅速转移到经济工作这个中心上来。

我们摇着晃着走到了江南毛线厂大门,这里就是经济工作中心之门。

江南毛纺厂接见我们的是钱科长。

钱科长正抖着得意的双腿往外瞧时,看见厂门口有两个客户正办进门手续。鲜亮的琉璃瓦,洁白的墙,葱绿松草,以及碧蓝水池下,那两人陈旧的简直像牛皮纸装着的两袋水泥。

我和王尔顿敲门而入,钱科长故做漫不经心,因为,钱科长面临的是两副傻乎乎脸孔,简单的脸上,直白地写着讨好与求人,且衣着欠妥蓬头垢面,被风吹雨淋过,发型极其一般,因劳累而面容憔悴,打着酒嗝儿。

一种放心感、优越感油然而生,由此,他把笑容调整到多一些的坦然,多一些直率和宽容上,这样与北方汉子容易接轨,容易碰撞出业务方面的火花。

那时正是乡镇企业风起云涌的旺势头,穿着雪白高级衬衣、扎着高级领带、头梳得油光锃亮、面部刮整的一根杂毛都没有的钱科长,白净的脸上荡漾着精明的从容和微笑,是高屋建瓴那味儿的。

"我厂有一职工的亲戚在贵县……"

我嗫嚅说着。我完全避开了上当受骗的针织厂,说时,我双目不振,求人心切浮于言表。连日奔波,确实,我的眼睛显得木讷生硬干涩,说确切些,眼珠子像是嵌入眼眶里的装饰物,有异物感,看人有些直。

其实,我们用不着化妆,就很有隐蔽性。

钱科长起初没听懂。他做生意已炉火纯青,很少见还出"老乡"牌的。钱科长以其洞察的精明,滚动着带水的眼珠子,露出词不达意和蔼之笑。他当然会顺水推舟。

"是呀,好啊!一个县的?老乡啦!生意好做啦。"说着,还煞有介事地说镇论乡的。

100

据说那些年有些钱的人都说点广东腔,钱科长就用此腔调。他是生意人,有的是油滑娴熟,同时,他的一切心情和神态,一点也不含糊地告诉人们,他正走着财运、事业运和桃花运,他发出的每一声一息,都像是银元间碰出的那种悦耳的声音,实际就是有点女音。

他怎么猜怎么测,就眼前两位低层次客户,干不出对他灭顶之灾的大事来,尤其是不可能想到——他美丽的妻子会对我情投意合。是的,我没有、当时也不可能想到有织绿帽子的本事。我厂只织毛衣毛裤。

国营的？钱科长喜不自禁。钱科长看到了真正的、简单而省脑筋的、有利可图的生意，便请来厂长。厂长也姓钱。这是个村办企业，钱姓人很多，钱姓人挣了钱，又筹钱办起能挣钱的毛线厂。

招待很热情。我和王尔顿傻乎乎、呆唧唧地往肚里灌酒。喝多了，王尔顿就表现出带有普遍性那种激情，就不是刚来外表还谦虚谨慎，是一沾酒就原形毕露的样子，有了比温文尔雅村办企业厂长高些的语言，就在桌上命名钱厂长为"大钱"，称钱科长为"二钱"。距离迅速拉近，我们大家年龄差不多，于是忙于称兄道弟，喜笑颜开，不亦乐乎，热情融融。

我和王尔顿去小解时，我还说，人家还是挺真诚的，我们也以诚相待吧。吃了人家的肉，喝了人家的酒，我开始怀疑来前的作战方案。

"去他的！你没见他们眼珠子贼溜溜的？按既定方针办！"说着，王尔顿打了个嗝。

酒到"豪言壮语"阶段，我见王尔顿已满脸异彩，而人家大钱二钱只是面色红润而已，人家的脸上看得见丝丝血脉闪烁荡漾着钱财，每根汗毛似乎都有着人民币的兴奋光彩，而王尔顿激悦表情和生硬的黑脸，荡漾出的是一身"二杆子"气息——我们就是要用此气息迷惑"敌人"。

大钱、二钱不用使眼色，就左一杯接右一杯，很快将王尔顿当场放翻。他们知道北方人的骠悍，不喝倒不够朋友，不算盛情。南方人很懂得顺人意,不像我们北方人那么直拗,意气用事。生意场上,他们从不怀疑自己的从容娴熟与精道。

我要特别说的是,二钱把他小很多的娇妻带入了酒场,就此,让我乱了阵法。

那女子的美丽是我没见过的!人家是二钱出示的工艺展示品,此女是江南毛线厂,不,他们整个乡镇的招牌,漂亮的让人说不出缺陷,如此秀美女子,只有在南方才能看到。

按王尔顿说,让这女子出来,是二钱故意馋我们的——商战往往这样,你若看到对方的女人越是漂亮高贵清雅,你的底气胆略就会由此发虚,因而,你的价值你的法码就会下降。这在孙子兵法里算那一条,我还没找到。

这女子让我看在眼里痒在心里,说真话,眼见为实地看到如此美丽秀气的绝色女人,我是第一次,我不承认孤陋寡闻,这女子让我所有肠子们在肚子里乱翻腾。我悲哀地在内心长叹一声,世界上既然能出这么漂亮的女人,我们活着还有什么意思!

但我还是很冷静,只是暗叹人生苦也,没有这个福命,我与此女宛若隔世。她是天界仙女,我是人间俗民。

因为她的出现,说实话,我的话多了一倍,我古今中外别有用心地口若悬河,我达到目的了。女子好感地盯住我了。

此女更让王尔顿大开了眼界,他把眼珠子吊在了人家脸上了。与我不一样的是,我对绝美女人多是发自内心的尊重和崇拜，开始真的没想那档子事。而王尔顿眼神是贪婪的，表情是明显的，情绪的高涨是明枪明炮的，是狗见了骨头那种，赤裸裸地流出了口水的。

美丽的二钱娘子，让王尔顿每每看得不得不低头"认罪"。

其实，大钱、二钱很讨厌北方人的饮酒习惯，那种傻呆至极的野蛮饮酒方式令人难以忍受，尤其讨厌王尔顿酒到超级发挥时，双眼半睁半闭，筷子一扔，伸出大爪子就去抓花生米，而抓的时候，好像花生米带电，一抓一反弹，很不容易才抓了几颗，往嘴里塞时，爪子里的花生，三颗有两颗喂到了嘴外，摔在桌上，叮咣，还跳了起来，接着一股酒气从嘴里呼啸冲出，因为要吹牛，还要看人家女子，所以，酒气就不断地冲向二钱，又冲人家娘子。

他对女人大大的不懂，见了漂亮女人就往上冲，迫不急待，这是典型的欲速则不达，不学孙子兵法不行哟，千百次挫败，从不记取这沉痛的教训。当然，我也绝不是猎艳高手，但我懂得火候与时机，最重要的是，孙子兵法曰：欲先取之，必先与之，这，王尔顿不可能懂了。还有，我借酒表现，哗众取宠，是公鸡发情时抖动翅膀那种才艺展示，但开始，我更多还是为了生意，让对方在心理上认我一头，因为我看出，大、二钱他们是有钱，但文化程度很一般，我之所以在后来得以那美妙女子的青睐，是二钱的综合素质不行。

说实话，那女子也许看我谈吐比较文雅，是个读书人，也许因为二钱有交待，我是重要人物，人家对我还真的挺上心，开始时，人家是正常礼节，但后来，虽然她给我和王尔顿

103

都敬酒,但语言一样眼神不一样了,出语一样语气也不一样了,这一点,按上海人说话,我"拎得清"。尤其我大讲了三国,还现抄现卖了孙子兵法,更绘声绘色讲了自己最擅长文学艺术,那女子果然对我刮目相看了。女人对你有好感,表情很清楚。

那女子对男人们都表现出清远高雅,但对我的眼神有一种女人深层的东西,对这,我开始没想到,也不敢想,我一生的错误都在于把女人看得高深莫测,太清洁卫生,没有战略地认识到,女人也是血肉之躯体。我心中的她,简直就是一尊观音! 但很快,我以男人进入而立之年积累的这方面的知识分析出,她的,对我有大大的好感,想到这,心就开始乱了。那女子碧蓝纯净一尘不染的大眼睛,实在太诱人,每次有点内容地看我一眼,我就会气紧一节,她不能不让我想入非非。

我要说明,我不是一个坏男人,一生中,还没看到真正让我心底怦然一动的女人,我在女人方面算弱智,我没胆子和妻子以外的女人摩擦起电。我心虚地做上述说明。这次纯属我第一次突然的超级发挥。我还要说明的是,我这一生就因为这个女人,让我起动了男人的野心以及狗胆,而且之后,我再也没见过如此美丽的女人,说句得罪人的话,包括电视上出现的各色美女,所以,我再也没和别的女人有意思过,估计今生如此了。

她神态自若气质高雅认真地在注意着我,多看了一会儿,看得深了一些,就有女子的悦目之色流淌出来,就在眼里看出了水水,这眼神太具有穿透力了,让我酒性平地大增。

王尔顿亢奋至极,借敬酒,利用人家不喝的合法时机,对人家碰蹭摸拽撩挠的,动了些手脚,他兴奋满足地一塌糊涂,结果乐极生悲地吐酒了,基本算现场直播,那女子脸色一片腊黄,离场了,我心很痛。

秀气的南方人见不得北方人的吐酒,那真恶心!好在为了生意赚钱,大钱二钱以极其的忍耐之态,面对着豪爽大方粗鲁的北方汉子。

王尔顿一头倒向长沙发,发出带哨的悠扬而顿挫的鼾声,像是向大钱二钱致以最真挚的谢意。见之,大钱二钱对视一笑。

我当然醉得轻些。这都是有步骤的,有布置的,但我也满脸通红,给"双钱"造成已失初来那种稳重的感觉。

这正是我要给钱姓氏人的错觉。

酒可以让血液加快,血液可以让一切情绪升温都陡然加速。

趁王尔顿在沙发上使劲"吹哨子",且嘴角出现小股"部队",以表示山门失控时,二钱在大钱示意下,与我手拉着手去了洗手间。

面对便池,我把那几寸玩意儿很不保留地逮出,夸张地命其工作,这让二钱哑然失声,更觉得我愚昧傻呆憨直的可爱。而人家二钱则是小心翼翼掏出贵重,精心隐密地打点着。

他双手在下面繁忙着,偏头对我说:

"哥们,我就喜欢你这样的,我们成交了!"

二钱时时处处要做出北方汉子的豪爽样,想着要合拍,显然做作的痕迹太重。

"哪里,哪里,哥们算缘分!"

我毫不顾及什么地抖了三抖,完成大业。

出洗手间时,二钱一把将我拉到一个房间,举着两根手指神秘说:

"兄弟,这个行吗?"

我艰难地撑着眼皮,表现出横竖看不懂两根保养极好的手指是什么意思,表示我才当厂长一年,虽已成为官,但是道上生手,不太摸行情,同时,我心里直呼求救,因为我毕竟见过猴跳没吃过猴脑,有不少心惊肉跳的感觉。

"兄弟?2还不行?2.5,不,3!3!"二钱像是跳楼甩卖咬了咬牙。

我知道,那意思是提成3%。

我酒虽多了,但心里没醉,不可能醉,不允许醉!

3?我的天,我一答应,大把的钱真的就是我的了?一眨眼功夫,我就成了万元户?

万元户在那个年代就是今天的中产阶级。

我身负重任,厂里那500口子像嗷嗷待哺的大孩子等我带米回去下锅呢!局长说,把这些人交给你了,你就是家长,你就有了责任。为了此,我才和王尔顿为讨生计,万水千山,一路上吃方便面喝冷水,睡澡堂车站,为厂子节省点滴,还干过一床被子当褥子又当被子的可怜事。

王尔顿说自己是酒囊饭袋,跟随你茅大厂长算倒霉,消灭"酒螟蛉"竟然花自个的钱,说我"纯朴的可爱",当官了嘛,既然为了大家呕心沥血,人就是大家的了,就要把自己真正当主人,所以,不要和公家分那么清楚。

他念他的"山阴",我有我的原则。

局长倒是一门心思让我管好这个厂,而副局长大人是另一回事。王尔顿听说这位副局长说了,该厂谁也不要,想让它"自生自灭",只是非得有个挂靠而已。老娘们儿成天闹着要活干、要吃饭、要个好家长,她们真的把原厂长推翻了,让我来当老娘们儿的家长,但主管副局长明确说,也没看出我有多少"风水",说白了,是让我死马当作活马医,医活了,领导眼睛一亮,"你的大大的人才的干活,以后不会亏待你的干活"。医不好?医不好算啥,本来就是一个卵子的公猪配种,配上了好,没配上也没啥不好,反正是没项的事。

我的此番境遇,按王尔顿说你是自作多情了,你什么副县级厂长?充其量是个小营长,拿根鸡毛当令箭,是妓女等待浪子娶她的承诺……话说得很难听,但我有我的想法。

王尔顿说:"这个'九无'厂里还有两无":那就是近500女职工中,无一年轻的,无一漂亮的,好不容易掌管一片天了,而天下有一个养养眼长长精神也行呀,没有!年轻漂亮的就必有出路,早他妈的跑了,留下的都是些经无情岁月揉搓烂的,在酸菜坛子里泡成的老丝瓜蔫白菜烂萝卜了,举目歪瓜劣枣,满眼灰黄晚秋,不是横的就是蛮的,还非常厉害,不好惹,没劲!"

　　然而,它是国有老厂,亲爱的女士们曾经贡献过"金凤凰"青春的,于是,局长说,你算受命于危难之际,她们厉害是厉害了点,外表厉害的人实际内心最脆弱,让我要有板有眼地善待小厂和那些"娘们儿"。"她们年轻时候可一个赛一个漂亮",副局长说了句真诚的调皮话。

　　我们风里来,雨里去,历经千辛万苦,耗尽体力脸面和管理费,贷了一笔款,让这些只会手工劳动的半老徐娘织一种毛裤毛衣。

　　由于边境口岸洞开,此织物物美价廉,可谓风行一时。我们薄利多销,年内便维持了生计。重要的是,这个厂的烟囱一年多没冒烟了,上班成了奢侈,老娘们儿又笑逐颜开了。记者也来了,称此为因地制宜,因人而宜,一厂一策,恰到好处地兼顾了微弱人力物力和厂情,产品适销又具有创新开拓精神,把握了出口商机等等,乃为一奇迹,为此,我和王尔顿一班人这一年来挨训挨骂的艰难日子总算有了报偿。

　　我们正欣慰地展开一丝笑容,不曾料到笑得太早,前不久王尔顿进毛线,让南方厂坑得血本无归,为此,我不得不主内又主外,亲自出马了。

　　但是,眼前有人要给我黑钱,我还是慌了,相当于让我尝试嫖娼,我紧张地不知所云,人家相当于已大大方方脱光了。女人脱光了,就不美丽了。

　　说了那么多,其实我是初出茅庐,生瓜蛋子,生着呢,我还是怕那些让国企人心惊胆颤的手段,这在之后叫受贿,当时没这词,说是"小小意思啦",让我"放心多一点点啦"。

我明白,不顺水推舟就会让别人起疑,我们之所以多次生意不成,其中原因之一,就由于我"不吃那口",让王尔顿生气地说"害得别人也吃不上",对此,我才不得不在王尔顿所说的"严酷事实面前",采取了如此手段,王尔顿说这是"革命的另一手"。

为此,我就马马虎虎连嗯带啊地点头。

二钱像中了头彩,用手挽上了我的脖子。

对二钱来说,这是一个定律,只要肯拿回扣,就等于算术题有了解答,就等于女人收你的重礼,和你那个也就默许了。对付国营的,最最行之有效、低成本之最,就是用大家的肥一个人,然后,从中大大的得益。

回到餐厅,二钱见王尔顿还在吹哨子,就和大钱对了一下眼色,于是,又叫我出门口,掏出一把钱硬往我裤兜里塞。

我真慌了,前面说的都是数字,是一种很虚无飘渺海市蜃楼的感觉,没见真钱没觉得什么,现在一把现钱到了我身上,才知道冰块掉进裤裆原来是冰的。

我出语颤抖起来, 这是我人生第一次发现那么多钱属于了我。我反映迟钝。

二钱却说:"2000零花钱的啦,事成之后,那10000没问题的啦,哥们说话是算话的。"

天啦,上世纪80年代后期,我当时一月才100多元的工资,人家随便一出手就是我一年的工资。我这才认真看到,二钱不仅眼珠水汪汪的,还有一对男人少有的小酒窝,

109

你没有理由说人家不可爱，你没有理由不让人家搞那么美丽的娘子，只是那女子面对一个那方面没有实际能力的人，太可惜了。

面对钱，我立马冷静了，一是想到了信任的局长；二是真想到那些厉害并可怜的老娘们儿；三是我们是有备而来。别看王尔顿睡得一塌糊涂，但我们是说好的，我不会把钱掠为已有。以上三个方面都是高尚的，第四，是我不敢，有啥说啥。

而当时的我，还是被二钱的真诚打动了，我认为人与人之间也不都是那么坏，这进一步坚定了我的为人之略，待人还是要有区别的嘛。

还有就是二钱的美丽女人，那女人碧蓝的眼睛超级诱人。我想，我们只要是哥们，那么，我以后就会常常看见她了。见她就福也。

回到酒席，我脸儿红透了，眼神显示异光，一扫木讷，情绪高昂说着酒话，唾沫四溅：

"……要了！要 40 万……的货！"

大、二钱当然认定，是那个"3%"的效应所致，他们早已坚定认为，世界上没有不吃腥的猫，尤其是乡镇企业对付国营厂。我壮胆说，当时的个别乡镇企业，很大程度上，就是这样吃国营起家的。

大钱二钱在静处观察"动感地带"的我和王尔顿，便有了几份喜欢——喜欢这直率与粗鲁及豪放。

他们经营方面太累，面对如此客户，实在轻松。当我的酒已进入"狂风暴雨"说出"40万"时,大钱二钱意识到生意已成,何况,我还会不断地要货。

我转而想到,他们不会玩我吧?一朝被蛇咬,还是怕他们的诈,我想让他们先货后款,争取把主动权捏在手里。

我以醉式试谈了几次。

人家南方人的确不是吃素的,可以给你喝酒吃肉,可以给你漂亮女人看,但不会送给你原则。于是,我审时度势了。

王尔顿不干了,我想到的他没想到,他后来说,以为我被酒搞傻了,所以,他艰难地从沙发上撑起,还想着"按既定方针办"呢,就挥舞着手喊着:

"不行,不行,你们……先发货……"

我发现两个姓钱人相对一视——我一把搋倒王尔顿,骂着:

"他×的,谁说了算?是……你他妈的是厂长……还,还是我是他×的厂长?"

王尔顿还有点不服气:"你你们……把我们骗了……咋办?"

粗劣的内讧,北方人的底漏了,二钱看得很开心。

当时我哪里知道,此时毛线行情已由卖方市场到了买方市场,也就是说,难买、买不上毛线的历史已开始改写了。

我打电话让厂里汇钱时,大钱二钱两人四眼溜溜地转着。

不是我们如此表现让他们放心,而是我先付款,所以,他们信我了。

三天时间等款到账，于是，二钱陪着我和王尔顿，都是不错酒菜。二钱表现出更多热情。我和王尔顿更胜一筹地表现出从骨子里往外的纯朴。友谊有了，生意也成了，大家皆大欢喜。

只是二钱没有再带娇妻上席，我心里空荡荡的。

我好想见那女子哟！

这也让王尔顿有所不快，几次动员人家，说家里人都来吃嘛，公私分那么清干啥？人家二钱说什么也不肯了，王尔顿没有办法。

但是，我还是在厂区和那女子见了一面，这是历史性的一面。

等钱到发货，饭后无聊，我独自在院子里瞎转，想那女子呢，正好和那女子碰到了。

我人生第一次发现走运是怎么回事，就是，你想啥，啥就到了。人走运，马走膘，我一夜之间发了财，桃花运也挡不住，我让那女子折腾的吃睡不香时，苦苦与那女子无法搭讪时，她来了。

我们先是礼貌地打个招呼，但很快都发现，之间不只是想打个招呼，而是想说几句，而且，又都明白说不了几句，但既然要说几句，就捡最关键和精湛的说。

那女子是浴后，蓬松半干半湿的长发用一根白丝带扎着，看得我心旌飘荡，不要命的心情都有了。

但我很理智礼貌，和她生疏地说着没盐没味的话。

我说，很不好意思，我们让你见笑了。我指粗鲁吐酒之类。她说，没什么，别客气。

开始全是标准的文明用语，但我们同时看到二钱从远处来了。本来二钱走得还很稳重，迈出的是方方正正的矫健步伐，但不知什么原因加快了，接着成了碎步。

在关键时刻，在形势喜人形势逼人态势下，我就不太露痕迹地往深层次走了一步："你一定是大学生吧？""你高看我了，我没考上。""那好。"

这句话说出我就后悔了，人家没考上你说好？天下有这样想讨好女人的？

女子竟笑了一下，那神态，那酒窝……

"我们很粗鲁吧？""你们好豪爽哟。"

我说，我只知道他们叫你小欣，还不知道你的真名呢。

此时，她历史唯物主义地突然小声并快速地说，我叫李小欣。

我之所以这样评价她的现实并突然低声，是因为一瞬间，她让我们之间产生了一种特殊意义，之间的跨度一下子从亚洲与美洲成了亚洲与亚洲，这是因为不远处走来一个步履匆匆的人。

女人显然不想让来人知道，她正在告诉一个英俊男子自己的芳名。这是她心里的事。如果一个异常美丽的女人与你说话高声大气，不在乎谁听到，那你就没望了。

我说："认识你我很荣幸。"

这时的二钱已变快步为急步了，我还隐约看到二钱奔驰而来的脸上，对我提前放射出了词不达意的笑容。

"认识你我也很高兴。"她真诚地说。

在二钱紧急而来的最后时间里，我们竟一阵沉默！最后，在清楚地听到二钱打鼓一样步子时，我说出了"以后很想见到你，不方便吧？"

我知道，这属于大胆勾引性质的了，我不知道也不管李小欣女子会不会生气什么的，男人在关键时刻不能心软手软且脸皮要厚。

不料，她更小声地说："你来呀。""哪能那么方便！""你写信呀！"

行了，足够了，不，超级了，伟大的事件，伟大历史与伟大的人物，往往就产生在一瞬间。

她的"呀"字基本和二钱叫我"茅厂长"同时响起。

二钱当然以主人身分横在了我和李小欣之间。李小欣很体面地说了客套话，走了，我的心被那苗条的背影死死拽走了。

当得到一个让你想入非非女子并有那种意境和信息时，你的心是铁也会化了。

明白感到李小欣对我不一般后，我宛若梦中，这一切又来得这么突然、迅速和简单，这让我一时变傻了，傻到无法提高认识，端正态度，无法领会这其中的全部重大意义与精神实质。

我发现这是清晨喜鹊叫，做梦娶媳妇，天上掉馅饼，出门拾财宝的那种幸福，人间奇迹正在酝酿并不断产生。

李小欣就此占据了我百分之百的空间。不好意思地说，我有第二次恋爱的那种飘飘欲仙感觉，有一种雄男求爱和动物们普遍存在的那种亢奋，这种亢奋进入了血液，产生的是胆略。人一旦有了这种初恋感觉，那就太美妙神奇美好了。

钱到验货发货，完毕，我和王尔顿又大醉一场。

这次我是为李小欣大醉的。

我和李小欣情感进展，迅速的让我都不敢想。

王尔顿说过，男女之间，其实有时很简单，只要你胆大心细，就能在最短时间里，撕开女人假装正经的几层画皮，就能迅速发展之间的事情。都是男人，在艳福上咋就差别那么大呢？其实就是胆子。是的，王尔顿说的对，我天生有女人缘，有艳福。但我一般情况下胆小如鼠，但也有奇迹可谈。

王尔顿睁大着惊奇的眼睛，看着我和李小欣之间奇迹般地一点点融化。

那天我们大喝一通，在王尔顿可谓强烈要求下，让二钱把李小欣叫来陪酒，虽然王尔顿很礼貌得当，虽然居心叵测，但二钱竟同意了，二钱肯定想，量你两个粗鲁北方人没什么奇迹。但我出了奇迹。

这次是在镇上一个较好些的酒家，都喝高了。不能不佩服王尔顿运酒的本事，硬是把大、二钱灌高了，双方都到了豪言壮语阶段，都神走魂飞。王尔顿在给李小欣敬酒时，人家不喝，他又故计重演，在拖拖拉拉中，手和人家的肩部和胳膊有了兴奋的接触。

而我和李小欣之间始终表现出那么的文明，只是我们在他人完全不经意间,由微到显,由浅入深地发展到了眉目传情阶段,这其实又是一个里程碑似的飞跃,尤其是第一次用眼神说话时,对方只要以脸蛋儿突然发红和低头回话,这比说什么都强。

我可谓是人生第一次品尝了眉来眼去甩钩有着落的激荡,有了每一眼胆战心惊后,我们就胆大包天地加大了频率,就堤坝开闸,一泄千里,互相在眉情中,表达着无尽的爱慕和焦渴。

那时高兴了就跳舞,纯文明跳法,国标类。但人的内心是不是文明,只有自己知道。舞场幽暗的灯光本来就让人想入非非,况且我被李小欣弄得几天来茶饭无心。

我们都在酒精作用下,热情洋溢地跳着。我说过,酒能把一切变成加速度。开始是二钱和李小欣跳,表演性质,挺好;大钱也和李小欣跳,挺严肃,程序化的,过场似的,也挺好;接着,二钱大度地把绵羊交给了有狼子野心的我,引狼入室是也。

开始两曲,我们跳的很是文明,风度在此也。处于礼貌,二钱还是让用狼眼看着李小欣的王尔顿和娇妻跳了一曲,王尔顿太猖獗,又不太会跳舞,跳的激情荡漾,迈的是狼腿猿步,李小欣明显反感应付着。估计王尔顿也懂机遇,还不断地与之花言巧语,极致地发挥他说笑话的特长,我注意到了,李小欣表情庄重,不可侵犯。

二钱不想让北方人暴殄天物,多次让李小欣回家去,因为,二钱已找来了几个单位里漂亮些的陪舞女,那时是清陪,还没有三陪女。

　　不知道什么缘故,李小欣没走,只是跳的少了,多是在那边幽静沙发上,慢条斯理品着饮料,间或,在找合理的机会看着我。男人的成就感是什么? 眼下是也。

　　跳着舞,还不断地喝啤酒,我们的情绪更高了。

　　我不想和那些陪舞女跳,但也不能不跳,我时刻就等着和李小欣跳一曲,我洞察出,李小欣也是。她虽然以一贯平和高雅待我们几个舞者,但她还是在多次、或主要是注意我。

　　昏暗灯下,我和李小欣在跳舞时,不知被谁把我们碰了一下,我们猛然距离极近,两胸一碰,我心跳加快,我怕李小欣会生气什么的,没有,相反,我发现她在我们一碰那一瞬间,眼里闪出一束灿烂的光芒,光芒似箭,一到我这就柔情了。

　　我们都不说话了,稍过了会儿,我们动转到一个二钱或他们基本看不见的地方时,瞬间,我把李小欣绵绵的手有意地深情地握紧了,这就是男人的胆量处,这是关键点,是试验区,在这时,两种命运,两种前途,两种结局在等着,我们内心起了化学反应,反应融化一体,成功了,反应爆炸了,否则,就算了。女人不过真生气,男人不过假尴尬。

　　她开始没表示,也没表情,两眼紧紧地盯着我,在对我认真地思考着。我心虚了,我准备假尴尬了,慌张地说:"对不起。"她不说话。我以为她真的生气了,又说了一句对不起,她还是不说话,用美丽的大眼睛怪嗔地看着我。我真有

117

点慌了,只一会儿,在别人又一推搡时,她紧紧地,有意地把整个身体靠住了我,那一会儿,我们都触电了。

舞间,二钱又和我们狠喝了一通。这次谈成了业务,他有了很可观的提成,为此,他也很兴奋,一切都好,虽然王尔顿对娇妻有点那个,那又能怎样?他根本没注意到文质彬彬的我大大的坏。

我本来想着和李小欣只是爱慕而已,肯定是梁山泊与祝英台凄美而没结果的缠绵剧,但事情进展的让我大喜过望。

我在大钱上洗手间,二钱正被王尔顿纠缠酒时,见李小欣出去了,我也神出鬼没地跟随出去了,本来想着马上就要走了,最多说上几句烫热无比的情话,就心满意足了。

就在酒家拐弯抹角那里,吵嚷声突然小若蚊子,灯光也暗得蒙眬,我和李小欣只说了几句没盐的话,突然,我们身如电击,就互相把对方抱进了怀里,没想到李小欣强烈地挽上了我的脖子,我们吻得天翻地覆……

时间仓促,我们谁也顾不上说话。松手时,我说:"你好美哟。"她喃喃说:"你好健壮哟,你好漂亮哟……"

既然我受到了如此表扬,我就趁机抓了摸了,她全不反对。她对我说的最后一句话是:"你来噢,你写信噢。"

时间太珍贵了,我们像一块烧红的铁,被现实的氧焊硬是从中间割开成了两半。

我和王尔顿完成了业务该走了。

大钱和二钱都来送我们,走时我们都热情洋溢,走出很

118

远,大钱二钱还在频频招手,雪白衬衣在南方绿色稻田和阴雨中很醒目,像茫茫雾海里的两张白帆。

李小欣没来送我们,这很正常。我的心在和她告别,我坚信,她也一样,女人一旦上了心情,比男人强烈、纯真、痴迷和可靠的多。

二钱说话算话,我厂40万到他们账后,在我走之前,他真的给我了3%,没想到我为厂贷款的40万中,还可以有我的一万二!乖乖。

那天,我们的货款到他们账后,二钱趁王尔顿不在意,把我拉到卫生间,我人生第一次"受贿"就不是个好地方,所以我一直认为受贿之所以肮脏,就是因为在卫生间进行。

二钱说:"哥们,我说话算数,3%,来,别让他看见了,以后我们就这样做,你相信我。"

说实话,当时我的确很嫩,二钱把钱塞进我的裤兜时,我心跳加快,有点像是二钱坏了我的处男。

我拉拉扯扯的倒不像是做作,我收下了,这样,二钱放心地笑了。

他×的,我是弯下身子咬自己腿上的肉,不是你施舍的!

我必须收。我和王尔顿说好的,钱不收就会坏生意,收了,也不能落个人腰包。对此,开始王尔顿是满口答应的,才几个小时他就反悔了, 对我说:"这钱不拿白不拿,一人6000,不,你是厂长,你8000,我4000,他×的!快三年工资呢,你不要那么傻,反正,厂里没吃亏,天知地知你知我知。"

他缠着让我吞了,说白了,只要我吞了,就会有他的。我没同意,我说,我不敢,一是怕早晚让人知晓了,这就犯错误了;二是不忍心。再说,我们的目的是要在下一次生意上拴住他们,双方一旦闹崩,这事就会浮出水面。

事实证明我的话是对的,但当时的王尔顿气得两次没醉酒。

尽管二钱给了那个3%,但又给我和王尔顿准备了两份重礼,大都是好酒好烟,显得对我和王尔顿一视同仁。王尔顿知其事全过程,心里气得大骂狗日的"小商人!要不是咱们是兄弟,你瞒我不就瞒了?官就得当正的,他×就是不一样。"

最后,王尔顿还是乐得笑开了花说:"×的,这辈子第一次做官,就收了如此重礼,终于有人把我当人孝敬了。"他很兴奋地说:"难怪仇厂长下台时,一出门就大哭一场,哈哈……"他说着撕开一条剑牌烟,迫不急待地抽上了一支。

厂里得此线果然降了若干成本,正好邻国客商到此,现款现货,又为厂净挣了一笔,为此,这个厂大有起死回生的强劲势头。

车间里出现了欢天喜地的节日气氛,称之为具有历史意义的是,这些"老娘们儿"近年来不仅第一次拿上了全工资,还第一次拿了价值一千克肉钱的奖金,那个欢喜劲甭提了。

外号叫"人民政府"的女职工大曼丽,含着热泪在车间里舞了一圈新疆舞。她脸绷得紧紧的,因为她心里想抖得是当年被称"凤凰"时的姿式,而如今却看似落汤鸡在扑腾。她舞着,充满了美意,使劲扯动着脖子,逗得车间那些所有的"落汤鸡"们笑得前仰后翻。

"春天到了"。"人民政府"说:"同志们啊,这个厂大有希望呀,姐妹们,厂长是有希望的。"她爱用官腔调说三道四并评价一切,并爱时不时发布姐妹们不知道或者说早就知悉的消息,像她买回来的一筐子菜,鲜的蔫的都有。

说句不该说的,我回来后,心里全是李小欣。说实话,我并没有勾引女人的历史,这是第一次,也许当时酒精作用,色胆包天,也许李小欣真的秀色可餐,最重要的是,我是第一次被一个陌生女人紧紧搂着,她说我"你好健壮好漂亮噢"……好健壮,我不否定,我好漂亮? 没人这样发自肺腑当面表扬我,这让我激动,一激动就什么动作都做,人家什么也不反对,甚至我急流勇退收手时,人家还有些难分难解,一想起她那对水汪汪的大眼睛,想起那纯细嫩白里透粉的脸蛋儿,我的心就跳。

我打电报致二钱,"再来10吨款即出。"

果然,对方回电,"货已生产款到即货。"

看来对方还是咬得很紧,我还是像上次一样,本来就急着要货,就明确提出先款后货。果然,款到货出。

然而,这一批毛线发生了问题。

我是学纺织的,在总厂是技术科科长,很熟悉毛线。任何毛线握在我手上,看一眼,然后,闭着眼,一捏一搓,就能讲出此线是何国何地羊毛,以及质次和腈纶涤纶含量,这手是我的绝活。二钱厂里此次发来的毛线,明显含有大量廉价涤纶,由于弹性和膨松度等原因,每件毛衣毛裤要多用 100 克毛线,因此,几十万件毛衣和百万条毛裤多用线所增加的成本,是二年级乘法的事,结果将那点微利吃掉不说,必然还造成亏损——对于一个在"重病"初愈艰难喘息的小厂来讲,这个损失太直接了,太明显了,太惨重了!

怎么办?我虽首战告捷,二战却中了埋伏,气得我汗流满面。

"这些狗日的本来就不地道!"王尔顿没喝酒时眼睛很大,此时等同暴凸了出来。我和他最难过,因为事情是我们办的,他的脸左右部似镶了一块白钢板,又冷又硬。

"打官司!收拾那些狗日的!"李太钢是工会副主席,混到成人教育大专文聘,头发始终保持昂扬向上姿态,为此,头也是始终向上翘首星空,有着永远的"天问"。

"这些人不仁,休怪我们不义,还老乡呢!"政工办主任兼职纪委书记汪爽,从严峻的嘴角挤出恨来,她有着愧疚之色,因为,就是她家乡在江南毛线厂那县,我和王尔顿就是打着她"老乡"旗语接上江南毛线厂的,仿佛是她害了厂所有父老乡亲和穷姐妹们,有害一锅汤那只老鼠之嫌疑,为此,她背如针芒。

"了不得呀!"主管经营财务的常得法副厂长戴着老花镜说话了。他习惯说重大问题时摘掉眼镜,显示出镜后那一片白圈:

"用此线,算下来就亏大了……"

王尔顿一捶桌子站了起来说：

"上法庭！"

李太钢双手摁在桌两角一推说：

"把二钱诓来揍一顿。"

汪爽愤愤然青着脸说：

"想个办法吧，茅厂长，打不得官司，也上不得法庭，外商急等要货，官司打起来，先不说赢不赢，光时间就赔不起……"

常得法说："不要急嘛，研究个对策嘛。"

正说着，织裤车间张主任"嗵"地一脚顶开门，大声嚷着：

"试生产结果——车间白干不说，还得赔！"说完，这个五大三粗的女主任用大大的屁股朝着办公桌一角压下去，喘着粗气。

"这样干下去，这个月发不了工资，那些娘们儿跟我闹，怎么办？"

针织厂与总厂是"分锅立灶"的，自己"找米下锅"，无米饿着，于是，大胖子及她手下的娘们儿当然怕饿。

都不知该怎么办，小厂晴朗天空转来阴云。

我沉着脸半天不吭声。

在场的人这个喊"揍"，那个喊"罚"，群情激昂，义愤填膺，敲着桌子，踢着凳子，砰砰乱响。

正讲着，大队"落毛的凤凰"们已涌到分厂办公室门口：

"这个月是不是白干了？"

123

跳新疆舞,外号叫"人民政府"的大曼丽来了,眼珠子可能因患甲亢而鼓鼓的,谁见谁怕。因老头子是当地一处长,知大政方针多,似乎她就有了每每爱管闲事的资格,出政论策,出言针刺麦芒,张口闭口"群众",俨然政府官员,所以,姐妹们称她"人民政府",她欣然接受。

"你们这些领导干部是干什么吃的,连这点本事都没有,要你们有什么用? 啊?!"

"如果不发工资,我们吃啥?"

"我们不干了,还不如回家伺候老头子呢!"女人中有人哄着。

"是呀,就靠这点工资,没了,咋过哟!"

"怎么办? 说,说呀!"

一群当年的"凤凰",个个人老珠黄地拥在我办公室门口,像是抗议示威,等着"官方"答应什么,否则,就闹下去。

"茅厂长,你们是干什么吃的? 让人耍了? 还是其中有事? 我们群众不答应!"问声激烈,"人民政府"大曼丽双手插腰。

"说不定里面有鬼呢!"一个阴阳怪气的声音,此人声音不高,却引得一片呼应。

"就是!"

"吃人家的了!"

"——恐怕,恐怕还不是那么简单吧。"那个阴阳怪调又出现了。

我和王尔顿气得脸正膨胀,听此言便对视了一下。我们是有苦难言,吃了人家,也喝了人家,还拿了人家的,甚至我还和李小欣……喝得时候山花烂漫,喝下去却是如此结果……

关于"还拿了人家的",这事得说说。二钱塞进我裤兜的万多元钱,按我们原定的办,就是回厂后,把钱交给厂纪委,交厂财务科。常副厂长说,这是我当厂长的经典发明之一:收回扣交厂里。我的另一个发明是,集体签名送钱送礼,什么发明,一时逼的嘛,我又要办事,而办事又不能走正道,二难啊……

我真要交钱时,王尔顿发脾气了。那天,王尔顿到了我家,逮着我的烟,一口气抽了两根,才说,我们得好好想想。他一翘尾巴,我就知道他要屙什么。

他说:"我们一天到晚忙忙碌碌,图了个啥,到手有钱不拿白不拿,你要是怕,以后这样,我们对外说分工,就说采购销售这一块我包了,当然,实际上还是你主事,我说的是,凡这种钱我来收,咱们兄弟也算没有白干,再说,这帮老娘们儿,给她们出力不讨好,讨了好也没意思!这帮老娘们儿是填不满的坑!"

我没有同意。到手的钱,的确很有诱惑力,但我不能做欺骗组织的勾当,那不光彩。局长很器重我,我一个穷家子弟,原来没人看没人管的,照原来那种机制,副科长也当不上,是改革开放政策让我脱颖而出,让我当厂长,连升三级,人家有恩于我,我不能做贼……再说了,时下这套路子,大家都知道,你不交钱出来,别人也知道你拿了回扣,这是公开的秘密,人家一旦那样看你,你不就完了?

125

面对吵闹，王尔顿大声说：

"吃了咋地？喝了咋地？我们没装口袋，副局长说了，吃点喝点，只要不装就行，那是正常业务！"后来想想，"吃点喝点，只要不装就行"也是那时候通用的经典发明。

面对"掉了毛的凤凰"们大吵大闹，王尔顿瞪起了牛眼睛，找到了那张面目狰狞的疲脸，一张老脸，毫无生气，鱼眼呆涩。

"吃人家的嘴短嘛！"那女人言词流利。

"你男人吃了没有，你说！你男人吃的时候你闹不闹？说！"

那女人也不示弱：

"你承认了，说明你吃了，我男人就没吃还下台了，你们吃了，就赶快下台。"

"你以为我爱给你们干？"

……

厂部一片混乱，我好容易才劝住。

"——滚！"张大胖子主任突然怒吼一声，双手也插在腰上，脑门前倾几寸，伸出愤怒的鹅头状，那些妇女立刻后退半步，左右顾之，怯生生不言声了，知趣的开始撤退。

"谁再吵?！谁再吵？滚回去！"张大胖子从容有力地一挥手。

一物降一物。我所以让张大胖子当主任，原因之一是因为她能镇住她们，她的办法就是以骂对骂，以牙还牙，以浑抵浑，以俗挡俗。

"蔡月月，你再暗地使坏，当心不让你上班！"那群妇女已走出一二十米了，张大胖子怨气未消用胖胖的手指着人群，那群人陡然整体加快了。

"那个蔡月月是什么人？"我问。

"就是仇厂长的老婆嘛，骚货。"王尔顿说："我太了解他们的底了，我对他们从来不客气，仇厂长就是前任厂长嘛。"

"不甘心失去他们昔日的天堂哟！"张主任嘟嘟着，鼓起脸，左右各塞了一只乒乓球似的。

昔日"凤凰"们怕张大胖子但不怕我和王尔顿此类不到30年纪的人。

副厂长常得法重重地大叹一声说：

"那个妖精蔡月月——"

"怎么啦？"都问。

"嗨……"常得法苦不堪言地头一低，摘下眼镜使劲擦着，戴眼镜地方那片"碱滩"白茫茫之中，露出绿豆般眼睛，泛着光。

"说呀！"张大胖子有点急了。

原来，蔡月月挨了王尔顿和张大胖子训，不服气，吵着闹着要向厂新领导叙说艰难，和常得法说着说着，就一把掀开衣服，让常得法看胸脯，原来那里被医生割平了——白板一块。

"屁！什么乳腺癌，是肿瘤。"张主任说。

"哈哈……"我们都乐了。

"老常有眼福，长见识了，比我们强。"李太钢乐得直喘，喊腰痛得不行。

127

"人家哪好意思让你们年青人看'白扳'？"常得法自认倒楣说。

后来，我们就叫蔡月月为"白板"，都说仇厂长和这个曾经当会计的"白板"没少坑工人，所以，没人同情她。"白板"献丑，是为了报销一笔医疗费。她不管厂子正艰难起步没钱报医药费，为此，她便四处发信到上级的纪检部门，最后，看副局长对反映情况很重视，就三番五次汇报我们"有鬼"，说我们承认了吃喝这类事，说这些年轻人靠不住啊！举例种种，以此来反证她老头子、前任仇厂长的种种好处。

"承认拿了回扣，不管交不交就是违法的！""人民政府"说。

她丈夫处长大人一听，厂长们吃人家的喝人家的，问题在于还拿了人家的，这怎么了得，已经是腐败分子了，就向局党委写了检举信。当时局长和书记不在，主管工业的副局长眼睛一亮：

"给我查！"

上级真的来人查"鬼"，弄得小厂鸡飞狗跳。

闹腾了三天，局长回来了，一听此事，就拍着桌子把工作组训斥一通：

"啊！厂要倒了你没办法，好不容易有了起色，你们就有办法了？"

上级下结论了：没发现我们有大问题。关于吃喝问题，以后要注意，管住自己的嘴，能不吃就不吃；关于收回扣一事，没装口袋，不算问题，不表扬也不批评，也不上会，下不为例。

"这下你该清醒了吧？"王尔顿幸灾乐祸说。

我说："说明上级还是爱护我们的,好好干。"

"算了吧! 好汉不吃眼前亏,该出手时就出手……"王尔顿说,不要再犯傻了,能捞就捞,过了这村就没这个店了。

不行。我想,我们还是要以事业为重。

二钱来了长途,我回话甩套子:

"那批线很好,客户很满意,咱们交道日深,大西北,夏日千里草原,冬日千里冰封,万里雪飘,秋天就更妙了,秋高气爽,瓜果飘香,你一定要来做客呀,毛线,要,还要! 比上次更多,市场情况很好哟,请你们来做市场跟踪嘛!"

我没好意思说带上你的娇妻,我不想亵渎李小欣。虽然我知道,我与李小欣之间十分爱慕。为了对这种爱解脱,干这类事的人引经据典说过:爱是无罪的。但我毕竟是勾搭人家之妻,要往具体说来,越说就会越难听,我也常常矛盾和后悔,我一面还想着拥抱那个无骨的柔体,还想狂吻那美丽的一切,觉着这事九头牛也拉不回;一面又不断指责自己不是人,对不起妻儿老小……

王尔顿就说得出口, 他接过电话体面地说:"……带上你爱人一起来……"

接完电话,我在会上说,二钱那面有急于销货之意,我决定采用最初战略——把他们装进我们的口袋。

会上我们思路清晰,旗帜鲜明,会后,一想起李小欣,我又有些于心不忍,不知道这样做后,我和李小欣会不会没了

129

下文。

我一时一刻都不得不在想李小欣,想着想着,就想到了和李小欣越来越深刻的情景。当发现能够真的走进男人海市蜃楼般的精神世界时,使我欲罢不能,为此,我甚至想到应该放弃"掉了毛的凤凰"们,是的,这些"凤凰"早就是掉了毛的"鸡",除了像我的老娘。而与我老娘截然不同的是,我娘一切为我好,相信我,可她们对我横冲直撞冷若冰霜,而李小欣与她们云泥相别,鹤立鸡群,美不胜收,与我情意绵绵……

狗日的王尔顿猴精,我在江南毛纺厂和李小欣那些蛛丝马迹,他有些窥测,要不,他后几天不再向李小欣进攻和献殷勤了。人类最具智慧的体现,往往在男女这方面。

当我们正商量把大钱和二钱装口袋时,王尔顿意味深长地点我的穴位说:"要是我们成功了,我们和他们可就是仇人了噢,既然是仇敌嘛,也就再也没办法去那儿了,那儿的河豚鱼真是天下一绝哟,怕是吃不上喽。"

"什么?你们敢吃河豚?那不是有毒的吗?"李太钢瞪大眼睛。

"你懂个屁!越是剧毒的越是好东西,越是人们说不能沾的,就越是美妙无穷,你小子见过什么?"王尔顿话里有话,奚落着李太钢。

这句话显然是说,你别想再见到李小欣了,这让我心痛无比。

我真的难住了,我舍不得和李小欣断交。

这时,李小欣给我回信了,我其实不懂女人,并开始佩服女人的胆略,女人要是上了劲,就会不要命。

李小欣给我回信:"我的哥,我想你呀,我那天是情不自禁,让你见笑了吧,说实话,我一见你,就被你豪爽大气、英俊儒雅风采所倾倒……我不是一个坏女人……"

归纳她信中有三大主题思想:一是二钱和她的婚姻是父母们干得好事,破坏了她真正的爱情;二是二钱不是真男人(她说得云遮雾盖,这我有数,要不是我看了二钱那小玩意儿,她这话还真难明白);三是二钱这种人俗不可耐之类。她还明确表示出,我们做一生好友,不会给我们互相制造出麻烦,她问我同意这样吗?

我心潮澎湃地回了信,表示了我对她的向往和思念等等,人一旦进入了这种角色,就顾及少了。

我们在短期内互相就通了几次信,那时打电话费用高且不方便,其实远不如写信浪漫,那么有张力。

我们互相间急待见面了,都明白再次见面后,将带来什么样的结果。

当夜,我的办公室灯火通明,好像在开遵义会议,比联合国大事似乎还重要。

"怎么弄?"我问大家:

"怎么弄?生意事大,人嘛,要从远处看,不要算计他们,算了。"王尔顿说。

"算了怎么行?我们是一个国营厂呀,500多姐妹要吃饭呀。"张主任大声疾呼。

"没饭吃是吧？讨去！"王尔顿恶气气地说。

汪主任急了：

"王副厂长不能这样说嘛，总不能和人家有友谊了，就不顾及厂了嘛。"

这话里有话，显然还记着我们吃喝玩拿的事。

王尔顿甩掉烟头，狠狠说：

"好吧，以其人之道还治其人之身，上次，我就说了，把他们装笼子，耍一下！"

"对，他坑我们，我们反过来坑他们，装笼子，把狗日的装在麻袋里踢！"李太钢咬着嘴唇说。

"这年头不能心慈手软，市场竞争嘛，这是你吃我饿的大问题！"常得法说。

"慈不掌兵，自古伟业成之，无不心狠手毒。"李太钢。

"纸上谈兵，满嘴废话。"王尔顿反讥着。

"反正，不让他们赚了我们！"汪爽说。

"到底怎么办？"我问。

我觉得大家不仅在纸上谈兵，还严重地理论脱离实际。

这一问，又沉闷了半小时，深夜了。

"将计就计，让他们先发毛线来，到时再说？"李太钢。

"人家傻吗？"常得法讥笑着说。

是的，人家不是傻子，相反，人家把我们当弱智，在生意场上，我们算人家的徒弟，徒弟想玩师傅，行吗？大家认为这是不可能的，但是，要想不吃亏，又能有什么妙计？

大家又沉默了，又是半小时。

"靠厂长了,只有厂长能逮住他们。"常得法说。

"厂长能行。"汪主任说。

"为啥厂长行,你不行?"王尔顿敏感地问。

"厂长有这个本事嘛,厂长一脸菩萨像,说话办事牢靠,容易叫人信任。"

"人家可狡猾呀!"张主任说。

"狡猾的狐狸斗不过好猎手,厂长出面,把毛线先诓回厂,然后治死那些奸商!"李太钢说。

会议其实是瞎扯一通,不可能有明确的办法,这事还得靠我。只不过通过会议,算履行了程序。

这时,局长打来电话说别的事,我把此事说了,局长说:"什么叫职务?职务就是决策,该干什么,不该干什么,你会懂得的。"

这一下就把老娘们儿推在我面前了,李小欣当然站到她们后面去了。美丽的金孔雀光芒在后,眼前是黑压压一堆"掉毛的凤凰"……

我是在矛盾中做出决定的,我游离于二者之间时,我一想自己的责任和担子,就心软了——还是工作第一吧,男人的爱情是事业,女人的事业是爱情,谁说的?这句话是当今世界最佳箴言。

心对老娘们儿软了,就对李小欣硬了,我不想对李小欣硬,舍不得,可我没办法……

会议最后决定"钓鱼",由我去完成任务,做成大事,实施"还治其人之身"的钓鱼工程。

E Er Qi Si Shi ......

　　我第二天大清早赶车出门时,王尔顿、常得法、李太钢、汪爽、张主任都不约而同地来到我家门口,一个个恋恋不舍的样子,像送毛主席去重庆谈判,我激动的有些热泪盈眶。

　　"厂长,全厂500名工人的生计就在你手上呀!"常得法动情地说。

　　"厂长,这算是千秋伟业,回来为你摆庆功酒!"李太钢最早流泪了。

　　"厂长,套不住老狼,不是英雄好汉!"汪爽说。

　　"厂长,我们的工资、资金,全靠你了!有奖金,我请大家吃红烧肉!"张主任说。

　　只有王尔顿不说这些话,时不时把头举向天空。

　　一路上,我一面在想怎么才能把人家装了,而更多的是在想着李小欣的美丽动人、芳香甜蜜和柔若无骨。

　　说实话,我在路上想着,把李小欣和货款放在我面前,如果只选一样,我选谁?

　　这时,我发现人在两难时真难受。

134

　　我到了江南毛线厂所在地以后,先到周围厂转了一遍,了解到毛线市场急剧萎缩,各厂家已开工不足,正愁销路,也就是说,已进入买方市场,买家成了上帝。于是,我到江南毛线厂后,不仅得到进一步关照,并看出他们开工不足和急于销售的窘迫。

　　二钱他们不太防范我这个北方汉子了。

　　我说要50万元货时,他们一口答应。他们以为我为3%的提成而来,并明说,提成提高到5%。二钱对我说,我的哥呀,就这一次,你就是两个半万元户哟,几次的加上,你是好几万元户了!

当时社会里最耀眼的明星是万元户,打死我也不敢想的是,一当上厂长,经济地位会如此邪劲!我承认,我要是拿了提成,我仅在江南毛纺厂的提成就快40000元了,天啦,当时我的年收入不到1200。

一个偶然机会,我看到了他们库房里已生产出专门供我厂的毛线,并远远超出我要的数量了。因为,毛线已经滞销,为了开工,为了不让姓钱的村民乡亲们失望,他们只能生产我们要的这特殊毛线,所以,我在江南毛纺厂的地位更重要了,我心中也更有成算了,在孙子兵法上说,这叫知彼知已,我打得是有把握之仗。我开始认为,是孙子兵法帮了我,我把刚当厂长时买的那本孙子兵法首页写上:此书永存,茅。

同时,我也更清楚地想到,我只要往岔路上一走,我就能所谓合情合理搂上一大把钱,还有,我和李小欣的关系也会飞速发展,其结果不言自明:两人干什么,两人都能接受。

一头是党纪国法事业良心职责等,一头是美女和财富……在我人生的历程中,第一次做这样艰难困苦的抉择,我发现自己是个弱智,因为,我解不了此题。

我出差走的那天晚上,王尔顿到了我家,他还是坚持要吃那一口,他说,"不吃白不吃,最重要的是没有损坏厂里的利益。"他说他总比我实际和清醒,还说,"为这些人卖力气划不来,你看,还没怎么样呢,又是查又是问的,他×的像体检,等于在他们面前啥都脱了,就剩下裤衩了。"

他正在交一个情人,大概囊中羞涩,缺钱。

我知道钱好,也想着人生前途,又担心党纪国法,还茶饭不思地想着李小欣。

我就是这么一个患得患失没出息的人。

我到江南毛纺厂第一想见的人并不是热腾腾的二钱,而是他合法占有着的李小欣,然而,一连三天都没见李小欣,我就不得不问了,原来,二钱正和李小欣闹离婚,听之,我心中欣喜若狂。他们前不久大闹了一次,李小欣回娘家了,这让我心里甩甩的。我琢磨着怎么才能让李小欣知道我来了,或者说,我能知道她的娘家在哪儿,但我总不能明着问及此事吧,我心里很不是滋味。

我在酒后照例又与江南毛线厂签了 50 万元货的合同。

其实,矛盾着的我手忙脚乱,一只手在牵二钱,一只脚在牵二钱的娘子。

我好像既不知市场大势也不知江南毛线厂小势。价格不变,运输方式等等不变。只是此次我坚持了一个"小小请求",贴上样品毛线,说上级局和自己过不去,斥之合同不规范,弄得脸面不好看。二钱知北方人看重脸面,答应贴上样品毛线。我说的随意,随意中合着酒气,二钱也就没当回事,就把毛线样品用胶水粘附在合同上,按我要求,又用薄纸蒙上,薄纸上盖压双方公章。一切做完了,我说让江南毛线厂生产着,等我的贷款一上账,即汇即发货。一切照旧。

把一切都像布置伏兵一样布好了,我走了。

我并没有远走,我在江南毛线厂最近的城镇住了下来。

我反复了解江南毛线厂的情况,每天步行几千米去江南毛线厂近处探看。我见江南毛线厂上班人天天减少,日减其灶,知其开工不足。我又从一个农民季节工那里了解到江南毛线厂"目前只生产边疆一家的线了,别的活停了,我们也不干了"。

我露出了笑容。

我真的想见李小欣,但我没办法见。我和她通信是江南毛纺厂这个村的地址,我现在又不能再写信,上次那封信还不知收到没呢,好在李小欣说了,二钱从不动她的信。她现在去了娘家,我又不能问到人家娘家吧,我像是摸到了城墙而进不了城门。

最后,我还是管不住自己,冒险去了江南毛纺厂,迂回绕道地问一个农民,说我是李小欣同学,来找她云云。不料那个农民过于热情,说搞不清她的娘家,因为她的娘跟儿子进城了,说着就要带我去见二钱……

我只好回家了。

王尔顿先见了我,先是说,我们合伙捞一把。

这个话题让我们谈得恼羞成怒时,他说,摆在面前的只有两条路,一是玩他们,我为刀他为肉,剁狗日的;二是和,这样,我们以后还有得去处,他甚至还说,是为了我考虑。

我不是不犹豫。

我是一厂厂长,一到厂里,想的只能是厂务。

这时,局长找我谈话了,大加表扬,欣赏得很,这让我对

137

未来雄心勃勃。

我在会上认真分析到目前的供销形势，明确了当前供大于求的买方市场态势，于是，我故意问大家怎么办？其实，我已经给二钱他们撒了网，决定撒网捕鱼——把精明的商人装进我们的口袋。不过是让大家统一认识。

还有，我之所以这样征求意见，是我一到关键时刻又出现了犹豫不决，天知道我是因为李小欣。我这次没见她，不说明我今后不能见到她，还可能因为她的离婚而和她……

"这是千载难逢的机遇，搞他一下。"王尔顿好像是在赌气，故意坚定不移地引导大家收拾江南毛线厂。

"对，搞他们一下。"张主任。

"我为刀俎，它为鱼肉。"李太钢。

"终于有我们整他们的一天了。"汪爽。

"湖水儿小了，鱼儿没得跑了，捞！"常得法。

"钱科长吗？我已回厂了。"

我打了个长途，大说特说多谢关照，你等着，我正在办贷款，贷款不到位不行啊，

这时，厂里因缺毛线急等要货，三班倒成了两班倒，别看"掉毛的凤凰"老了，一干起活来还是很有战斗力的，有活干，盯着活儿，一没活干，活儿一少，就又毛了，就开始盯着我等，她们这些主人翁一盯我等，就没好事，于是乎，我派能说会道的王尔顿急速赶往江南毛线厂。这是捕鱼的步骤之一。临行时，王尔顿说："你可想好了噢，我说当说，还是坚决按你的意思办。"

138

"想好了。"我说。其实,我想好什么了,我也不知道,是觉得只能这样办。

"钱科长吗?贷款已填表了,正在行长那里等批——没问题!对!我厂王尔顿副厂长已来办货。"

"钱科长吗?王副厂长到了?好!让王副厂长等着。银行行长出差了,还得等几天,我这个人你是了解的,按合同办事,对,钱不到,不发货,告诉王副厂长,安心等着。"

这一拖半个月过去了。我在钓鱼。

到了江南厂的王尔顿已了解清楚,专供线已在库房堆好。此线特殊,只有我厂才要。为此,王尔顿电话中告示我说:

"事已按预定方案,接近目标。"

果然,又过了几天,钱科长急了。

王尔顿的出演很成功,他表现出"急"得没法,反复叙述金窝银窝不如自家狗窝,还有,二钱的娇妻不陪酒不说,连见也见不上了。关于生意,只是说:"电话联系了,茅厂长急得都病了,原因是行长出国,而副行长只能批10万元以内,你是知道的,我们茅厂长从来守信如命……"

二钱双眼深深地盯着喝了酒便念念不忘"你爱人怎么没见哇"的那张嘴,在无奈何地判断什么,专供的毛线出不了手,他这个供销科长可麻烦大了。再说,仓库已满了,不发出去就要停产。

无奈,那吃花生米往外掉的嘴讲得很实在,酒喝得也照常凶悍,喝得坦然,像喝自己家的,还反客为主不断邀请上

139

酒，并主动以主人身份敬酒，让大钱和二钱看不出什么破绽，依然不时用带哨子声的醉眸向二钱表达着谢意。

姓钱的乡亲们有活干有钱赚时笑逐颜开，没钱赚了，就开始变脸，因为，他们都凑有份子，那时还没敢想股份这事，于是乎，村民们开始闹大钱和二钱，闹着要发薪水。为此，王尔顿还看到有个老乡还动手打了二钱一拳，二钱捂住流着血的鼻子悄声说："他是我爷爷辈的。"

终于，二钱熬不住了，说："老弟，我信得过你们——把10万元先汇来也行。"

王尔顿说:.

"算了吧，款差远去了，再说，说好的，款到发货，我们是很讲信誉的……"

"汇吧！你那里先汇款10万，我把货给你全发了，我信得过你们。"

10万元3天内到了江南毛线厂账户。

二钱一咬牙，让王尔顿验了货。

价值50万的毛线发出了。

事情就这样成了。

毛线到了后，开包验货——跟那批货一样，全有廉价涤纶，并且颜色明显差异，染色还出现了严重质差，并且许多包有短斤缺两现象。这大概是他们内部闹腾的。

这时，那面阴雨这面晴，外商要货却更紧了，有两个邻国外商干脆住在厂区附近，于是，我命车间加速生产时，我和王尔顿等人急赴内地选择新的供应厂。

由于线质量问题,织物受到影响,虽然此货暂时紧俏,我主动与要货批量大的外商谈了降价,反正我不会吃亏,这些代价该江南厂付了。

我这样做,使得外商们竖起了大拇指,说着不娴熟的汉语说"豪!"(好)

然而,二钱就不会伸拇指喊"豪"了。

我还当即去电报,通知二钱速来厂验货,指出了此货的严重问题,要求赔偿。其实,我知道他来不了,他厂因停工停薪正在内乱。

二钱收到电报后的情景,我这方人当然不知,但从频繁的长途电话和冗长的电报以及似情书一样厚重的快件,足以说明大钱和二钱已被我厂死死扼住了手腕,那慌乱气息已跃然信件电报上。

但二钱在电话里还是强装镇定,还是用银铃般悦耳之声说:

"茅厂长,面谈!好说呀!我这里开不出薪水,让这帮牲口缠得我脱不开身呀,我们是哥们,好说,什么都好说。这50万的生意嘛,好说呀!"

他认为人怕见面树怕剥皮,见面就有办法,因为,他认定,只要我付出50万,他就会给我2.5万元,这是他的制胜法宝,也就是说,他们认为我吃这口,才风险决策的。这一点,也正是我当时"收贿"的策略所在。

我这里按速加班生产不误。只是隔三岔五去电报催他们来厂,看看怎么耽误生产的。

网中鱼,案板上的肉——成型了。

我们开始紧张而又兴奋地实施着打击江南毛线厂的"钓鱼工程"。

"鱼上网了。"王尔顿说。

"打鱼!"常得法。

"收网!"李太钢。

"我刮鱼鳞。"汪爽。

"我掌勺。"张主任。

"哈哈……"

个个兴奋不已。

常得法副厂长激动地摘掉眼镜,摘了眼镜后那两个圈比周围白,白里一颗杏仁似的黑珠子瞳仁明显放大:

"赚了,赚了!同志们,线在我手,数量、质量由我们说了算。"常得法兴奋地说。

"能赚多少?"李太钢不懂。

"那要看我们了——"常得法把手挥上劈下说:

"我们想多赚点嘛,厂长就得狠点,不想多赚就让点。"

"废话!不想赚,忙啥?"李太钢不喜欢讨论这些无聊的事,只说大家定个标准。

"一刀下去,咔嚓,切给他们多少,切给我们多少——是吧?厂长,是这个意思?"李太钢问。

"主动权已在我手。"我兴冲冲望着开厂务会的干将们。

会场一阵活跃。

王尔顿露出如释重负表情,表情中有胜利宣言意思,骄傲地点燃一支烟,悠然地吐着圈圈。

最近,他表现突然有了转变,原因是他让局组织部长召去谈了一次话,二流子气息立刻就改成人模狗样了。他给我说,"组织部门说我和你一样,工作有能力,你是局级领导后备干部,我是你的后备干部,前途无量大大的。"

这人说变也快,我自从当了官,就开始认识到组织的厉害了。

"我为刀,我为肉,横竖只管切了。"

李太钢头一扬,露出喜悦。他对本月工资及奖金充满信心,觉得是稳操胜券,他不避什么地说,已向女友正重许诺,那条仿水晶项链挂心上人的脖子已没问题。

"我早说了,他不仁,我不义——活该!"

汪爽眉头终于疏散开,因为,她前阵子已成了众矢之的,甚至"人民政府"大曼丽骂她是群众的敌人,"里通外国",是内奸、工贼,蔡月月差点连她一块儿告到上面。

张大胖子主任笑成了朵鲜花说:

"这下逮了哎,这下逮了哎,……我们车间算几年来第一次拿上奖金吧?奖金!我的妈呀!有点像老头子的青春见不着似的。拿了奖金我请客,红烧肉!"

大家一阵畅快大笑。

"造工资册!造奖金册!"大家吼叫着。

那位跟踪记者闻讯起来,题目为《八年不曾见面的奖金飞回了鸡窝窝》的稿件已写就,单等我认可盖章。

我说,暂放一下吧。

工资和奖金还没有发的时候,大钱和二钱到了。

那天晚上,我正准备洗脚刷牙上床了,只听院外敲门声。

"茅厂长,好久不见了,真是想啊!"

门一开,二钱向我表示友谊长存,很亲切,很很亲切。

我没有同度笑颜,看得出二钱是强行做作,带着有此缺乏自信的豪爽。

寒暄。叙旧。二钱极力叙第一次见面,叙第一次喝酒。

"好量啊,那次,你们醉了,我也翻了,一脚差点跨进女厕所……"

毕。

大钱、二钱将随手提的两个大包往沙发上一扔,准备走。

"不行,不行!"我直摆手。

"不行?!那太见外了,都称兄道弟的嘛!"

"不行,不行!"

"行,行!行!"

"不行!礼太重了。"

"我们也很讲义气啦,毛毛雨啦,一点小意思啦……"二钱说,大钱不是外人,明说了,这不算在提成之内。二钱有点想恢复广东腔,坐好了,把腿伸得长长的,轻松地点着地。

大包小包,推让中放在一角。

言归正传。

"茅厂长务必关照啦!"说完,二钱热泪盈眶,收回了那

144

架大伸腿。

"如果货款拿不回去,厂里开除我事小,票子没收事大呀!我老婆小欣她,她,要和我离婚啦……"二钱满脸哭腔。

"是的。"大钱说,"我们对不住你们厂,甘愿认罚,这样吧,总归是兄弟朋友,付我们一个本钱就行,这样,我们照样给你5,如果全付,我们给你6……"

他们对我的提成也加码了,但我也铁了心了。

我应付着。我在想,李小欣不是因为这个和他闹离婚的。

二钱抖擞地走了。

我发现包中还有个红包,我立即打电话叫来王尔顿、常得法、李大纲、汪爽。

"两瓶茅台、两瓶五粮液、四条中华烟,……四件金利来衬衣,四条金利来领带……红包是8000元整!"

李大钢和汪主任仿佛第一次见两个太阳同时出来,汪主任说,原来仇厂长死皮皮地最多也就收些低档衬衣领带之类。

145

"嚷嚷什么!没见过?"王尔顿脸色严厉,对我连一眼都不想瞧的那意思。

"怎么办?"我问大伙。

"厂长既然不收礼,事情当然不难办了。"常得法说。

"东西照拿,事照不办。"李太钢盯着那漂亮的衬衣和领带坚定地说,手在厌倦出头而不得不出头的旧衬衣领子上摁了几下,想摁下去招摇的旧领子,但那领子却顽强又抻出头来,大概想看看小厂这些人物们如何面对这"奇迹"。

"公事公办。"汪主任手紧紧提着礼包,像是她家的东西怕人抢了。她更像兼纪委书记了。

"瞎掺掺啥?此事让厂长拿主意吧!"王尔顿说。说得时候,脸阴阴的,又像贴了两块白钢板,此时还泛着不和谐的白光,说完还小声嘟嘟了一句:

"山猪玩不来细糠。"

人都走了,王尔顿折返了回来。

他一反前几天组织部谈话后的样子。

"礼这事,你怎么也不先告诉我一下?!……这种企业!你没听那帮娘们明里背地骂我俩?!哼,她们是永远喂不熟的狗!你要先告诉我,东西就留下了!工资,爱发不发,奖金?奖个×!……他们给我也送了一些,少得多,实话说了吧,你不要,我可要!"

他前两天与组织部长谈过话的热情没了,又是原来的王尔顿了。

146

"要了,话就不好讲了!"我说。

"我不管,我才不为这些不讲理的老娘们儿树廉洁牌坊,我也不当那个鸟后备。"

我还是说:"不行。"

王尔顿冷冷说:"那样,厂里是好了,狗日的老娘们是好了,我们可是鸡飞蛋打一场空,人得罪了,和人家就此绝裂了……"

他还在暗示我——李小欣。

我的心颤抖了,好像此时在和李小欣绝裂。

王尔顿走时又甩了一句:

"难道你真想当副局长?那是鱼饵绳索陷阱!那是——逗你玩……"后一句他用的是马三立的天津味。

王尔顿一走,我内心大呼一声——李小欣!咕噜咕噜地喝了半瓶酒。

我半夜才酒醒,才看见妻子在精心服侍着我,我的心又软向了妻子了。

转天,我坚决地告诉大钱和二钱,让你们来验货,迟迟不来,这样既耽误了我们购货,又耽误生产。

我叨唠直接损失多少多少万,间接损失又是多少万,说,比如,用你们的线生产的衣裤,被退货——既损失了效益,损失了信誉。还有,你们竟然掺假,上批线也有,还有短斤缺两,合计多少多少公斤,价值多少多少元……

"是喽,是喽!茅厂长,我们都认哇,打和罚,你说个数,把事了掉——怎么样?"

二钱急不可耐。他们昨晚回去时,路上还哼了几句,因为,他们走南闯北,眼见在这么一个穷乡僻壤,甩万多元礼品,还有那个6%,等同往广岛扔了颗原子弹,不可能办不成事。

我说:"你们的心意领了,东西都在这,拿走!不拿走,缴了公,算那门子事?"

大钱和二钱见大包、小包和红包,脸色陡然刷白。二钱本来乐哉乐哉抖着的二郎腿一下子收了下去。

我说,会议决定只限于付那些货款,还因为没有现钱,只能将外商退回来的产品,按出厂价再折算一批抵帐,就这样了。

大钱和二钱听我如是说,互相递了个眼色,本来一直慈眉善目立刻换成了严厉,拿出了江湖手段,想吓唬面前这个本来看似很老实,现在已完全证明不省油的厂长。

"茅厂长,太狠了吧?这不好吧!我们是够朋友的,拿你们那些破毛裤回去当救灾物资哟?我们可没亏待你嘛。"

二钱把调子变了变,显示出语句的隽永悠扬,很有潜台词。他认为眼前小厂厂长"狡猾狡猾的有",但毕竟是井底之蛙,没多大见识。见用感情的不行,就拿出杀手锏,先是云里雾里,越深奥越不见底,就越有力量。

我心里有数,好像突然想起了什么,若无其事说:

"有件事我忘记说了,几次的提成,按我们这的规定,嗯,都上交了,不过,放心,算我个人交的剩余差费,没牵扯你们。"

"什么?!"他俩的脸同时绿了,接下来都像泄气的皮球。

过了一会,大钱给二钱又使了一个眼色,二钱像注入了针兴奋剂。

"我们是朋友,就生意而言,我们可不想上法庭呀!"

"法庭?你是说打官司?"我装傻子。

"是,是的,打起官司来,不仅要付所有货款,还要赔哩!包括往来路费……"

大钱把眼神弄成鹰眼状,直勾勾盯着我。

"打官司,你就能赢？"我问得很不明白的样子。

接着，我们与其说是探讨谁赢谁输，倒不说是法庭预演。我早有准备,拒理力争后,拿出合同原件。

"你们按合同办了吗？"

大钱、二钱也有准备:

"哪里不妥？"

"颜色、含量、重量……"我把合同递了过去。

看着薄纸粘着样线并压盖了双方公章的合同,大钱、二钱明白了我这人的厉害,心里直呼轻敌哟！妈妈的,生产毛线这玩意儿,即使工艺一样,由于种种原因,比如水质染料等差异,世界上哪能在颜色上绝对一样的？何况所供线比合同差之甚远呢？大钱二钱绝不认为自己比边疆人笨,只恨小看了人。

估计大钱、二钱一路上设计好的三套方案全玩完后,按王尔顿说,"他们傻×了"。

最让他们傻×的是,他们到厂里以后,才恐惧地知道,他们来讨债的,是他们曾坑过的针织厂。

周旋了一星期,大钱、二钱紧张了,身上的钱也不多了,他们只好搬出宾馆,住进了我厂办公室过道临时的"厂招待所",我同样安排好他们好吃好喝,只是他们没有胃口。

张大胖子主任"噔噔噔"地不停往我办公室进出,她要落实已造好工资和奖金的事。

那会儿视我和王尔顿为仇人的职工,见了我也"厂长"长"厂长"短了,露出了"落毛凤凰"的开心的笑容,笑得灿烂

149

无比,无遮无拦。

"人民政府"从远处三步并两步走到我面前,认真地端详了一会儿,说:

"你是个好厂长!群众的好厂长!"

我哭笑不得。

秋风瑟瑟中,又过了一星期,穿着衬衣来的南方大钱、二钱受不住了,没曾想,南方穿衬衣嫌热,这里穿西装还冷,他们穿上了我们的毛裤,是他们的线织的,我有意让人找了两条质量最差的。

那天,大钱又来找我。反正从过道那头到这头没什么不便。

"茅厂长,求求您,看我们的事……"大钱满脸满眼的企求神色,仿佛我已真正是他们墙上写的"顾客是上帝"那个上帝。大钱后面跟着秋霜打了叶似的二钱,二钱陪着世界上最真挚、最富有表情的笑。

"问题是怎么算?我们总是讲不拢嘛。"我把头偏向一边。

"少了那个数,我们交不了差的,求求您啦!"大钱。

"付了你说的那么多,你看到的,"我指了指窗外那排旧厂房,那里正好下班,涌出一大堆穿着白工作服的"白衣老天使"。

"那些人会吃了我!"我说。

"那……再减一些,不要减那么多嘛!"二钱。

"我们已决定了,只能那样!"

沉默了半小时后，突然，二钱抱头摇了起来，接下来就是最撼人心魄之音响，仿佛从地深处穿透而来：

"茅厂长——呜，呜，呜——哇！哇……"

哭者魂飞魄散，哭泣由下而上、由浅入深、由小而大，带着一股子森人的凉气。

"呜哇——"二钱失控地大声哭了起来。

我当厂长时间短，见厂里女人哭哭啼啼不少，见此哭不多，尤其是昔日趾高气扬不可一世的七尺男人失声大哭，十分令人恐惧。强者的痛哭与弱者的痛哭相比，还是强者的哭更令人震撼，我想。

"求求茅厂长啊！求求大家呀！呜哇！呜哇……"

二钱失声痛哭声，传遍了厂办公室不长的过道，正好下班，此时，各办公室的人都纷纷开门站到过道，倾听这难以聆听到的人间真哭。那悲怆，那无尽的伤感，那失落的神落魂飞，那纯天然的被毁灭的哭声大出，是正宗的天籁之音，声声穿透着人的心脏，使人毛骨悚然，芒刺扎背，令人窒息。

我也不知所措，要债天下难，却没有见过此情景，如果不知详情，还以为二钱刚接了长途，得知了什么家中噩耗呢。

常得法和李太钢已走进我办公室。

大钱本一直怒眼以待二钱，这会儿不知怎么触景生情，眼泪也叭嗒叭嗒落了下来。他一反来后对二钱不屑一顾当人质的神色，去拉蹲在一角抱着脑袋使劲摇的二钱，让他离开此室，表现出亲不亲家乡人、关键时刻还是钱姓人的

151

关怀。

二钱刚出门，见了满过道"致丧""默哀"的人，又蹲下去，发出更悲伤的大哭：

"求求各位大叔大哥大姨大姐，救救我吧！我回去就惨了……房子要交回厂里……老婆，要离婚哇，我上有74的老母亲哇……呜哇！呜哇！……"

二钱绝望的哭，引得办公室若干女职员陪上了眼泪，有举厂之哀的情景。

正兴冲冲而来的张大胖子止住快步，怔怔地望着蹲在那里嚎啕大哭的七尺男人。

我立刻收住被搅乱的情绪，定眼看时，常得法一脸肃穆，像正为谁庄重默哀，而李太钢高扬的头已压平，那对一切不屑一顾的眼睛里含着湿润的意思。

"真受不了，真受不了！"张主任快脚跨进我办公室，见个个都似蜡像。

过道里仍响着一浪高过一浪的悲哭。

"干自己的事去！"我由站到坐下，似乎在认真地阅读当天报纸，脸色很难看。

办公室的人见我不悦，都纷纷离开了。

第二天，二钱大哭竟到了车间，双手抱拳，双腿跪地，向"阿姨大姐求情了"，引得那些陡然升辈的阿姨大姐们凄凄然然，啼泣不止。

厂务会又开始了。

王尔顿已称病几日没上班，今天是我专门通知他必须到会的,他快快不快坐在那里狠吸着烟,脸的左右又像嵌着两块生铁,无光。

我知他为礼品和钱交回的事生气。"没办法,"我说:"你得悄悄还礼去,不然要出问题"。

我知他已退了礼金,不愉快,按他说,"那不仅仅是礼,而是一种成就感"。

王尔顿坚决主张"算了——不要为难二钱",并说,"人嘛往远处看,交朋友为重"。

大家低着头。

我说:"大家情绪不对。在生意场上,'莫斯科不相信眼泪'——如果我们不采取此措施,我、你们就要流眼泪! 对不对? 职工就要流眼泪……你们说的,他不仁,我不义,他们欺人在先! 人不犯我,我不犯人……"

没人吭声。

我又说:"你们应当明白,这是企业经营,是严酷的,不是感情问题。我们的言行,决定针织厂500职工的生活,不是可以用情绪代替的,同意我的意见的就表个态,我重复一次,上次厂务会的决定不变,就付他们那么多,另加那上万件残次抵账……"

……无声。

我急了说:

"你们今天怎么了?! 在这个大是大非问题上,被二钱眼泪淹死了? 想想他们是怎么对待我们的! 如果我不去打这一特殊仗,不是我和王副厂长不好交差,而是我们蒙受损失大

153

得吓人！大得让职工们掀跑我们——也不要紧，要紧的是，她们就拿不上工资，买不上油、米、盐、菜、药、煤，交不起孩子学费……"

这次，如果按钱厂长说的数，那我们就明着亏，是吧？常副厂长？好！那么，这就是现实，要么，我们此月因亏不发工资，当然没奖金，要么，按原定计划办！反正，不能摸棱两可，不可两全……"

……无声，都搭挪着脑袋。

常得法不时将眼镜取下来擦一次，坚定地命令自己闭嘴。

王尔顿一根烟接一根地冒。那两天，他还偶尔冒"中华"和"剑"，这两天，又回归了"子午线"，一根接一根抽着当地廉价烟，他一脸庄严。

李太钢把爱高昂的头使劲往裤裆塞，留给大家一头茂密的浓发。

汪主任像死了亲戚，正专注窗外车间屋檐处一只麻雀在干什么。

张大胖子两眼直直盯着我，仿佛在看一尊花岗岩石像。

"如果大家没意见，就那么定了。"我生气了。

"……厂长……"李太钢把脑袋从裤裆拔出来。

"说心里话，厂长你是对的……嘿嘿，是吧？常副厂长？王副厂长？我开始也是坚持的，只是……只是……那哭声太悲惨了，叫人心里……嘿嘿。"

"……是哟，厂长！"常得法摘掉眼镜：

"从理智上讲,厂长是对的,可那个钱科长回去就惨了……会不会家破人亡?"

"……我一直不想讲,你们知道的,这事是我引起的,是我给厂长的地址,原想是老乡,开始,我也恨透了他们,可……如果我们坚持决定,那么,钱科长就残废了,这是不争的事实,是吧?我想,人,是不是不要……太狠了?"汪主任以惭愧的样子低下头。

"不管他!"张大胖子一口气接着说下去:

"不管他们那些坏良心的!有他无我,有我无他!只是让他别太伤心,反正都过得去就行,那哭——真叫人受不了。"说完,自己觉得在胡说,就低下头。

"什么叫都过得去?甘蔗能有两头甜?钱能不能撕成两半用?"我说。

我心里最不是滋味。

其实,当二钱那嚎哭"绝响"时,我的心像千槌敲鼓。看得出二钱是真正到了"伤心处",不是演戏,更不是小悲,从大钱来的这些日子以及对二钱那神态可以看出,二钱几乎等同是大钱的"押囚"。

而就在这时,李小欣竟意外地打来一个长途。说意外,是她给我的信中说好的,怕引起对我不必要的麻烦,一般不打电话,因为那时打长途是一件很花钱而且很麻烦的事,她说我们只写信,还说,她喜欢写信。李小欣是在二钱走后才知这些事的,她电话中说:"我和他离婚是定了的,只是,他家人是我家的恩人,生意上的事,我说过的,绝不管,就是能过得去就让他过去吧。"最后,她还意味深长地说:"我等你来……"

我本来就在犹豫不决,不知这事该怎么办,没想到二钱的最后防线崩溃了。

我把目光投向一直一言不发绷着脸的王尔顿。

"……我看……"王尔顿半天才开口。我以为他不会开口,即使开口,也是同情大钱二钱他们。

"你们他×的猪鼻子插葱,充象?猴子穿衣服,装人?必须坚持厂长意见!你们前些日子不是都起哄来着吧?!干啥!真慈悲还是假慈悲?真慈悲——喝风去!我好办,厂垮了,我去卖菜,我们几个哪来哪去,别猫哭耗子……"

"……王副厂长,我们也不是说……嗨!怎么讲呢,我们该不是坑人吧?"李太钢使劲挠着头皮,感到大学课堂中,没有掌握对此事的评价词。

"照你这么说,他坑我们算什么?咋地?这事好像是厂长自己家的事?你们是变色龙,两面派,到底他×的谁坑谁?要吃肉,又说不伤害生命,不见血,他×的,好人你们当尽了,我和厂长是王八蛋?!"王尔顿不高兴了。

"那也是……可是,可是,总不能置人以死地吧?"汪爽说。

"说什么,总不能害人哟!"常得法说。

"人家那么远来,回不去咋办?"张大胖子忧虑地说。

"说到底,我们算一家人呀!"李太钢仰起头说。

"——好,厂长,大家既然都是好人,我建议按大钱说的那个数付款——行了吧？伙计们，大不了不发工资，当然没奖金——我说到做到，谁做不到不是人——"

"不行，工资和奖金可不能没有！"张主任急了。

"嗨，王副厂长，我不是那个意思嘛！我是说……想一个两全之策，既能使我们发工资奖金的，又能让人家好来好回。"

"狗屁，要吃牛肉又不让牛死!？"

大家见王尔顿把话说得这么难听，就不吭声了。

"好了，好了。"我见大家沉默不语，个个表情都怪怪的、灰灰的、阴阴的、愧愧的、虚虚的、怯怯的，就说：

"今天的会到此。"

人都散了。

我望了眼王尔顿。

王尔顿头一偏看着窗外生产车间说：

"你知道她们怎么说你？"

"怎么说？"

"……难听得很！说你心狠手毒，手段高明，骗人有术，没有人情味，做事绝，铁石心肠……"

我气得七窍生烟出了门。

我见"人民政府"和一职工提着菜篮子走来，便有意近上去，想着肯定会得到"我们的好厂长"这类表扬，不料，那两人的脸色同时由平静到憎恶，一扭头，"哼唧"一声走了。

"人民政府"是直率人，掖不住话，走出几步了，头不回，留下一串话：

"人不要太黑心,心黑了,群众怕。"

她好像是看着那妇女说的,其实是说给我听的,我觉得自己好像是阶级敌人。

"就是,就是。"那职工前两天见我笑得像看女婿那么顺眼,这会像看仇人,说:

"不要以为我们是金钱的俘虏,那种坏良心的钱,我们不稀罕!"

"这不是坑那里的姐妹吗?都是群众呀!""人民政府"大声说。

"坑得是农民姊妹哟!"

"是你们在坑人!"我想喊,但噎住了。我心里堵堵地走进车间。

许多人不像前阵子见了我喜笑颜开,而是低头默不做声,视我为生人、坏人似的,像我惹了她们什么。

我的心抽抽的。

张大胖子见我很"孤立",就叫我进了车间办公室。

"大家怎么说?"我问。

"大家……说啥的都有,工人嘛,你不要计较呀,她们说,你心很硬,狡猾狡猾的,今后和你打交道得小心点。"

我一肚子不愉快出车间门时,又碰到一个叫我不愉快的人——"光板"蔡月月,她从门侧闪出露着一丝笑意。

我以为她是幸灾乐锅,会火上浇油,不料她说:

"茅厂长英明!干得对!我们坚决拥护你!莫斯科不相信眼泪,对敌人就是要狠!我家老仇说——"

"谁是敌人?! 都是……想要吃饭的!"我没好气哼了一声。

"光板"一脸委屈又要说什么,我只顾自己匆匆而去。走时,下意识瞥了眼蔡月月"光板"处,那地方果然一马平川,像男人一样平坦,心里就想,一个女人连那玩意都没了,还不在家闲着!

我没想到的是,这期间,大钱和二钱想尽了办法,竟然和大曼丽以及我们的副局长挂上了老乡。

那天,副局长挺热情地叫我去,先是大力表扬我这一阶段的工作,又说明了那次查我的误会,然后,和我说起大钱二钱生意上的事,最后结论是:"小茅呀,日子还长,和人打交道也长着啦,不要让人家说你铁石心肠,不要把事做得太绝……"

我愁得吃睡不香时,王尔顿约我去喝酒。我们俩喝高了,我狂风暴雨地呼喊着:

"我为了谁? 我图了个啥?!"

我和王尔顿认真交换了想法,他说:"反正我们是朋友,你走你的阳关道,我是心甘情愿来给你当副手的,我听你的,配合你往前走,问题在于,眼下怎么办?"

我说:"我有×个办法,你想嘛,要是给大钱和二钱那些货款,我们就得亏损,就发不下工资,这些老娘们儿就要告状闹事,没完没了;不给吧,这些老娘们儿骂我坏话,说我铁石心肠,我以后难做事。问题还在于,副局长也出面了……"

"狗屁! 他这个副局长心怀叵测,当时我们被江南毛纺

厂坑得时候,他是怎么说的? 他一会儿维护这个利益,一会
又儿维护那个利益,他×的自相矛盾! 我早说了,不能这样
死心塌地为他们干,该捞一把就捞一把,不要亏待了自己
……"

　　我把这些烦心事,打电话给远在党校学习的局长说了,
局长沉默了一会,说:"这正是改革要面对的最大难题呀,好
啊,你正需要在这种烦心事里好好琢磨琢磨呢。"

　　我问及此事怎么办。

　　局长哈哈笑了起来:"好呀,好呀,你遇到这种问题好
呀! 这是你的事,你自己办。"

　　我都愁死了,局长还在笑,我百思不得其解。

　　正在这时,我们收到了江南毛线厂里打来的电报,二钱
的父亲病危了,要他立刻回去。

　　同时,李小欣竟然打来一个长途电话,说明电报内容属
实。

　　李小欣反复说:"你们的事,你该怎么办我不管,不要把
他搞坏了就行噢,他家对我家是有恩的, 我们这里谣言多
了,有的还说二钱被抓了被打残废了,本来一说到你们边疆
他们都怕,他父亲因为此事真的病危了……你不要让他回
不来噢。"

　　二钱掀起了新一轮哭的高潮,全厂人的心情让二钱的
哭声搅得乱七八糟。

　　我再次陷入困境。

　　我跑到没人的地方大声疾呼:

"我该怎么办?!"

"李小欣,李小欣!"

"我该怎么办?!"

我是个用处不大的人,因为这事,我被弄病了。3天没上班,吃了5天药,打了7天针,头晕眼花,四肢无力,有天还产生了轻度幻觉:副局长红着脸说:"你要为500多落毛的凤凰负责……"一会他又白着脸说:"不要坑了那里的兄弟……"最后,他绿着脸说:"两头都得处理好了……"我问具体怎么办? 他隐形了……李小欣天仙一般飘来,她说:"我们两个好,和这事无关噢……"她飘走了,一会又飘了回来说:"你不要把二钱弄坏了噢……"

我病期间,副局长来厂视察了,并到家中看望了我,最后,他对我说:"茅厂长,我相信你会处理好这事。"

王尔顿坐在我病床前狠抽着烟。我问及此事,问厂班子的人现在怎么看此事? 他半天才慢吞吞说:"现在的你,除了当神仙,不然,你是过不去火焰山了,所有的人——几乎所有人,既要马儿跑,又要马儿不吃草,你的甘蔗必须两头都得甜……"

常得法、汪爽、李太钢和张大胖子也来看我,我问他们怎么办? 这些平时善于言词的家伙支支吾吾。

我希望他们能实际些,站在我一边,但是,按王尔顿说,他们的确傻×了。

常得法摇着小脑袋说:"厂长,你目前的态势是,办不行,不办也不行……"

"那你说办不办？"我逼问他。

他头一低，矮小的人又缩小了一倍，成了哑巴。

我问汪爽，她好象面对意外恋情，惊慌而羞涩。我一再追问，她才喃喃说："是呀，这事难了，上头副局长他们吧，非让我付货款，有个不知情的处长还说我们赖，相当于买菜不掏钱……是啊，反正不能让二钱他们一直住在这吧？他们穿着衬衫来的，天凉了……"

"那就把钱付给他们，好让他们走——"我故意说。

"——不行不行，厂长，你病这几天不知道，厂里的姐妹喊着叫着咋还不发工资，不然就没钱买菜了……"

我把眼球射向李太钢，他电打一样，像有人要骗他，连声说："别问我，别别问我，我不知道……真的是没法了，除非你厂长在人间蒸发了。"

"别说些没用的，说管用的！"王尔顿不高兴了。

张大胖子知道该轮她发言了，就说："反正要坑一头的话，就坑他们……不过，他们要是不走咋办？"

"……"

他们都走了，王尔顿没好气地说："怎么样？一群好蛋！都他妈的好蛋！"

我们相对无言。最后，还是李太钢让我"在人间蒸发"的话给了我灵感，我一下从床上坐起说——

"我有法子治他们！"

我想起孙子兵法中有"三十六计走为上策"妙计，决定来个金蝉脱壳。

王尔顿想了很久,突然,他睁大眼睛,伸出拇指学着《地道战》里唐司令说:"高,高,实在是高!"

常得法、汪爽、李太钢和张大胖子他们知道我出院了,却一连三天没找到我和王尔顿,等知道我们下落时,我们已远在省城了。

我走时有留条:

各位:

为购下季度毛线,我和王副厂长已出差在路上。关于客户钱厂长和钱科长,请你们多为关照。注意一定要照顾好。关于与江南厂结账一事,我明令授权你们,由你们全权定夺。也可以请示上级,也可以全厂公决。注意!只要是你们大多数人的意见,我坚决与你们保持一致!切记!不必等我回来再决定。注意事项,按程序办事,切记!

几天后,我让王尔顿与厂打电话联系,话筒那面传来常副厂长、李副主席和汪主任轮番求救般的声音:

"我的妈妈,到底咋办嘛!"

"还是厂长定嘛!要不说个意见嘛,我们没法定嘛——"

"得让厂长说个意见嘛。"

我知道他们搅成一锅粥了,对此一群热锅上的蚂蚁,我和王尔顿早有准备,我早布置好的,只说不听,以下的话由王尔顿来说:

"不用请示,按留条说得办,由你们全权处理,实在处理不了,请示主管副局长,我们马上就上火车了——10天后见——拜拜。"

163

王尔顿还给话筒打了个优美的手势——"叭",王尔顿撂下电话。

我和他相对一笑。

"说好的噢,10 天后再和他们联系。"王尔顿怕我反悔。

"不用,他们熬不过 5 天!"

我也发狠了。我知道,大钱和二钱不能再等了。

王尔顿向我耸了耸肩,学着外国电影里的腔调说:

"不理睬他们,看他们怎么办!"

数日后,我们辗转到李小欣家乡了,我的心莫名其妙地狂跳起来。

我不知道该怎么办,我恨我——此生注定永远会陷入二难之中。

印　象

第一章

　　时下,如果说谁"作风不好",可能不会引起太大麻烦。而在早年,假如谁有这方面的蛛丝马迹,就会被打入另类,这人就算死定了,何况还是个明目张胆冲锋陷阵的家伙。

　　张玉英因为独唱一时风行的《山丹丹开花红艳艳》那首歌,一下红遍了全团。

　　由此,在值班连那片不大的区域里,每晚都能听到有人在用二胡拉此曲。

　　此曲缠绵着整个连队的夜空,掺和着边境萨吾尔山清风,飘荡在静静的乌拉斯特河面,轻绕着高高的钻天杨,穿梭于浓密的沙枣林,碰撞在一排排洁白的营房之间,骚扰着女职工宿舍里不知所措的张玉英。

　　拉二胡的人叫"烧狗"。

　　对此,文化教员王文涛说:"'烧狗'又发情得啦"。

　　张玉英到这个连队那刻起,只知道那人叫"烧狗",都这么叫,不这么叫反而错了似的,这么叫了,那人也答应,否则,他也错了似的。

其实,"烧狗"名叫沈状元,他的正名如同狗头上戴着顶礼帽一样,叫人觉得滑稽离谱。别的不用说,就因为说他"作风不好"。

最近,"烧狗"经常拉二胡到很晚。他虽然也拉《奔驰在千里草原》、《赛马》等当下流行的二胡曲,但他主要是拉《山丹丹开花红艳艳》,这里人简称为"山曲"。

不知道的人以为"烧狗"在为演出刻苦训练,知道的人说,他不是在拉二胡,而是在拉人家张玉英。

同宿舍的人干活累了,收工回来后想休息一下,而他却如痴如醉,没完没了地在那里吱吱咕咕地"发情",于是,他被赶了出去。他就到连队礼堂里拉,一个能让张玉英隐约听见的地方。

连队礼堂没人时候空荡荡的,于是,二胡的回音悠扬而清纯缠绵,很美。

那阵子,唱"山歌"、拉"山曲"以及"烧狗"狂追张玉英,是连队的一道特别景观。

对此,西湖边来的王文涛气得咬牙切齿说:"'烧狗'吧,这人就是不注意影响,所以啦,把印象搞坏啦。"

他见"烧狗"总围绕张玉英转,二胡声总围绕着张玉英的心转,时时处处联系着张玉英,就说"烧狗"是"狗看星星不晓得个远近"。

王文涛之所以生气,他认定张玉英只可能跟他,因为是他接张玉英到连队的。

王文涛的姐姐是团政治处副主任，那天打电话给王文涛说："涛涛，你自个赶马车来，接一个新战士。"

王文涛偷懒，不想去，说："姐，让司务长拉面粉捎回来不就得了啦。"

他姐可是个人物，时下是红彤彤"新生事物"的代表性人物，要是别人接旨早就电打得一样去了，因为是他姐，他可以耍个小娇。

然而，这次他姐姐很严厉，有点像在工作场面说话，不许抗命，说："涛涛——王文涛！你必须来，晓得啦?！"

王文涛就赶着马车嘟囔着嘴去了。

一见新战士，王文涛那双外鼓的眼睛就亮晶晶了，因为新战士就是张玉英。

王文涛姐姐穿草绿色军装，扎着最简单的小辫子，戴着主席头像和长条"为人民服务"像章，见报到的张玉英几乎和自己是一个模子扣出来的，就先喜欢上了，又看张玉英不同自己的是，有一条黑沉沉的长辫子，人漂亮健康，给她的印象一下子就很好了。还有主要是，近来，她母亲总为弟弟的婚事烦她，所以，她除了先从工作出发外，就把这个文静聪慧的姑娘放在了心上，有意为弟弟制造先入为主的机会。

王文涛很兴奋也很活跃，他至少反复三次以上对张玉英说："晓得啦，小张，我们是兵垦的精锐部队之一，这个值班连不仅在团，而且在全师都是先进的啦，曾代表全师到过兵垦总局，让兵垦总局领导检阅过的，你晓得不啦? 这是了不得的呀，有次是团以上干部才参加的大会，我姐——"说到此处,他作了重要停顿说:"我姐作为出典型、出经验、叫得响的边防值班连唯一连级干部,站在了团级以上干部中间,晓得不?和上级首长合过影,那情景,相信你可以想像到的,一定的,是吧?"

"好了,要知道,进我们值班连可不容易,首先是政治上可靠,才能在边境线上为祖国值班放哨,晓得啦?其次,人品是主要的,身体、长相、特长等都是硬条件,因为,我连有毛泽东思想宣传队的政治任务,眼下正缺人,尤其是像你这样的。"

"嗯,我还要说给你听得噢,宣传队是我负责的,当然,我本人也是队员,我主要拉小提琴。"

他认为急需介绍的内容差不多了,就欣喜若狂地抓起张玉英的行李放上马车,又急急忙忙折回头,接住张玉英提着的装着饭盒、牙具、卫生纸的网兜,由此,有了团部到连队8千米一段马车相接的故事。

王文涛按时下的话说很自律,比较小心谨慎,精明细致周到,处处要给别人落下好印象。他认为在张玉英面前,第一印象更重要,既要表现出热情庄重,还要充分暗示出他的背景,并说明他本人有能力是干大事的人。

因为是他去接的张玉英,还因为有姐姐的用心,所以,王文涛认为张玉英就应该和他了,这没什么好怀疑的。

远处木斯岛冰山之巅白雪皑皑,面前萨吾尔山却秋色正浓,乌拉斯特河的灌木丛使两岸一片金黄,王文涛心情好极了,只是第一次发现团部到连队的距离怎么这么近。

当晚,他悄悄在日记中写道:"见了她面后,我有了属于惊心动魄的一刻。"

他不知道,张玉英打第一眼起,就不喜欢他那截太长的脖子和外鼓的眼睛,还有王文涛姐姐婉转但不可小视的政治压力。

第一次排练,张玉英双手拧着一块小手绢,被领进了连队礼堂,"烧狗"见之,倒吸了一口大气,他两眼顿时放出灿烂光芒,他被张玉英的美丽惊呆了。

人间美丽的女子,往往是给男人制造痛苦的,"烧狗"不懂,更不知张玉英由此给他带来了做男人的背气。

大家都有不同程度的惊讶,都在想,边防连队怎么会来这么漂亮的女孩儿?而"烧狗"不仅想这个,他已主动和张玉英打上了招呼了。

他没话找话说,找着法子往张玉英跟前蹭。就此,他的那双亮晶晶的大眼睛始终不离张玉英了,就像跟屁狗一样,大家都看出来了,有人公开讥笑他,他不管。这就是典型的不注重个人影响。

男人眼睛像膏药,男人眼里有水珠珠,就这,也叫人讨厌,张玉英偷偷想。

"烧狗"操着改造中的湖北口音对张玉英说:

"糕糟,小张喔,你唱的那一句,少了半拍的半拍沙。"

把"糟糕"说成"糕糟",是"烧狗"独有的杰作,倍受嘲笑,他下定决心改,却改不过来。

他以最快速度在张玉英还与大家生疏时,第一个找她讲话。

　　"烧狗"是演出队拉二胡的。王文涛说:"'烧狗'这老小伙子所以入选值班连,除了他修拖拉机、康拜因等农机有灵气外,就是会拉二胡,拉得还算是精道,但是,在政治上和生活作风上的种种表现说明,上级领导选他进值班连是走眼了。"

　　因为他叫"烧狗",所以他就少了应有的光芒,还有叫人搞笑的是,他一天到晚到处"糕糟"。

　　"烧狗"却我行我素,自个儿讲究着,始终仪表堂堂,两眼炯炯有神,身上一尘不染。他在这方面倒是很在意,即使干脏活,比如挑房泥,别人嫌他一天太讲究,故意溅他一身泥,活一完,他马上就换。还有,他特别留意自己背头发型,始终让那团黑毛油亮整齐,根根如二胡钢弦竖在脑门前。他具备了生活作风不好的人典型特点。

　　"请你指教。"张玉英红了脸。那时姑娘很腼腆,那人眼神像膏药,但是为了商量工作,虽其用意有疑,但理由正当,不能不理。

　　接着,"烧狗"就把二胡弄来,"吱咕"、"吱咕"拧拧弦把,动动码子,就拉那一句,拉完,他抬起头,直勾勾朝着张玉英的丹凤眼看去,说"这一句沙,应长一点点儿沙。"

　　他说着,把拉弓的手伸到眼睛处,用食指和大拇指做出一个极小间距,说:"就那么一点点"。

　　一点点透出去的,是张玉英的丹凤眼与鹅蛋脸的惊慌,还有那富有生气的胸脯在剧烈的起伏。

张玉英并没有领会食指和拇指的间隙，于是，露出茫然。

于是，她又来一遍，然后，"烧狗"大呼"糟糕"，又把食指和拇指放到眼前，对准张玉英。

张玉英还是没弄清那一点点，不过，她知道这个二胡手坐在面前，就是一堆火，他肯定想把他们之间的距离弄成火与纸那么一点点。

"烧狗！"王文涛见"烧狗"在张玉英那儿磨蹭，早就忍无可忍，瞪起外鼓的眼睛吼了一声，这情景像有正当权力的公鹿，正琢磨一只刚入鹿群的青春期母鹿，这时另有公鹿不识时务大举冒犯了母鹿，原来那只公鹿不愿意了。王文涛认为，大概不是张玉英慢了，而是你"烧狗"动作快了一步，"拍"长了一节！于是，就提着小提琴，面目严肃地过来对张玉英说："别听他的，他自己就五音不全"。

王文涛凶，因为他是演出队带队的，是文教，文教是干部，你"烧狗"充其量是一个乐队偏将，来了张玉英，你苍蝇嗡嗡叫什么？当心几声凄厉，几声抽泣！

王文涛始终认定，因为是他赶着马车去团部接的张玉英，姐姐明确说过："涛涛，晓得啦，这姑娘你给我盯住了，就她了，对外人不要明说得噢，心里要有个数，省得爸妈为你操心……生活上要多帮助她……"

王文涛认定自己根正苗红，他姐姐又是团领导及大红人，他本人还会写批判文章，会小提琴，还会高雅深奥的围棋，已是连队文化的象征，具有知识领袖的地位，平日里，可以在连队大方地挥舞两手指点江山,不停地转动着长脖子,甩着小小的冬瓜脑袋,四处张扬,所以,张玉英作为漂亮第一,别人都给我远点。

再说了,张玉英这盘菜,即使我王文涛不吃,全连或全团吃遍了,也轮不上你"烧狗"。那年月,一个生活作风不太好的人,就基本和劳改犯不远了。

张玉英来了,值班连活了。男青年有了新的活力自不用说,连女青年也兴奋了。

阳光灿烂地照耀在边境线上了。

这时候"烧狗"烧得不行了。他甚至很快了解到,张玉英老家是甘肃的,就四处说:"糟糕!都说甘肃女人红二饼沙,不过,看人家小张脸蛋蛋,真是甘肃洋芋蛋,开花赛牡丹。"

听得大家忍俊不禁,听得张玉英哭笑不得。

一次,"烧狗"喝酒略高了点,找到一个机会,对张玉英说,"玉英同志,说句心里话,不是我说沙,这个连,不,整个团,有几人能比上我沙?我说的主要是长相,其实,我乃男人中精品,是吧?"

他炫耀地把头一甩,梳理得当的黑亮长发齐刷刷倒向一边,帅帅地向后又一仰,再捋一把,做伟人状。

张玉英听得不敢出气。

"哎我说'烧狗',来了一个张玉英,你活了啊?一天跟公狗一样围着转啥你?玉英,少理他"。

"乌鸦"发现了问题,发话了。别人也发现了,但不好意思说出来,"乌鸦"说了,因为她心里不平衡。

"烧狗"不是她的,"烧狗"配母狗她也不管,张玉英呢,爱和谁好就好去,主要是,作为女人,她心里有种隐隐约约的痛,那就是,他×的,张玉英一来,男人们咋就苍蝇一样乱飞?我他×的一直好好的,咋就没人有个好意呢?我每天在镜子前摸呀描的,白瞎了?

"'乌鸦',你别狗拿耗子多管闲事,吃多了是不是?少吃点,再吃,更像母猪了"。

两人一个追,一个跑,嘻嘻哈哈打闹起来。

"可惜哟,都是他自己的错。应该说,他算一个挺帅气,聪明能干,会说会干的老小伙子,当然,更是一个叫人讨厌的骚哄哄的家伙"。

"乌鸦"和张玉英床挨床,认为很有必要维护和指导刚工作的张玉英,说:"少理他,他太老了,都29了。再说,在个人问题上,给人的印象不好,这不就完蛋了?"

她所以叫"乌鸦",是"烧狗"的杰作。她嘴快,一天到晚呱呱叫,而且,"烧狗"说她不会讲好听话,"乌鸦"嘴,说话直裸裸的,很难听,还不如我呢,所以命名她叫"乌鸦"。她不在乎。时间长了,像"烧狗"一样,连队里的小孩也都叫她"乌鸦",她照样答应。

"乌鸦"与"烧狗"是连队的两道景观。

"乌鸦"最先傍凤凰。她有点儿背景,她大伯是团主要领导。她不太会跳,也不太会唱,更不会乐器,按说是进不了星光灿烂的值班连的,更是进不了演出队的,但是,人家就进来了。很叫人讨厌的是,"乌鸦"进来就进来了吧,还每个节目都争着上,不让上就动看家本事,一是哭哭啼啼,二是找她的大伯。那个很抒情优美的6人舞蹈,有了"乌鸦"绝对大煞风景,于是,王文涛不让"乌鸦"上,"乌鸦"哭着指着王文涛鼻子骂:"你说老娘我那儿不行?我知道你满脑子都是资产阶级!你等着瞧!"

团领导真的出面了,黑着脸对王文涛姐姐说:"你要注意了,我们是宣传毛泽东思想,不是选资产阶级小姐,听说你弟弟嫌革命职工长相不好,就不许宣传毛泽东思想,这还了得?"

"——是,请领导放心,"王文涛姐姐表示,决不能让这股小资产阶级思想蔓延,并当即打电话,把王文涛训了一顿。

"乌鸦"油桶一般的身躯滚在一群苗条姑娘阵中,十分不协调,但她很卖力。她的动作每每比人少一截,腿脚每每比人慢半拍,但她觉得很协调,感觉很好,这就行了。

因她身材圆粗,"烧狗"开玩笑说她不是姑娘身,由此,她大打大骂大哭一场。由于她拙笨的演出,大家暗地取笑她,干脆故意让她参加一些难度很大的舞蹈,害得她臭汗滚滚,泪流满面。

她也不知道煞了风景。好在是宣传毛泽东思想,大可不必为怪。

依权附势,大家更讨厌她。"乌鸦"正孤立,来了张玉英,她便粘上了,整天与张玉英走在一起,加上是同宿舍,两人形影不离,乐不可支地享受着同张玉英傍在一起时男人们的目光。于是,她认定那些小伙子们幽幽的目光中,有属于她的一份,她好惬意哟!她发现,张玉英上厕所时,路上都有男人的目光在跟,与其如此,就不如我近水楼台先得月了。因此,在她想上厕所时也要憋着,为的是等张玉英,为的是从宿舍到厕所那点距离中,走出扭扭的样子。

正是秋收大忙季节,为庆祝国庆,团里指定值班连排练节目,不仅要在全团巡回演出,以鼓舞斗志,促使"抓革命,促生产"红红火火地开展,还要代表团去师部汇演。

说真的,"乌鸦"所以要争取参加演出队,她和许多人一样不敢说出口,是为了好玩和舒服一阵子。

演出队不仅男女可以顺理成章混在一起,而且可以不干活,不用站在拖拉机后面,蒙上头,在秋犁的尘土中"乘风破浪"。那年月有这思想可不敢说。

还有,演出队有一最大好处是,吃的好,这委实重要。他们到哪个连队去演出,都会被招待一顿,一人一碗土豆烧牛肉或者羊肉烧萝卜类,弄得好还混顿鸡呀鱼的,幸运了,领导看演出高兴了,说杀猪,于是,猪倒霉了,他们却抓住了,能混一顿红烧肉。并且,可以肯定的是,在团部和师部演出还能喝上酒,这对男同胞来讲,尤其是对"烧狗"来说,等于上山做了一回神仙。

他们穿着军装,扎着武装带,描眉涂脸后,个个精神抖擞,人人漂亮,互相看来看去,把不顺全看没了。都是俊男靓女,好不欢喜。

最光彩动人是化了妆。"乌鸦"化了妆,借一切可能的短暂机会,笑嘻嘻,粉嘟嘟地满连队转。

指导员王存义是陕西人,见了大斥一顿:"你弄得哦满连队飞'乌鸦',哦见日鬼了,骚不哄哄鬼样,给哦滚回去!"

都说演出队是大染缸,并定论说,凡是进演出队的没一个好货,有人就常拿"烧狗""放之四海而皆准"说事。

"烧狗"也不争气,在这方面总有些按奈不住,王文涛说他是骚情开关不好。

问题在于,他29了,竟没有一个姑娘表示接受他孜孜不倦的爱意。王文涛说"烧狗"近年来像个爱情弓箭手,背着一兜兜情箭,草木皆情,见了女青年就一顿乱射,于是,给了"烧狗"一个"乱爱公式":急于求成——欲速则不达——弄巧成拙——孤狗一只。

都说自从张玉英到来,"烧狗"立志"敢上九天揽月",把乱发的乱爱之箭,统统留给"幸运"的张玉英了。

但是,在团结女青年上不得要领的"烧狗",在机修方面颇有灵气,连队的拖拉机、康拜因等"头痛""腰酸""闹肚子",最后非让"烧狗"出面不可,就此有人说"他×的,值班连的机器全是母的,要不,怎么只认骚哄哄的'烧狗'呢?"

"烧狗"不会甘心"母机器"的倾心,人家要征服女青年。

自从"烧狗"抢先与张玉英对阵后,就像车有站人有主的样子,见了张玉英便打招呼,俨然老熟人,而且始终套近乎,在人家面前一会儿"沙沙",一会儿冒出个"糕糟",全然不顾及旁人恨恨的目光。

一个周末的晚上,连队传来消息,部队放映队要在团部慰问放映电影《卖花姑娘》，这在当时来说，的确算喜讯。

连队像过节，食堂早早开了饭，人们把玉米发糕和难得一见的肉炒莲花白急急吞在肚里后，就三五一群奔向8千米外的团部。

傍晚下起了大雪，萨吾尔山不见了，接着还刮起八、九级的诺海风。时下，演出队的任务快完成了，既然来了人人翘首盼望的好电影，团政治处决定，演出队在电影放映前再演一场，同时慰问边防站的指战员，所以，演出队又享有特权，坐拖拉机去团部。

大轮子"28"型拖拉机驾驶室位置，坐着领队王指导员。拖斗上拉着吱哩哇啦的演员们在路上奔驰，沿途那些徒步的家伙个个不露好脸，对"突突"而过的拖拉机表示极其愤慨，平时种地挖渠打石头站岗出臭汗，没多少时间关注意中人，这会儿，使劲瞄着车上。

拖斗不大，还要装道具，所以，演员们拥挤着站在拖斗上，任凭拖拉机在搓板一样的沙石路上疯狂颠簸。

"烧狗"瞄着向张玉英身边挤去。

拖斗上的演员自然分成男女两个板块，形成人为的阵营。张玉英被一挤一推，站在了男女结合部。

"烧狗"本来在男子阵营里侧，他拼命冲向结合部，直到了张玉英旁边了，才松了口气，乐了。

接着，"烧狗"就不规矩，这让张玉英非常吃惊。在那个年代，男女界线，泾渭分明，而张玉英发现"烧狗"极力靠近她，她就拼命往女子方块中挤。无奈，拖斗在颠簸中突然一

177

前，又突然一后，左一摇，右一晃，把拖斗里的人尽情揉搓着，人们立脚不稳，东摇西撞，弄得她与讨厌的"烧狗"若即若离。

她几经周折，几次眼看都要钻进女子方队了，这时，总有一只手，三番五次把她暗暗地拽出，这样一来，张玉英当然钻不进女子阵营了，结果，她哑巴吃黄连，屡屡遭遇"烧狗"碰肩擦腰的有意侵犯，还有苦说不出，大有喊天天不应的倒霉感。

这使"烧狗"心花怒放。他知道，在前面驾驶舱拼命往后看的王指导员，这会儿是咸吃萝卜淡操心。王指导员口头禅是："哦天不怕，地不怕，最怕男女乱混搭"。"烧狗"是"乱爱专家"，尤其引得他注意。

王文涛说王指导员是连队的爱情警察。"烧狗"因为穿戴整洁，是公鸡阵里最爱在母鸡面前抖擞羽毛的那只人公鸡，王指导员不止一次公开指着"烧狗"说："想事啦？哦哪天配你头母猪……"由此，"烧狗"经常性的一次次低下狗头，眼珠子转着，死不服气，也不敢吱声。

这会儿，他怎么也不会发现"烧狗"的"科技成果"。单方面和人家在意念中求爱。说简单点，就是他在混水摸鱼蹭张玉英，属于行为不轨。

由于车剧烈摇晃，大家心情愉快，每一摇，便带来满车"啊"一通叫喊；每一晃，又引得男女们"哇"一阵喊声。大家在车斗上像簸箕里的豆子，虽然被颠簸着，却笑声不断，吱哩哇啦。

178

张玉英也在这极兴之中，暂时忘了后面还有一个不怀好意的人。

虽然，她很烦"烧狗"在身边挤挤挨挨的，但也是无奈，车小人多嘛，又都是值班连的战士，也没多想什么，倒是因站立不稳，尽力和姐妹们勾肩搭背着。

她用力勾着"乌鸦"宽厚的肩膀，深感"乌鸦"的背确实又厚又稳。没一会，她猛然发现身后的气息不对。

显然，大家突然前拥一下或后仰一下，而背后那人那拥，很扎实，很有目的性，尤其借车摇前拥那一会儿，那身子特别紧凑地、全覆盖地包在了自己身上，而且，她越觉得不对，就越明白身后有企图。

张玉英开始注意到，后面那人很巧妙地借急刹车，大家"哇"地整个前拥时，他全面地爬在了自己背上，虽然，这一刹车使自己也趴在了"乌鸦"身上，而且整个儿爬上去了，但后面人为的迹象太重！

"下流！"她想。张玉英姑娘家的心怦怦的乱跳，她觉得第一次与一个男人软硬碰撞着，那么贴近，而且，那男人意味很是不好。

179

王文涛显然注意到"烧狗"的小把戏了，虽然，"烧狗"和大家一起和着拍子前倾后仰，但"烧狗"要不爬在张玉英背上，要不就人为地、紧紧地和张玉英连理枝一样连着，张玉英好像还不知晓，傻呼呼地笑着乐着，王文涛就用尖锐并鼓鼓地眼睛盯着"烧狗"，"烧狗"感到王文涛注意他了，这才老实了些。

风正猛烈,雪粒横飞。幸亏是傍晚,天已黑,飘飞的是入冬的第一场大雪。

团部礼堂灯火通明,是"乌鸦"亲戚的团首长在讲话,意思是感谢部队送来电影。今年,全团革命职工认真学习毛主席著作,高举毛泽东思想伟大红旗,抓革命,促生产,取得很大的成绩等等。领导说得热情洋溢,加上节目和电影的烘托,大家使劲鼓掌着。

台上一侧站着演出队,"乌鸦"说:"真激动啊。"

"烧狗"冷冷地说:"激动沙?等你哪天见了那玩意才真正激动呢。"

"乌鸦"转过身骂道:"不要脸!"

领导们轮着讲话,演出队兴致勃勃作了演出。照例,张玉英在第二个节目中唱了《山丹丹花开红艳艳》,台下爆以热烈掌声。

演出完就惨了,演出队员们到了看电影的时候,礼堂几乎没了位置,团部周围连队的人也冒着大风大雪赶来了,结果礼堂最后五六排的人都站了起来。反正都是长板钉起来的凳子,结实,于是,演员们像没娘的孩子,一拥到后面抢位置去了。

礼堂过道里也站满了人。团部的不少人搬着椅子,有的两口子站一只椅子上,玄乎乎地像表演特技。

做梦都想着看《卖花姑娘》的张玉英,此时连小孩都不如,她抢不上可以立足的地方。别的姑娘东拉西扯,上了人与人紧紧相贴的人墙之中。

180

"乌鸦"一个箭步,钉子一样钉到了"烧狗"和王文涛之间,像完成了一项伟业那样,呲着嘴脸四处光顾一周,似发布胜利宣言,这一望,看见了没着落的张玉英。

张玉英急呀,有几个男的试图想让她挤在中间,但没敢付诸行动,诸如王文涛。

张玉英傻站着,眼看电影要开始了,那可是第一次看宽银幕。尽管如此,她也不想挤入男人中间。她怕那里挤。她方才领略了挤,那可能会给男人带来某种好处而使自己遭殃。

"烧狗"本来很敏捷地抢上站位后,有意左右挪捣,在自己身边留出一个让张玉英挤的位置,他早想到了,不料"乌鸦"占了凤凰巢。他寻找着张玉英,终于看到张玉英在一旁冷落时,便毫不犹豫跳了下来。

在最后一排,"烧狗"说:"糟糕! 我们为你们演节目沙,照顾一下革命战友沙,来,挤一下沙! "

说着就推人墙,终于腾出一块地方,"烧狗"连摸带推又挤又搡,把张玉英推了上去。可以肯定地讲,"烧狗"在运动张玉英时,把想占的便宜占尽了。

张玉英面朝银幕时,感慨道:"银幕真宽呵。"

此时,银幕上出现了"静"字,"静"字之后,照例是一张张幻灯片,比如"毛泽东思想万岁","抓革命,促生产"等等。

银幕上大大的"静"字与"烧狗"此刻心情极不适应,"烧狗"像小狗一样急得团团转,他没法静。

此时,张玉英有了些小小的歉意。

181

而"烧狗"怎么可能把自己嘴里叼着的肉空挂呢?

"烧狗"又动员了一遍人们,有些哀求,见没反应,就在张玉英旁边,突然使劲用力一推,形成了多米诺效应,一串人吱呀哇啦一阵,"烧狗"就势腿一蹬,麻利地抓住瞬间挤了上去。这么一挤,"烧狗"贴上张玉英了,且合情合理合景。

最叫"烧狗"兴奋的是,他呼出的气正好全面冲向张玉英耳朵那一片,吸气时,闻到了张玉英雪花膏的芬芳。

"烧狗"乐极了。王文涛看到这一幕,气得咬牙切齿,但无可奈何。

张玉英警惕性很高地给"烧狗"侧部,但还是感到耳边那一团火气,正光明正大地燃向自己,此时只好认倒霉,关键是,那诱人的电影开始了。

《卖花姑娘》的情节深深地打动着人们。张玉英早听说,看那电影要流眼泪,结果真的流了泪,人们都凄泣着,满场好不伤心。鲜花、少女、命运……张玉英使劲揉着眼睛,越揉越看不清银幕,这时,注意力才从银幕转向自己,有些恨自己的手绢已湿成一块抹布了,就往口袋去掏什么,这一掏,才发现有只大手搭在自己胯部久矣。

张玉英哆嗦一下,把伸向自己裤兜的手触电般收回,仿佛是把手错伸进"烧狗"的裤兜里了。

卖花姑娘跌倒了,张玉英把注意力投向银幕。

此时,张玉英觉得"烧狗"不老实,一只狗爪在轻轻摩擦着自己的手。

她奋力抽回。

这一有力果断之举,并没让"烧狗"望而怯步。老实了没一会儿,"烧狗"又有了小动作。张玉英一气,小声嘀咕了句"不要脸",跳下了长凳。

电影散了。礼堂外的大雪已铺成被褥一般,人们冒雪赶回去。张玉英早早挤在了女子方块最里面,王文涛有意立在了"烧狗"面前。

"烧狗"兴奋地在呱呱叽叽讲评着电影,他没事似的。

"要学那——泰山顶上一青松","烧狗"大唱大吼起来。

触风见雪,演出队员都跟着吼起来:

要学哪,泰山顶上一青松,

八千里风暴吹不倒,

九千个雷霆也难轰……

"烧狗"占够了张玉英的便宜。

张玉英认为吃了一串小小的哑巴亏,算了,反正都是值班连队的战士,虽然那战士思想意识差劲一点。

自从那次"电影事件"后,"烧狗"不仅不汲取张玉英冷脸的教训,反而像尝到甜头,一个劲往张玉英跟前凑。

很快,张玉英收到了"烧狗"的求爱信,对张玉英来讲是第一次,而对于连队人来讲,都知道是"烧狗"的必然性。

张玉英是在铺床时,在被子下面见到了信。姑娘们正好找到了打趣的事,"乌鸦"一把抢了去。

"亲爱的张玉英同志:萨吾尔山北坡八百亩果园作证,木斯岛南梁子三千亩条田敞开胸怀,乌拉斯特界河听我对你真情表白,哈哈哈哈……""乌鸦"念着笑弯了腰。

张玉英脸躁得无地自容。这简直属于调戏!问题是,毕竟信是给人家的嘛。张玉英有所不快,去抢那信。

"乌鸦"念完了就随手一扔说:"跟写给吴花花和汪丹阳的差不多,这个不要脸的老男人"。

张玉英心头泛起一种憎恶。

转眼春节到了,张玉英又收到"烧狗"两封求爱信。当然,张玉英没让人知晓,悄悄填在炉子里烧了。她听说,有人就把这类信交指导员,让指导员骂他"背母猪",她没有。

春节并不放假,因为他们是边境团场,在反修前哨,到了春节,更要"提高警惕,保卫祖国",值班放哨。于是,冰天雪地,除了上哨,连队不安排别的重活,实际就是让大家打打牌,休息一下。

那已是文革后期,连队也不敢擅白冲淡许多形式,但实际上把那些形式空而又空了。为此,大男大女们有了各自的雀桥会。大部分恋爱之种都播在这春之节。

184

此时的年轻人,要不更为燥狂,要不就显出斯文腼腆,连"乌鸦"也穿戴一新,"烧狗"说她待爱待求的样子。指导员王存义的神经此刻高度紧张起来。

"烧狗"是最想最急于播种爱情种子的,然而,他给张玉英发了几封信,不仅没有得到回信,却遭到一系列冷眼,他不服。

有次,"烧狗"坚持要张玉英"出来一下"。

在昏暗月光下,"烧狗"说:

"张玉英,我怎么不行沙?"

然后,他竟然大言不惭地对张玉英说:"人说我'烧狗'不瘦也不胖,不很高却健壮,整个一个郭建光!像吧?老子两眼出奇黑亮,双眼皮大眼睛——他们谁有?他×的,不是三角眼就是死鱼眼。可以了。"他还毫不掩饰说:"我的确是一个美男子,我知道,我老了些,也就比你大七八岁嘛,男人大,知道心疼人沙。"

张玉英觉得热血上了脸,一扭头跑回了宿舍。

望着张玉英仓皇逃跑的背影,"烧狗"失算地脱口而出:"糟糕!"

那天,"烧狗"见王文涛和方继光进了张玉英宿舍,便魂不守舍跟了进去。

方继光是连队机务排一班班长,个子矮但墩实,重要的是人老实,有技术。

王文涛、方继光一脸光彩地与张玉英和"乌鸦"打牌。两男两女分拨打对家,正好四人,"烧狗"本来就是多余的。他们嬉笑颜开,其乐融融,尤其王文涛,显得生动积极,连洗牌的样子,都要做出惯有的高屋建瓴架式,并谈笑风生,总与众不同地表现出技高一筹那种风范。

"烧狗"这时感到自己的孤立和悲哀。

他勉强带笑进了屋。

"'烧狗'来了?"王文涛只用零点几秒看了眼这个讨人嫌的"烧狗"。

"'烧狗',坐。"方继光有点笑意。

185

"'烧狗',你……你……当裁判,王文涛鬼得很。""乌鸦"象征地对"烧狗"说,算搭了腔。她平时总获取"烧狗"的一些好处,比如,吃过他难得一份红烧肉的一大半,抢过他一块花手绢,再说,都是连队战友嘛。

"烧狗"就坐在一旁看他们打牌。

张玉英不吭声,连礼貌地一瞥也没有,她知道此人肚子里那条蛔虫。

"烧狗"见王文涛他们带来的包里高高低低的,知"高"乃酒,知"低"乃罐头类无疑,这些是时年节中佳品。

"烧狗"乃酒徒之一。为酒之赞,是他生命之赞的一部分。酒是他眼睛里的亮珠珠。可惜每月工资 45 元 8 角,又爱着装打扮,钱太紧了,常常顾了穿却顾不了酒。他没酒喝着急时,就在星期六晚上或节假日围着连队转。都说他"狗"耳灵,"狗"鼻子更绝,谁家有一丝酒气飘出,他都能闻出来,然后,他就"唰"地一步跨进去。

"大李不在沙?""不在……来来,'烧狗',喝酒。"

或者"王大个没来?糕糟!""没来呀!……来,'烧狗',喝。"

时间长了,都摸准了"烧狗"这一手,于是,有关门不应者,也有闭窗不出声者。

但是,谁家请客,在一个巴掌大只有几百人的连队,是逃不出"烧狗"的狗鼻子和狗耳朵的。

此时,"烧狗"观战已久,不见他们有任何让位之意,又舍不得离开张玉英,想起什么,他匆匆忙忙出门了。

其实,"烧狗"一出门,就听里屋一阵爆笑,接着是搬箱子摆桌凳和洗碗动刀的声音。

当"烧狗"跑回自己宿舍时,司空见惯地看到,同舍战友们都各找一处玩去了。他把每人一份的一瓶连队自酯白酒揣上,冒着寒风冲向张玉英宿舍。

"烧狗"推门时,里面正在顶门。看来,里面虽料事如神却晚了一步。

"'烧狗'——你来得啦?"顶门的是王文涛,表情很尴尬。

"咋地,过节了沙,都是战友嘛,不欢迎沙?"

"烧狗"大方地站在屋中间,一只手掏出怀里的酒,晃荡一下,似乎已有了不可拒绝的资本。

"哪里,哪里,来来来,正好,一起吃得啦。"

"烧狗"一看,他×的,糕糟!自己刚出去这一点功夫,他们已摆好三碗四罐了。

他们极其不快地让"烧狗"坐了上去。

照例,大家喝酒。

"烧狗"被安排在王文涛和方继光中间,让他与两位女战士远点。

"一年啦,真的辛苦得啦,喝。"王文涛主持说。

都喝,连张玉英也小小咂了一口。

"烧狗"当然一口一杯,酒兴便油然而生。

门外,西北风呼天抢地,屋子里,炉火轰隆。

"烧狗"像一只老鼠混在一窝兔娃阵里,汲着兔妈妈的奶。别人都是这眼神。

　　他不管老鼠兔娃咋地，他已来了精神。

　　当然，"烧狗"是聪明的，看出了自己来之不逊的地位。王文涛那眼神分明有嫌，故意给自己灌酒，"烧狗"想，老子心里明白。

　　喝着喝着，"烧狗"便忘了什么。

　　"乌鸦"使眼色，然后他们喝水，让"烧狗"喝酒。这对"烧狗"来说，正好。

　　酒喝下后，"烧狗"自然而然就有了豪气。话也多了，一多话，就抢占了所有话语权，别人就说不上话了。

　　王文涛他们迅速得逞。

　　"烧狗"神采奕奕地笑着说着，突然，头一歪，那眼睛还盯着张玉英呢，就一头撞在了方继光身上。接着是"现场直播"，那时叫"随地大小便"之类。

　　闹腾了好一会儿，"烧狗"大哭大叫起来，总之最后是：

　　"他×的沙，王文涛！"

　　"他×的，'乌鸦'！"

　　"我……爱张玉英沙！"

　　他终于喊出来了。这让王文涛又气又恨。张玉英泪刷刷地流了下来，一头扑向了被子，羞辱地痛不欲生。"烧狗"爱她呀，这无疑是奇耻大辱。

　　"烧狗"疯了一般向张玉英冲去，一把揪坏了张玉英铺在床上的塑料单。那时讲卫生兴铺那玩意儿，且以张玉英的最漂亮。

　　王文涛和方继光奋不顾身冲上去抱住"烧狗"。这会儿的"烧狗"劲头特大,王文涛又是个笔杆子鸭脖子,平时只会写材料,画个黑板,最多拿个尺去量地,算体力劳动了。为此,两人加上"乌鸦",好不容易才把"烧狗"弄倒。突然,"烧狗"又奋力挺起,两眼火火地在寻找张玉英,作前赴后继状。

方继光算有劲的,再次去抱他。"烧狗"大为不悦,抓起酒瓶,照着方继光砸去,方继光头一歪,重重砸在了肩上。方继光火了,他本来笑眯眯地不太吭声,平时一脸温良恭谨礼让,这会儿动了气,王文涛帮忙,他俩把"烧狗"拥出了门外。

门外北风呼呼,大雪飘飘,萨吾尔山似隐似现,千亩方田,万米素毯,尽情铺开,白沙窝似少女远来,蒙蒙胧胧,好一片北国风光。不过,他们没人顾及这千里冰封万里雪飘的好风景,而是在治服疯了般的"烧狗",因为"烧狗"还要往屋里冲。

方继光在王文涛提醒下,把"烧狗"就势按在门口拉拉车(人力车)上。"乌鸦"拿来被包带,王文涛利索地将"烧狗""五马分尸"般捆了,把手脚各绑一角,"烧狗"整个人呈"大"字型,定在了拉拉车上。

"烧狗"在车上使劲蹦着,四肢被捆,只能一起一伏鼓着肚子吼着。

他们松了一口气。

回到屋里,张玉英已打扫一净。

他们继续玩"升级"。

从"A"升到"5"时,心不在焉的张玉英侧耳听了听门外,门外已没声音了。

"把'烧狗'弄回宿舍吧。"她说。

"冻他一会！"王文涛正摸了一手好牌。

刚才一阵折腾,大家现在都在散发气体,王文涛嗅出,一股清香来自张玉英,而另一股恶臭弥漫,是从"乌鸦"那儿出发的。

"会坏事的。"张玉英说。

"不管他,'烧狗'特筋。"王文涛说着已出了牌。"筋"的意思是贱,如狗一样贱,如野草一样贱而旺,不怕冻不怕热,不怕骂不怕打,不怕羞不怕辱……

张玉英说:"不,弄回宿舍吧。"

说着把牌一扔,王文涛、方继光和"乌鸦"一块出去,就着拉拉车把"烧狗"推往宿舍。

张玉英不放心,也跟了出来。

此时车上的"烧狗"已不大声吼了,只是轻声呻吟,牛蛋一样的眼睛偶尔睁开,两个黑洞洞的鼻孔冒着两股白气,白气在"烧狗"爱留的八字胡上结成雾凇,连眉目也被雾凇点缀的根根银白,有点像圣诞老人的扮束。

他们在拖拉"烧狗"进宿舍时,张玉英看见死狗一样的"烧狗",裤筒里露出了半截乳罩。张玉英曾丢过一件乳罩,因为一边的绳子断了,张玉英撕了一截演出队舞的红绸子临时系上的,大概放在被子下,不知怎么就没了,还以为是哪个姐妹看不顺眼扔了呢。此时,那节红绸系着的乳罩,正从"烧狗"裤筒往外窜,仿佛急于回到失主怀抱,又似在嘤嘤诉苦,诉说着偷盗者的若般蹂躏。

趁他们都不注意,张玉英一把扯出乳罩,慌慌地塞进裤兜,像偷了"烧狗"一件心爱的宝贝。

那天晚上,"烧狗"的双手被绑在床头上,他一直在又哭又闹。

指导员王存义披着军大衣威风凛凛视察时,发现了烂醉的"烧狗"。他把王文涛、方继光、"乌鸦"和张玉英叫到连部狠狠训了一顿,他指着王文涛和方继光说,哦给你们裆里塞炭了?烧得夹不住咧?他又把冷脸朝向低头哆嗦的"乌鸦":"你浑身没长一根好羽毛!"他没骂张玉英,张玉英在演节目上为连里争了光,指导员对她不动粗,但全方位嘟了一句:"小小年纪,整天想些骚事。"

张玉英以为说自己,眼泪涮涮地流了出来。

"乌鸦"气得直喘气。

都说"乌鸦"是天生挨骂的料,而张玉英是天生不挨骂的料。

"乌鸦"深夜从外面回来时,告诉张玉英""烧狗"骂你了。"

"骂啥?"

"他骂张玉英,我×你妈!"

……

连队的人都说,那次后,"烧狗"好像醒了。但真正让"烧狗"醒来,是一件正事。

上级明确要求连队送一个在农机修理上有天赋的人,去乌鲁木齐市学习机修一年。这是连队的大事之一。参军提干入学招工,决定团场人的命运,于是,王文涛的姐姐亲自来连队定夺。

那时不讲文凭,也没想到与工资挂钩这等事,只是大家把派出学习,当作是最好的奖励。

消息一说开,全连的人都不怀疑说,是"烧狗"无疑了,人家这些年来,哪次农机坏了,不都是"烧狗"上?人家这方面就是行。所以,"烧狗"也认为必定是他了,就有点热腾腾的了。

结果是让以后成为了张玉英的男人、连队机务排一班班长方继光去了,理由是,要培养又红又专品行好的人,也就是说,要印象好的人。

"乌鸦"学着领导口气说:"'烧狗'这种人,专而不红,说文雅点,是思想意识不好,说难听,就是骚不哄哄乱发情,印象太坏,这种人怎么会有出息?就是眼下能干会干些事,但这种人人品不好,说不定越聪明就越能干越坏事。"

他像一张废牌,被"帕斯(淘汰)"了,应该说,这属于一生性的"帕斯"。

为这事,"烧狗"病了。一星期没起床。

之后,"烧狗"就判若两人了,少言寡语,连看也不看张玉英了,也不去寻人家的酒了。二胡还是拉的,只是不再拉"山曲"。

那年,"烧狗"三十而立,都说他成了孤零零的老狗。

张玉英暗自庆幸"烧狗"不再骚扰她,心想,就是自己把连队几百男人嫁遍了,也嫁不到他"烧狗"身上。

一个人给大家的印象就决定了其生命的轨迹。

张玉英那天用旧报纸糊床边时,无意看到《垦荒战报》

上有自己连队的事,还看到了一个醒目标题《沈状元勇跳冰渠救儿童》,就问:

"哎哟,我们连还有这样的英雄事迹呢……这个沈状元的是谁?"

"乌鸦"等宿舍战友们笑得前仰后合。

"乌鸦"说:"人家向你求了半天爱,你竟不知道人家大名,哈哈……他就是'烧狗'!哈哈……"

"乌鸦"在提醒同宿舍人说:

"哎,我说个正事,明天开始总结了,听说'烧狗'要调出值班连了,我们还是说点'烧狗'的好吧。"

"是,其实'烧狗'挺好的。"同宿舍那个大姐说:"'烧狗'吧,他干好事是最多的,比好些人都强。比如那次,就是玉英在报上看到的,老李的二小子掉进青年渠了,那么多人谁下去了? 就'烧狗'嗵地跳下去了,都快冲到白沙窝了,硬是呛了不少水,好不容易才把孩子弄了上来,要不,就死了! 结果,人们不记他救人的事,倒是笑他在大渠里挂破了裤子,露出了屁股。"

汪丹阳说:"就是的,带冰碴的水有多冷啊。"

吴花花说:"就是嘛,水好急哟,好危险嘛,这件事让'烧狗'露了点人脸,不像别的好事,明明是'烧狗'干的,却最终都落到了别人头上。"

汪丹阳说:"不是我说,'老黄牛'中煤毒不省人事,屎尿一床,王指导员安排人去弄,谁去了? 都不去,就推荐'烧狗'。'烧狗'说人家怪可怜的,去了。就这样,有人还说'烧狗'真是狗,说他不嫌屎脏尿骚气,是为了人家事后赏他两瓶酒,再比如……"

"乌鸦"说:"'烧狗'其实不坏,就是在个人问题上'乱爱',工作中出力,学习中出色,全都被花事淹没了。"

大姐说:"你说他作风不好,他和谁不好了?就个没头苍蝇乱嗡嗡。"

"就是噢。"大家说。

大家为"烧狗"哀叹着,说除非"烧狗"牺牲了,不然,可能永远也改不了他的名声,更替不了坏印象呀。

大姐说:"'烧狗'爱说,可干了人事反而不说,尽说不是人事的事。那次抢救人,好了,指导员狠狠表扬了'烧狗'一阵了,可大家背地还是说他'烧狗'逞能,要是别人干这事,轰动大了。嗨,一个人印象坏了,真的就完蛋了,所以,你们年轻人呀,一定要注意印象哟。"

大家最后总结说:"人嘛,是个好人,总之,'烧狗'还像是一只狗,比连队看库房的那只狗好不到哪去,和他交往,便是与狗交往,与他谈恋爱,便是与狗恋爱,如此类推,与他结婚,便是与狗结婚,谁肯?"

"乌鸦"说:"说好了噢,总结时都给'烧狗'投一票,别让他调走了噢。"

虽然"烧狗"被认为醒了酒,并不再理张玉英了,但是,因为上机修班的事,他和连队闹上别扭了。

一次拖拉机抛锚在了十几千米外戈壁滩上,开车人冒着风雪回来报急,指导员心急如焚。第一个想到的,当然是

"烧狗"。但知道"烧狗"为上学的事不好说话,说实话,心里也觉得亏了"烧狗",就让别人去救急。

结果去了两拨人,车还是撂在冰天雪地里,如果过夜,指导员怕车坏了也怕丢了,就厚着脸让"烧狗"去。

"烧狗"当然低层次地说:"你们应该派最优秀的人去,是吧?那人当然那不是我。不去。"

晚些时候,正在连领导万般无奈时,"烧狗"没人了,半夜,拖拉机开回来了。

王指导员想为"烧狗"报个嘉奖,但王文涛姐姐说:"由此说明,派别人去学习对了!此人不听话也不可靠,此人还是离开值班连的好。"

最后,以品行问题,团里让指导员王存义来了个诸葛亮挥泪斩马谡,把"烧狗""斩"出了先进的值班连。

王文涛姐姐说:"值班连是团首长的眼珠子,不能有沙子;值班连是团首长的心肝肉,不能留病灶。"

天知道她还在想别的什么。她知道,"烧狗"曾狂追张玉英,严重地干扰了她弟弟与张玉英结合的计划,虽然也听说"烧狗"求爱无望,但放在那儿,反正不是好事情,就命王指导员找"烧狗"谈话了。

"沈状元同志,考虑到你爱打女同志的主意,形成了不良影响,决定调你到机修连,也好发挥你的特长嘛。"

"糕糟啊糕糟!指导员,不要让我走,不要让我走沙,我改,我改沙!"

"烧狗"虽然沉闷了一阵,还是舍不得离开红彤彤的值班连。要知道,被弄出这样的连队,权当离开了荣誉,权当有了问题,权当等级被降了一等,权当被开除球籍一样。

"改? 哦把你给日怪了,哦说,啥毛病都好改,背母猪的这毛病也能改?!"

指导员瞪得他沉下去了一截。

"烧狗"那双好几层眼皮的眼睛一下子像两条小渠。

"指导员,我好好干沙,真的,我再不……""烧狗"撕心揪肺地求情。

王指导员把脸朝向连部中国地图上。

"烧狗"成了一只"落水狗"。

他调到了机修连,因为他有一身技术,算"人尽其才"吧。

"烧狗"走了,没有一个人送他,同宿舍的人等同送瘟神,急忙把他的铺盖卷、床板、一网兜缸盆鞋罐类,扔到来接他的拖拉机车斗上,了事。

"烧狗"手提着二胡恋恋不舍地走了。

他不住地回头望着值班连队笔直成行的钻天杨和雪白的房墙。

那里有他留下的"糕糟"和无数笑料。

……

第二章

时光如流水。

大男大女们自然在看不见的战线忙着终身大事, 在某一天,突然双双走在一起,宣布要房要合床了。

而"烧狗"从来都是在明处明刀明枪的干,结果颗粒无收。

王文涛整天忙着写着标语画黑板,去测量地,造工资册,听电话,写材料……但他更注入心思的是张玉英。

他没想到,到手的鸭子竟然要飞,他得要重整旗鼓"君子好逑"一番。为此,他姐姐教了他两手,但不太管用。

王文涛虽然不健壮,但毕竟是男人。有一天,他有了幸福一刻。那天晚上他梦到张玉英了,并且按值班连"行话",叫大渠跑水了。醒来后,他再也睡不着了。他想着张玉英就抱紧被子,被子是温存的、柔软的、清香的、有热度的,还有刚才跑的那东西,那东西从热乎乎变成冰嘟嘟,热的时候像他的心情,凉的此刻,和他与张玉英当前处境差不多。他抱被子时,想到的是抱着张玉英,他认定这是神的意志,让他春心沸然。

他向张玉英射出了"丘比特之箭"。为避人耳目,他到团部取文件时,是在团部邮箱向张玉英寄出了一份热情洋溢文采飞扬的求爱信。

人家没回信。他却看见了张玉英躲他的慌张,好像没有与他一起领会神的美意。

他又写了一信,更为才情横溢婉转动人。

张玉英躲藏更明显了,王文涛失眠了。

王文涛的姐姐曾与张玉英认真地谈了两次,从政治和生活的高度,语重心长,但张玉英死活不说话。

王文涛姐姐是正常的,不正常的是她的职务所产生的光环,是文革特殊时期的产物,是当时叫"坐直升飞机"上来的,不久,政治气候有些变化了,已成为老姑娘的她嫁到了远处。王文涛原以为没有姐姐自己也是很能的,以为青藤不攀附大树也能高高在上,结果不是,他的声音低了很多。

"乌鸦"特别讲究穿戴了,尽管她油桶一般的腰身配不上任何衣服,但她想穿任何衣服。她平时一天吱哩哇啦的,可这一阵子却心思重重。

"'乌鸦',发情得啦?"王文涛和她开玩笑。

"你妈妈才发情了!"

"乌鸦"反击王文涛时,眼神幽幽的,望着王文涛差点流出泪来。

王文涛做梦也没想到——丑"乌鸦"想攀他的梧桐高枝。

"乌鸦"整天"曲颈向天歌"。寂寞了,这很反常,王文涛就扭胳膊掐脖子整"乌鸦",整得"乌鸦"乱叫乱吼,像整一头母猪。

有一天,爱和"乌鸦"打闹的王文涛突然不再那么做了,大家也听不到"乌鸦"那种母猪被宰似的大叫大呼了。

据说,有一次给上夜班的人送饭,"乌鸦"因夜黑风大,叫王文涛陪她去,那以后,两人相敬如宾了。

最后,他们结婚了。

都说"乌鸦"采取了非正常手段,就在那个无月的黑夜,"乌鸦"降落在了长颈鹿身上。有人说:"一棵野麦栽进紫砂盆里,你王文涛还得精心浇水上化肥吧。"伸着长脖子,显得骄傲的王文涛，哑巴吃黄连，有苦难言。

王文涛从此无颜正视"请允许我冒昧的称你玉英"的那个人了，结了婚，长脖子上的小脑袋像打了霜，蔫搭了。一想到张玉英，他就心中嘟囔："唉，煮熟的鸭子果然飞了。"

其实，张玉英根本不是王文涛煮熟的鸭子，她早看上了方继光，方继光学习回来了，即将成为连机务排长或连队技术员，要提干了。张玉英认为方继光能干少言，有技术，个子矮点，但人厚道本分，在爱情上老实巴脚的，符合母亲"靠得住"的要求，这最重要，不像"烧狗"那类人，心花乱爱。

此中，她还受到了爱情的四面出击。团部那个已婚的孙干事倾诉为她准备离婚；师部某干部自那次演出认识她后，为她写了一封相等于中篇小说的长信；还有的人甚至缠在张玉英的宿舍。

王指导员怕人欺负她，出面让张玉英与方继光连上了，平息了爱情诸方面的星星之火。

回过头来看，在爱情上曾是最忙碌的"烧狗"，的确不得要领，还是孤狗一人。

"烧狗"终于在某一天接到了方继光张玉英的结婚宴请。

"烧狗"没有去，他给代话的王文涛说：

"王指导员，麻烦了，我真的有事，代我向他们表示祝贺！"

此时的"烧狗"，话已像人话了，话尾也不太带"沙"了。

那晚，他估摸着是方继光和张玉英上床的时间，也就是说，该是方继光动手动脚的时光，"烧狗"铺好床，一口口咽着咸萝卜酸辣椒,那菜苦苦的、咸咸的、辣辣的、酸酸的、涩涩的,然后,把满满的一瓶连队自制的高度白酒,对准让人讨厌的"狗之嘴",酒就急促促从上而下,像他们所修水渠的水,可谓黄河之水天上来,浩浩荡荡冲进被人称之为的"狗胃",然后,那双很有层次的眼皮没劲了,模糊了,他一头扑向准备好的床,用被子把自己捂得紧紧的。

他在被窝里压声大哭。

这样不张扬的哭,足以说明"烧狗"成熟了。

哭声出自男子汉,低频率深穿透,哭声悠长隽永抖颤,由于是在被子里进行的,没人听见。

第三章

"烧狗"去的那个连队,是团里"臭老九"成堆的地方,团里的人们不太用正眼看,凡在那里的人,仿佛是黑白胶卷里摄印出来的人生,不像值班连的人,个个都是彩照亮色,为此,相比之下,"烧狗"算通体生辉了。

再说,"老九"们不欺负他,他出了力的事,就是他的事,何况"烧狗"本来就是热情肯干的人。

然而,因祸得福。"烧狗"痛苦离开而赴往的地方,正是他后来发迹的"革命摇篮"。

机修连的人称他是"沈技术员"。他在新的单位已有新的尊称了,虽然,毕竟是一个小边境农场,"烧狗"之称,像他的被褥一样,轻易地就带到了新的单位,但那里的"老九"不像红彤彤的值班连战士那么放肆大胆，相形之下，"沈技术员"比他们根正苗红，或说根正苗不太红，但毕竟有根正这一条。

他们说沈技术员早就不太喝过量酒，而且，即使多喝一点，马上和床被成了密不可分的战友，再不到处乱跑，不四处乱放蹶词了，当然，没有再发生"发情"的事。

"烧狗"所在连队的一个"臭老九"给"烧狗"说："我老家有个表妹，因为非常漂亮，且很有思想，高中生哟，硬是清高哟，弄得高不成低不就，结果婚事给搞黄了，给你行不行？"

"烧狗"一声叹息。鬼才相信，你那个山沟农村的川妹能"非常漂亮"？更不可能比上张玉英，没辙了，拿工资的女职工队伍中，没听说有人愿意嫁给"狗"的，张玉英与川妹，阳春白雪与下里巴人，云泥之别，"行吧，"他说。

于是，"臭老九"为他往四川农村发了一封信，并夹带"烧狗"的照片，写道：表妹，我们这里有一个适合你的，他是很能干的小伙子，你看看照片，是否可以？他有技术，身体好，长得很像郭建光，又有文化，就是年龄稍大些。

那面回了信，说，可以看看。

接着，"臭老九"又发了一封信，总计邮资 1 角 6 分整，便来了一个手提当下时髦的上海牌提包的矮个子四川女人，人们简称为"一毛六"。

"一毛六"一到才知道，眼前这个男人不是稍大一些，而是大得多，女人小"烧狗"快七、八岁了，至于像不像郭建光，那不重要，眼前此人吧，比照片和想象英俊得多，重要的是，这人有一身好技术,就喜不自禁,心里说,好好哟!于是,女人就说:"可以噻。"

"烧狗"一看女人,心想,虽然不是"非常漂亮",但脸蛋儿白白净净,眉是眉眼是眼的,秀气,只是身材过于壮实,行吧。

女人有红扑扑像苹果一样的脸蛋,带来正宗的家乡腊肉,女人操着乡土川音,十分能干,等同机器人,事实明确说明,并没有多清高。

"一毛六"一年后便为沈技术员生了一个眼睛很大、眼皮也很双的胖小子。

那女人很能干,多次对"烧狗"说:"自从嫁给你,我就不打算保留在家大小姐的地位",表态说,要彻底放下其小知识分子的架子。

别人找女人都尽量找职工,有工资,只有没本事和有问题的人才找"家属",即指没工作的老婆。"烧狗"因印象不好的缘故,大降成色,所以,只能找个没工作的农村女子。

但是,这个女人很实惠,不是一般的能干,喂5头猪百只鸡外加一坑兔子,种了机修连旁一块闲置地,真的看不出一点"有思想"的样子,倒是很扎实地干活。春夏打草秋捡粮,冬天喂得肥猪壮,"烧狗"天天吃肉蛋,家人个个红脸堂。

女人精明地、以捡漏的心情给家人回信说,这里女娃子噻,好没眼光哟。

在当地,她毫不掩饰撇嘴对人们说:"我们老沈噻,硬是好好哟,哪个让这里的女娃子噻——漏了噻?"

人不可能永远倒霉,"烧狗"转运了,开始风光了。

改革开放的春风吹到了边境农场,大田、物资、农机与农工等等关系,发生了全方位微妙的变化。

"生产力与生产关系已极不适应",王文涛找到"烧狗"说:"团里的改革方案已基本定了, 农机和地逐步实行了个人承包制,你们机修连已名存实亡,你能不能为全团职工带个头?"

这时的王文涛,从连队指导员升到团里当副政委了。

于是,"烧狗"第一个停薪留职,定额上交很高的管理费,专营自己的机修。

"乌鸦"学着王文涛官腔对张玉英说:"第一生产力光顾了'烧狗'——狗日的发了——发了!"

现在,人们才知"烧狗"的厉害和重要,尤其修发动机、气门、电路、油路那一类活,是"烧狗"的绝活儿。

"烧狗"以其过人的修理特长率先致富。

随着日月更迭,叫他"烧狗"的人越来越少,除了老连队的战友们偶尔叫叫,几乎没人叫了。

"烧狗"即沈状元努力改造的乡音已大获成功,最重要的是,他终于把"糕糟"扔了,话语必有的"沙"已极少了。

王文涛他们也一样,当初大家都来自五湖四海,乡音可谓百花齐放,在时间磨耗中不断淡化,王文涛的"得啦"之类也慢慢消逝了。

农机承包到个人,当机务排长不久的方继光承包了一台拖拉机,那天,车趴窝在自己承包的条田里。

开始,张玉英不肯让方继光去找"烧狗",而找了别人,

203

结果,方继光说,"8分钱水萝卜拉一把",花了大钱,修得头痛,肚子又痛了,为此,方继光找了没上成学的战友"烧狗"。

"烧狗"立马对家中等候的几位说"抱歉",去帮方继光,或帮张玉英去"诊治",结果"烧狗"大叹一声,一阵"乱修"。

很快,"烧狗"已结束战斗。他用油洗搓手时,方继光说,张玉英已炒好了菜,好久没一起喝酒了,喝两杯。

"烧狗"说,"你看到的,我很忙。"

方继光要给钱,"烧狗"脖子一梗,用手一挥说:

"干什么?"

方继光便说:"咳,咳,好,好!这次算了,多谢了啊,你看,他们日鬼了两天,你才一小时……"

"老方,你该去看看了,老是这么咳嗽,不是好事……"

"感冒,小事,哪能顾得上?这地,我不翻完,我喝风去?咳。"

方继光回去告诉张玉英,"烧狗"不要钱也不来吃饭。

张玉英什么表情也没有,张罗着说:"吃饭。"

"别说,'烧狗'这家伙对机车就是有灵性,咳,我再学一年也不如他……每天都有人从各连队来找他修车。他到了一听、一看、一摸,就好了,当年,应该让他去学哟——咳。"

方继光还说:"那些机车见了'烧狗'就像信徒见到了主,复活了,就像我们早年开玩笑说的,好像机器真是母的,就认'烧狗',而且都说'烧狗'不坑人不蒙人,收费合理公开合情,一传十,十传百,他的生意太好了。"

"他已很有钱了,是全团公认的首富了,还听说'烧狗'

已认钱不认人。纪副连长请他修车，他也照收钱不误。纪副连长老婆给我说的，原以为说句感谢话就对得住'烧狗'了，不料'烧狗'真的直来直去开口要钱。"张玉英说。

"这不奇怪，咳，大家一夜觉醒，一切的一切，似乎就是在围着钱打转转，细细想来，咳，谁不是为了钱？"

"我说，你的咳嗽越来越厉害……"张玉英看着日渐消瘦的方继光忧心忡忡。

"咳，咳，我没事，地翻完了就去师部看看。"方继光说。他和张玉英一起承包了连队的几千亩地。张玉英已为他生了两个女儿了。

现在的"烧狗"从早忙到很晚才回家，一嘴酒气。停顿了多年酒兴，又被频繁的请客勾了起来，但是，人们再也没见沈技术员醉过，也没人见过他因酒胡说胡闹。有人说他因为口袋里常常装着几百几千的大钱哟，他太忙太有钱了，不允许醉倒。

人们开始叫他"沈工"了，他终于在全团又爆出一条新闻，第一个辞去公职不干了。

对此，已是团政委的老指导员王存义私下就说："这小子就是灵，哦早看到的。"

"烧狗"在团场最显要的交通要道上，盖了一个占地600多平方的拐角平房，打出了"沈状元机修部"大招牌。自然，他的大院里常常停满了机车。

他最早买了一辆摩托车，还常常"出诊"，风里雨里，到处可见沈状元的身影，团部一夜之间出现的"白宫酒家""希

205

尔顿大饭店"之类,也能常常听到"烧狗"爽朗的笑声了。

　　沈状元在团场最早雇工。团机修连在任务量"吃不饱"的情况下,动员大家"下海",其实就是没活干了,要散伙了。沈状元就变向、等同照顾地用了自己原来的战友,由同志变为雇用关系。

　　他的先进事迹频频传出,他以挣钱致富并追赶着时代的浪潮而闻名。师报头条新闻《农场的弄潮儿沈状元》,写得就是他锐意进取的事迹。后来,师里来人总结材料,他成了师级个体劳模,并上报兵垦总局。

　　"烧狗"红得没办法。

　　这还不够,还没红够,不久,他又成了一个家庭农场主。

　　他那个结实的川妹"一毛六"已成为川婆"一毛六"了,早已不喂猪打草捡麦子了,而是专心伺候沈状元和儿子的饮食起居,招呼600多平方的大院和十几间房子。

　　闲的时候就站在大门口,和熟人摆摆她的龙门阵,说:"我不是说,我家乡嘛,硬是山清水秀的哟……"无病呻吟闲言碎语说得差不多了,就说""我们老沈嘛,啥都好,就是一天到晚忙碌嘛。"

　　说着,见"烧狗"聘用的年轻财务科长回来了,就对人说:"不说了,忙事了,"说完,情绪很好地,挺着极高的胸脯回院了。

　　沈状元从机修起家,又雇了员工,几年下来,获益很大。农场的农具渐渐以各种方式卖给个人,他的修理活虽然仍不减旺势,但利润不如早年。此时,他瞄准了上级的新政策,先承包农场荒山,签了多年合同,又开发了几万亩荒地。这还不够,"烧狗"像草原上奔驰亢奋的骏马,另租赁了原值班连上万亩良田。

就此,沈老板——注意,又改称呼了,叫沈老板或沈场长了,农场都这么叫,沈场长雇了50多名农场职工和部分农民工,而干这些活,原来至少需要3、4个连队。

有人指出沈状元成了新的剥削阶级。

有人说,沈状元解决了几十人就业。

物极必反,乐极生悲。

一天,沈状元骑摩托夜行,被重重摔了一跤,从大路到小路,小路直到家,"烧狗"夜夜骑车夜归的地方,出现一截木头,他的头、脖及手脚多处缠呀绷的,像战场上下来的重伤员。

"张玉英'烧狗'出事了。"

那天,"乌鸦"来叫张玉英,说去看老战友摔得怎样了。

"怎么?"张玉英听了后,心头一痛。

"摔了!听人说可能是有人在路上……"

"'烧狗'到底咋啦?"

"老王说,人太紫了紫过了就是黑……我们那批人里他×的,谁也看不出,结果还是'烧狗'最行,你知道他有多少?"

"啥多少?"

"钱呗!"

"不知道"。

"不下百万！我的乖乖——"

本来"乌鸦"走在前面，她停下，等张玉英走过去了，就盯着张玉英看。

"哎，我说，你身材咋就不变还像大姑娘呢？你看我是不是有点胖？……是吧，他×的我不瞒你，王文涛对我早没原来的激情了，不是老娘逼他，他一到晚上就装傻不想交公粮，嘻嘻……"

张玉英心想，你不是有点胖，你更油桶了，一笑说："就你能说出这种话。"

"我怕啥，老娘我这岁数了装哪路子神仙顾什么影响，我实事求是！"

她们随便走进一家小商店，给"烧狗"买点什么补品。

"乌鸦"在挑三拣四。

张玉英没发现"乌鸦"一个习惯动作，在看一礼品时，专注地只看某一角。

这次，"乌鸦"说了一句:"他×的，见5次了。"

原来，"乌鸦"作为官太太有个发现，虽然团场不大，礼品并不少，然而，送的多，真正享用的少。又如，有人送"乌鸦"家的礼品，"乌鸦"放回商店再卖，此物竟多次重进家门，所以，凡是进过家门的东西，她都在一角做了个记号。

"烧狗"躺在病床上，露着一双几层眼皮的炯炯双眼，露着鼻孔露着嘴，其他一概被沙布缠着，见"乌鸦"和张玉英来，想起身，突然"哎哟"一声不敢动了。

"别动别动，怎么样了？还是咱们战友亲，别看你有钱

······不说了，不说了，玉英讨厌说这些事。'烧狗'他×的这是谁干的？"

"是我不小心······"

"是呀，我们老王说，故意陷害的可能性也不大，谁不知你'烧狗'做了多少好事？东山坡那个桥几十年了车过抖三抖，是你出资修的······连部小学的教学器材全是你买的，老孙的孙子和老李的外孙学费都是你包了的······你办得家庭农场人均收入比任何连队都高，这还不说年底了你又每人额外加2000······谁会害你，是嫉妒吧，他×的人就这样······"

"好，好，不说了，哎，'烧狗'你老婆咋不来守着，弄饭去了？哎，'烧狗'我们是老战友了有话说在前头，我女儿去杭州夏令营，你这个叔叔得赞助一下吧，算赞助教育嘛，就是嘛，我女儿的画得了奖，奖一个名额去内地正好可顺路回老家，说好了噢3000！"

"乌鸦"喜笑颜开，早已形成一气呵成滔滔不绝之势。

"烧狗"看"乌鸦"和张玉英时就暗自叹了一声：一个像姨，一个像姨的侄女；一个脸阔横肉，一个白净俊俏；一个更加口沫横飞，一个依旧闭口少言；一个真的就是40多岁，一个真的就不像40多岁······"烧狗"虽然忍着痛，难得一次静下来看看这两个女战友。

探完"烧狗"出来的路上，快分手了，"乌鸦"又想起什么。

"方继光最近怎么样？······注意莫名其妙的病一定要早看噢。对了我女儿下星期走，星期六晚上你们一定来呀，再见。噢对了你听说没有？……'烧狗'那个'一毛六'……算了，这事我们知道就行了，记住下星期六晚8点半！"

"乌鸦"挪着油桶一阵风走了，张玉英觉得才松一口气。"乌鸦"随着王文涛的权势越来越大，也叫人越来越讨厌。

张玉英刚到团里当会计时，王文涛帮了她，给了她指标，让她上学深造过两年，这是个大人情。现在的张玉英，业务上已是全团一流了。

有次表彰大会是在百十千米外的师部开，团里去参会的人只有王文涛和张玉英。那晚酒宴乱哄哄没人在意时，王文涛对张玉英开玩笑说：

"哎，大家都老了，你咋还那么年轻？40多的人了，像个30出头的——"说着，死死地盯住张玉英抓内容。

"'乌鸦'才年轻呢。"张玉英知道他的鬼心思。

"她？和你比——简直是母猪比仙女，哪像你，又白又漂亮……"

他们提前从酒店回到招待所，夜深人静，远离家人，没有他人，此时此情，近疏远亲，王文涛借酒和张玉英蹭事。

他借酒似高山流水向张玉英表述多年来对她的爱慕，说得虽然婉转有方，但高屋建瓴，情真意切，激情荡漾。

人在这时，尤其女人到此时，难免不动情。有人多少年来爱你，这绝不是坏事吧？

王文涛把张玉英的脸蛋儿说得红红的了，就顺势把张玉英抱在了怀里，他们互相一阵惊悸，两人竟无声无息。

王文涛进入高度兴奋状，张玉英进入了木呆状。

　　王文涛把下巴顶在张玉英后脖根子上，睁大着眼陶醉着，鼓鼓的眼睛虚无缥缈。

　　张玉英的眼睛在男人肩膀上紧闭着，喘气很紧。

　　很快，王文涛开始做动作了，似乎睡着的张玉英突然睁大了眼睛，一把推开王文涛。

　　"你要干什么，你？"

　　"我……你说我要干什么？玉英……"

　　"别那么坏！……你干什么？走开点，小心我告诉'乌鸦'！"

　　"哎玉英，我们都这把年纪了，我想你这么多年了，事过境迁，这么认真做啥？我这么顾及影响的人都……"王文涛真诚并不无埋怨。

　　"你当官了，有权了，找年轻漂亮的玩去，别找我。"

　　"哎张玉英，我是那种人吗？你说嘛，我们在一个团，我勾引过谁了？"

　　"……不过，你这方面还行，'乌鸦'还真有本事，把你管的好好的。"

　　"你以为是她管的？说真的，我不是那种人嘛，是的，年轻漂亮的女人多得是，这年头要想干那事也不难，可我除了对你，没有真正爱过别的女人……说实话，她们年轻，但真正美的还是你，没人和你比……玉英，我们年龄眼看都过四奔五了，求你了，这会儿天下无人，让我们了个心愿吧，别那么死认真……"

　　"当然要认真，我得对得起老方，不像你们这些臭男人。"

王文涛气得狠摇小脑袋。

王文涛心灰意冷地离开张玉英房间时，转身对张玉英说：

"玉英，你不答应就算了噢，今天的事就当没发生噢？你不会给别人说吧？不会吧？"

张玉英脸红说："你快走吧。"

王文涛走到门口了，又转过身说：

"不会噢，你不会告诉人吧？"

张玉英说："你走吧！"心想，我就是看不上你这点，虚虚的，你要不是这般，我弄不好一咬牙还真答应呢？……

"烧狗"祸不单行，眼见身上的白纱布一层层被揭完，又露出一个精明能干的农场主形象了，他的"一毛六"，即能生儿子也能出新闻。

那天，沈状元本来说在师部要三天才回来的，因为要紧事，提前回来了，发现家里很安静，接着就发现自己聘的大学生、英俊的小白脸财务科长，与自己老婆关门闭窗。沈状元愤怒了。

说实在的，"一毛六"个矮人粗，是沈状元在特殊历史阶段的产物。但是，像老指导员都说，"别说，哦还真看不出，虽然沈状元近年发迹了，却没有嫌糟糠之意。"战友们说："'烧狗'够男人，够情义，早年骚哄哄的，一天就会糟糠，现在有钱了，不糟糠了，却从没有在哪个漂亮女人那里释放过"。

而"一毛六"自从实施自身"1毛6分钱"价值为人之妻以来，虽然说是很有思想，但也没见她想过什么，一直兢兢业业、认真家务、奋发图强、天天向上，且态度端正、团结友爱、忠于职守，为沈状元生了一个状况良好的接班人，并与沈状元携手并肩，共同塑造了一个无比富有温馨的窝。

可是，钱多了，聘人干活了，连屎尿都有人倒的时候，正如"乌鸦"说的人要变了。其中，更有人不知的是，沈状元重摔之后，似乎发展稳定的局面失衡。

沈状元雇的保姆透露，"一毛六"由埋怨到争吵到半夜歇斯底里，最后，事物发展的最终结果是，沈状元用铜钥匙打开家里牛头锁大门时，便打开了一个卖绿帽子的商店，店主是自己的"一毛六"。

沈状元用握钳子榔头的手，重击了那个跪在床边用毛巾被捂着下身、惊恐万分的"一毛六"。

"一毛六"以值班连战士紧急集合的速度穿上衣物，突然，以嚎啕大哭之式向门外冲去，这时，沈状元才看到那截海绵体油桶的身体上，支撑的原来是一张十分优秀且无懈可击的美脸，那脸的粉嫩无杂，是川府之国特有气候和沈状元后期优裕的生活养出来的。

"一毛六"冲出时，正碰上个头与沈状元一般高、初中将毕业、穿着五六百元耐克鞋的儿子，优秀的儿子下课后正奋步跨入家园。

儿子见母亲掩面而去，见那个比自己大不了多少的小叔叔衣着不整颤抖不止，便将书包一扔，昂扬着头冲了出去，留给"烧狗""噢"的一声嚎叫。

沈状元当夜在装修豪华的大客厅里发呆，当贵重巨大的挂钟深沉地敲了两下，证明夜已很深时，"一毛六"用一只小手绢揉着眼睛，挪着推开了门。

沈状元心软了。

他打算承认现实。在愤怒的权力面前，还有愤怒的失意和反省以及愤怒后的败火，总之，沈状元想通了……算了吧。

"一毛六"心里也正在翻江倒海。

通过剧烈地反省与"自我批评与批评"，她准备先"自我批评"后，稍稍拿起批评之武器时，他们发现家庭的支柱——儿子，那个长头发、极力模仿某卡通形象、爱踢足球、学习成绩较好、讲卫生、讲礼貌、求上进，公认为与沈状元一样聪明的儿子却无影无息了。

他们知道共同制造的那一幕大伤了儿子，大概，儿子为此去了学校或去某同学家了，他们想着，根本不去想天大的不幸会由此发生。

于是，"烧狗"和"一毛六"之间又走近了一步。

一个由绿帽子引发的愤怒、疯狂、丧气、灰心、败火、同情、理解、气消——本着一切向前看原则，并决定正确"处理人民内部矛盾"，不肯将感情矛盾转化为敌我矛盾……

一个由恐惧引发的羞耻、疯狂、丧气、灰心，一死了之，不行，为儿子，为……反省——决心痛改前非，拒绝诱惑，闭关锁欲，深刻检讨，大哭一场，骂自己"我是牲畜"，化眼泪为真情，好好过日子——本着"坦白从宽"原则，争取按家庭内部矛盾处理……

两人都被儿子的异常所恐惧，认定那个从不在外夜宿

214

吃饭的儿子不对劲。

于是,他们决定暂时相对无言,暂且放弃南北对话或六方和谈,一个出去找儿子,一个等待儿子回归,之后,两人再认真严肃、实事求是、一针见血全面地谈一次——总体本着远大目标,横扫几年来因富裕带来的精神空虚,因忙碌制造的机器般家庭氛围,决心团结一致,修改目标,一切从儿子的远大前程出发,坚持"有利于儿子健康成长,有利于夫妻双方共渡人生,有利于家庭和谐安定团结地向前发展"的三个有利于原则……

第二天早上,团水库传出惊人消息,昨天下午有三个学生在水库玩水,因水凉抽筋,全部罹难,其中,就有"烧狗"的命根子儿子。

沈状元和"一毛六"疯了一般。

安葬好双方所能维持的唯一希望,沈状元认为"一毛六"是灾星,是罪魁祸首,于是,放弃了原来对"一毛六"不忠不贞而采取的打拉政策,决定一脚踢翻那个美丽的油桶,让油桶滚回老家去。

215

他给了当年花 1 角 6 分钱弄来的女人以天文数的钱,在"一毛六"抱着沈状元双腿血泪嚎哭哀求时,沈状元已一星期一字不吐了。沈状元木呆的大眼睛,撑着多层无力的眼皮,无神地望着儿子房间的空床,嘴咬得很紧,紧得出了血……

"一毛六"走了。她哭天抹泪后,回到四川老家那个山坳里"有思想"去了。"一毛六"肥厚胸脯前的那张卡上,有一组重大数目,足以让她在家乡风光百十年。

"一毛六"像是沈状元旅行时旁坐的一个乘客,各自有各的车站,再熟悉友好的旅客,面对车站总要分手,再抢再争的最佳座位,车到站后全无意义。沈状元是她人生最好的邻座,可惜,车到站了。

沈状元又拼打到了他的事业中。

他的家已闭门多日,沈状元吃住在田间地头,发泄性地拼命干。

又过了很多日子,有一位有大专文凭的漂亮姑娘傍在了"烧狗"旁边,形影不离。那女子太招摇了,听说是"毛遂自荐"来的。人们听她说过,她爱就爱这个正直诚实能干不知道吃亏的主。

为此,"乌鸦"专访见识了一次,那女孩真的挺漂亮。回来对张玉英说,不行那女孩子太年轻漂亮了,以后"烧狗"的家就是她的了。

张玉英说,这下"烧狗"总算有了一个新归宿。

"乌鸦"把嘴咬的很死,说:"那妖精——他×的骚货现在的女人真不要脸,为了钱干什么都行,他×的!"

张玉英发现,"乌鸦"对"烧狗"越来越关心,尤其是"烧狗"的个人问题。

"烧狗"到"乌鸦"家送赞助钱那天,只有"乌鸦"在家,她情绪很高。

天很热,"乌鸦"脱去外衣,显露地挺拔着有实力的胸脯,认真地对"烧狗"说:"挣钱很不容易的喽,是吧,要爱惜,不要乱花噢。"

"烧狗"听着像自己老娘在说话。

"乌鸦"说:"谢谢给我女儿参加夏令营的 3000 块……"

说着,就用奇异地、笑盈盈的目光飞了"烧狗"一眼,竟然羞拽拽进了里屋,回头对"烧狗"履行公务一样招手说:"来……"

"烧狗"没想什么,就跟着进了里屋,进去一看,咦:"'乌鸦'你这是啥意思?"

"啥意思?你们男人不就是憋不住吗?来吧,你不喜欢我喜欢张玉英这我知道,其实女人都一样闭了眼就一样——什么感情爱情的泄了就不乱想了是吧。这样钱就保住了,不然,你们这些臭男人就会把钱花在那些不要脸的小女人身上——老娘我反正是荒地,反正空着也是空着无所谓了,我豁出去了……"

"烧狗"气得嘴都歪了。

"乌鸦"气急败坏地对闪脚跨出门的"烧狗"大声说:"'烧狗'你以为老娘我下这个决心容易吗?我是想了好几个晚上的!老娘我年轻时也是演出队的演员,想当年,老娘我还看不上你'烧狗'呢,有什么了不起,就有两个臭钱嘛?……说实话,老娘我是怕你'烧狗'不会把钱……嗨,男人们咋就喜欢张玉英这样的,咋就不喜欢我呢?我也是蛮漂亮的嘛……"

后面半截子话,"乌鸦"相当于说给自己听的,因为"烧狗"早走远了。

217

"乌鸦"以团首长王文涛老婆的身份,命人叫来了围着"烧狗"转的那个女孩子,问:

"你年纪轻轻的不去干别的,一天围着沈场长转——说,什么目的?说!"

"……我是想……干事业……"那女孩子吓住了。女孩儿毕业回来不久,还没有弄清沈场长全部的家庭背景,估计这不是沈场长的大姐就是沈场长的婶,至少是个重要亲戚。

一脸横肉的女人非常明确告诉她:

"我是谁你不知道吧,王书记你总该知道吧,你以后不要再缠沈场长了,学学别的女孩子早到城市打工去,你年纪轻轻漂漂亮亮的,这年头谁往农场钻?"

"?……是……"那女孩儿吓住了,委屈地答应了。

"乌鸦"满意了。

"走吧,回去收拾一下给老娘走人!"

那女孩转身要走,"乌鸦"又想起了最不放心的事,就让女孩"给我站住!"吓得那女孩又一阵哆嗦。

"……我问你,你必须老老实实说真话——"

"乌鸦"瞧左右无人,就问:

"你和沈场长,嗯……那个,那个那个——老娘直说吧睡了没有?"

女孩一脸绯红,扭头要走。

"回来!走?老娘说不让你走你走得了吗?说!"

女孩支吾了半会儿,说不出所以然。"乌鸦"听出,不是女孩没用心用功,而可能是"烧狗"不行了。

"乌鸦"纳闷儿说:"'烧狗'怎么就不行了?难怪他不上老娘我……是不是那次摔的?"

"乌鸦"对收拾那女孩的一事很满足,像巫婆驱妖获得成功一样,她立马告知了"烧狗"。结果,招致"烧狗"一顿臭骂。

"烧狗"对"乌鸦"说:"你把小乔给我找回来,你胡整啥你?我的事,以后你少管。"

"乌鸦"正生气呢,说:"你的事我不管行吗?"

过了几天,说是那个漂亮姑娘弄了"烧狗"8万元钱跑了。

"乌鸦"一听急了,逼着"烧狗"去报案。

"把那妖精抓回来,报案,通缉!"

"干什么?"沈状元问。

"——不是骗走你8万块钱吗?那钱干什么不行?哪怕资助我女儿上大学到国外夏令营也值呀!"

"谁说她骗走我8万了?"

"咦?你'烧狗'咋地,银行小李讲的取走8万你还到处找那个骚货不是吗?"

"哎,我说'乌鸦',谁说她是骚货啦?咋骚啦?"

"乌鸦"真的生气了,气得直点头说:"对,对,她不是骚货,我知道,你的事我还懒得管呢,老娘我以后再也不管了,再管我是牲口!"

"乌鸦"气不过,对张玉英说:

"他×的,明明开始时'烧狗'也承认那女的弄走8万,

219

后来不提这事了,其实一报案就可以抓着,联网呀,往哪儿跑那个骚货,8万呀……"

"'烧狗'不报案,肯定有原因,你管他的事干啥?"

张玉英觉得"乌鸦"关心他人比关心自己为重,好象"烧狗"是他男人,好象那8万应该给他。

"怎么能不管,玉英?!""乌鸦"说,"'烧狗'原来那么倒霉,好了现在有钱了我就得操心。"

这些年来,"烧狗"的所作所为本来得到一致好评,但是,有件事让全团人都说"烧狗"的不是了。

他要下了张玉英两口子承包的那几千亩地。

"你要谁的不行啊?你这不是趁火打劫,我们都是值班连的老战友啊……噢,是不是'烧狗'对人家张玉英贼心不死,这个不要脸的东西他这是要人家张玉英呀,一有钱就露出尾巴了……""乌鸦"愤怒地对王文涛说。

王文涛说:"你懂个屁。"

方继光和张玉英都很能干,若干年下来,挣得好几万块钱,两口子乐得夜夜合不拢嘴。

正当他们日子如日中天时,方继光因日夜奋战在条田上,顾不了多日疲倦和不适,终于,他一头从机车上栽了下来。张玉英陪护他到了团部医院,又转到师部,又转到兵垦总局医院,最后确认为癌症。

张玉英如遭雷击,不信世界上有治不了的病,便在几个月时间,辗转内地大医院,很快就花尽了血汗钱。

有一天,瘦的皮包骨头的方继光笑了,他对张玉英说:

"我真有福,别人争着抢你,我不争不抢就得到了,现在,你我的大女儿都要上高中了,小的也上初中了……"

当夜,趁筋疲力尽的张玉英在陪护椅子上睡着时,他艰难地爬了起来,瞅了眼睡着的一脸倦容的张玉英,心里念着她在台上唱的《山丹丹开花红艳艳》,想着让他心里百爪乱抓的昔日情景,嘴角闪出一丝笑意……

他艰难地爬向窗口,向下一栽……仅是三层楼,他下去后便永别了。

张玉英被击垮了。

她的大女儿上完初中正在百十千米外的师部中学上高中,小女儿也准备离家去师部上初中,而她的存款仅有几百元了,并且,她本想坚持承包那块地,但是,她真的没有力气了,她几乎爬在土地上起不来了。

就是在这种时候,那地又需要马上耕翻犁整等等,也正遇土地下轮承包时,原机务连战士、现农场主沈状元要了那块地,张玉英终止了合同,陷入了终日忧愁。

张玉英在苦愁生计。"乌鸦"对"烧狗"的事却热情不减,那天,她对张玉英嘟囔了会儿说:

"得有个像样的人守着他的钱……对啦,对啦,玉英'烧狗'追你多年了,就是呀,就是呀,我怎么就没往这儿想?怪了,怪了,这是老天爷安排的呀——你们该走到一起了吧?"

"乌鸦"为自己的灵机一动兴奋起来,她见张玉英看自己眼神怵怵的,像是看骡子在打滚。

"你这样看我干啥?真的,真的我去找'烧狗'说!"

221

“你，你别胡来！我，我可能嫁给他吗？”

“怎么不行？人家沈状元可是人物了，你现在又……行了听我的，这事我做主，回去让老王出面，你等着好消息吧！”说完，不听劝，一阵风走了。

好像“烧狗”的所有权真的归了她。

说起张玉英，总能勾起“烧狗”心中隐隐约约的痛苦。

男人“烧狗”又一次跑了，夜深人静，他怪自己这么老了还……这时，就想张玉英了……这女人吧，明亮的眼睛少了三成光芒，眼角有了些小皱纹，一口洁白的牙齿白度减了不少，嘴角那儿记刻着岁月的沧桑……总之吧，人模样还在，一看就知年轻是大美人坯子，现在还很不错，叫同龄人看还是她，但精气神韵不足了。实事求是说，最早见张玉英，想把她吃了睡了，再后来，想把她爱了，再再后来，心身都想占了，都不成，就成了心中的恨，恨完了，又回到前面了，只想把她弄了，现在，心也淡了，人也疲了，只有回忆了。纯男女间那点事，早已淡淡的了……

想想青春的张玉英是那么完美水灵，而现在的张玉英，说还是那么漂亮年轻那是鬼话，张玉英这块鲜艳夺目的彩布，虽然还有些亮色，但毕竟让岁月洗礼的旧了。

但是，张玉英还横在他心口的大路上，堵着，是入门必见的门屏。这是一尊看不见的魔，此时的张玉英与漂亮与否已无关但也有关，说不清楚，漂亮已不全是原来，但魔力还是那种，是一种什么东西总在心中作祟？

张玉英啊张玉英，你是男人之恨。原来恨你美丽，现在

222

恨你美丽的原来……

"乌鸦"找到"烧狗"说："玉英太可怜，得帮帮她噢，你当年不是追她追得跟疯狗一样吗？好了现在行了，老天爷成全了你，玉英是你的了，你想了她20年现在终于机会来了。"

"烧狗"气得鼻子歪歪的，说："哎'乌鸦'，你咋知道我想了她20年？谁追她跟疯狗一样？你凭什么说张玉英属于我了，你是她妈还是她姨？人家张玉英就愿意？"

"我已经给张玉英说过了！""乌鸦"瞪大了眼睛说："哎我说'烧狗'，说你胖你就喘噢，你当年追张玉英要死要活的，现在咋地？有钱了胀得慌要玩年轻的是不是？年轻的除了漂亮有啥好？关了灯女人他×的都一样，她们是冲你钱才和你干，你以为她们不要脸的是心诚？比玉英差老了！听我的要了张玉英别再沾那些小骚货。"

"是张玉英让你来说的？""烧狗"问。

"……没有，是！这事包在我身上了，得让玉英管着你，你们这些男人一有钱权就变坏。"

"烧狗"脸色铁青地说，"不！"

"烧狗"说完，走了。

走远了，"烧狗"又甩来一句："我是想要她是来干活，不是别的。"

"别给老娘我唱调子，别以为我不知道你们男人肚子里那条虫，你就是老马想啃嫩芽草——不行，你的事我就得管，谁让你挣那么多钱？""乌鸦"生气地想。

223

　　"烧狗"气呼呼地离开了"乌鸦"。没走多远,迎面碰上了买菜回来的张玉英,就说:"玉英,我考虑好了,你来我这吧。"

　　"来什么? 不来!"张玉英脸一红,头一偏,走了。

　　张玉英以为,是"乌鸦"说的婚姻事。

　　"烧狗"说的是让她来管财务的事。

　　看着张玉英的背影,"烧狗"的心陡然一跳,咋地? 原来一闭眼,就想着能把张玉英抱了就美死了,可现在一睁眼看此人时,就没那劲了? 自己真的不行了? ……

　　其实,世界上男人最挡不住一种女人,就是男人在弱势时向往的女人,这种最美的渴求,是植入骨髓的,是刻骨铭心的……

　　想人想到这种地步了,就不是、或者说根本不是男女那点事了。"烧狗"气馁地摇头自言自语心里说:"张玉英呀张玉英,你是天上的月亮,我是地上的狗,原来吃不上,现在我变成天狗了……如今你张玉英有困难了,我得帮帮你,你可是财务管理一把好手,没人比你更可靠了。"

　　张玉英回家正在做饭,"烧狗"跟着来了。

　　张玉英坚决的把头扭向一边。

　　"烧狗"欲言又止。

　　沉默了一会,"烧狗"沉着地说:

　　"玉英,你为什么不答应我?"

　　"不,就是不。"

　　"我是好意。"

"我知道。"

"……我没别的意思……"

"这意思还不是意思？"

"算我求你……"

"不可能就是不可能,你别听'乌鸦'的。"

"我谁的也没听,是我工作需要嘛。"

"好大的口气,我知道你是场长了,哟,地是你的了,连人也是你的了? 你一当官,就工作需要到我头上了? 啧啧。"

"玉英,你这是什么意思? 我要你那块地,是有想法的嘛,我没来得及给你说嘛——"

"好了,我还要做饭呢。"

"——我想问你为什么? 我沈状元到底怎么了你? 这辈子你什么时候都看不上我,今天你必须答应我!"

"我凭什么必须答应你? 噢,有两个臭钱了,说话气粗了?"

"你别这么世俗嘛。"

"我俗? 我才不世俗呢, 别以为我张玉英人到难处就……"

225

"烧狗"又沉默了会儿,无奈地走了。

张玉英想,江山易改,秉性难移哟,20多年了,还真没有磨了他的那股子邪劲头,时光没有洗净他那份坏心思。

人都说三十年河东三十年河西,山不转水转的,"烧狗"那双眼睛怎么还是那样讨厌?

一个人的印象就那么难改变?

是人家变了还是我一成不变?

第四章

往往一件小事，可能改变对一个人一辈子的印象。

早春暖流已浸透团场的山水，终年不化的木斯岛冰山小了一圈，萨吾尔山也有点儿绿意了，头茬苜蓿已丫丫挺起娇小嫩影。

张玉英在渠旁林带里，摘了满满一筐苜蓿尖，青绿欲滴，而她的心却像早春待耕又宽又长的大田似的，空荡荡的，像那黄土地一般没有绿色，整齐有序的钻天杨排列着，像是无限愁绪没完没了地伸向远方。

远处的萨吾尔山冷漠发呆，乌拉斯特河在春天的季节里烦躁地增大了咆哮声，一股股冰冷的刚从木斯岛冰山上下来的河水，一路跌跌撞撞而来。张玉英心里发慌，她为心中没有绿色而烦躁。

摘了一筐新鲜的苜蓿尖回家，并不能为小女儿那勾勾的眼神解馋。自从方继光去世，张玉英家再没有买一次新鲜肉吃。说女儿家是水做的照样馋肉。张玉英心一酸，就在场部那个卤肉店东挑西捡买回一块卤肉，不料，小女儿吃了后上吐下泻，被送到了医院。

夜晚，张玉英守在小女儿病床前打着盹，突然，过道里一片嘈杂，早早听见"烧狗"的声音，只在喊"快点，快点。"

张玉英出门，见"烧狗"和医生护士推着老指导员的老伴。

　　"烧狗"紧张地张罗着什么,比医护人员好像还忙,当然,他还是看了几眼张玉英的。

　　医护人员量这儿摸那的打上吊针后,"烧狗"才大汗淋淋地坐下来喘气。没一会儿,老指导员也颤颤地来了,他喘着不匀的粗气,仿佛一夜间漂白了他满头硬茬似的头发。

　　"都怪哦贪便宜,嗨!"大家都坐定了,老指导员叹气道。

　　"怪我嘴馋……"他老伴挂着吊针嚅嚅道。

　　张玉英知道,老指导员退下来后,身体一直不好。两个孩子还行,儿子上了大学,算按照他指引的方向正在前进,而女儿非到广州去打工,听说只是给别人打工不肯干别的,结果没有和一起去的淘金妹一道富起来。

　　"烧狗"喘定了气就十分表现地大声说话,他说:"老指导员,你真是,省那钱干啥?老两口一月2000多块钱,吃完花光!看看,省了吃钱花了药钱,听说那个店的卤肉是剩下的,今天只卖了你们两家……"

　　张玉英心里很不舒服,心里嘀咕着,谁不知道你有钱,说话不嫌腰痛!

　　张玉英已很不自在,好在"烧狗"很忙,打遍招呼起身要走。

　　"小沈——"老指导员说:"小沈人不错,这几年勤劳致富,原来哦还看不惯……事物在不断变化哟……"

　　张玉英不知老指导员说的是不是那意思,没有吭声。近来,大家都有撮合的意思。

　　见两个病人已休息了,张玉英就送老指导员王存义回家。

路上，老指导员说：

"小张，你的事哦听说了……"

"老指导员——没那事！"

"……对小沈，要重新认识哟，他是个很好的人么……"

张玉英在回家路上想着，一个人的名声是多么重要，一旦坏了，一辈子也翻不过身。"烧狗"这么有钱，有许多女人想贴他还贴不上，而我张玉英，怎么也不会答应他的，那怕是讨饭。

当夜，张玉英正在梦中，突然有人敲窗，一听是"乌鸦"，张玉英的心跳得嗵嗵的。

"乌鸦"紧张地说：

"快，玉英，老指导员脑溢血犯了，怕是不行了。"

她们紧张地向医院奔去。

到了医院，只见急救室灯火通明，王文涛和"烧狗"都已在门外。

"可能是因老伴的病急的……"王文涛打破沉闷。

"可不能怪我们噢，别怪我们噢？""乌鸦"说："阿姨病时老指导员是打了电话要车、要支票，可不是我们老王怠慢噢，不是我们不派车派人，你们知道用车用支票住院是有规定的……"

"行了，别说了！"王文涛很不耐烦。"烧狗"和张玉英还是第一次见王文涛这么大声向"乌鸦"发脾气，眼瞪得很凶气，"乌鸦"不知理亏什么低了下头。

"烧狗"和张玉英赶快岔开话题,说着老指导员这几年儿女不在怎么辛苦时,急救室门开了,医生无奈地向王文涛摊了下手,头一垂,走了。

老指导员死了。

张玉英和"乌鸦"看到老指导员直挺挺躺在那儿,都掩面痛哭起来。

王文涛和"烧狗"像两尊雕塑。王文涛说:"料理后事吧。"

老指导员的老伴知道后便一头晕蹶过去,口吐白沫,裤子里流出稀屎来,见状"乌鸦"倒着往墙根退,好在张玉英麻利,上前在老指导员老伴身边忙上忙下。

老指导员的儿子因考察出外,不在学校,若等联系通再回来定是晚了,而他女儿只有信址,张玉英按信址发去电报,却无回音,估计也没收到。

天气热,因老指导员儿女都不在,他老伴哭喊着要等儿女们见一眼才肯入葬,这样,放了四五天后,遗体已有异味了,于是,王文涛代表农场作决定先办了丧事。

229

办丧事时,难在给老指导员穿衣服作。老指导员的遗体异味加剧,说白了,已很臭了,请来穿衣的人支吾着溜了,王文涛急不可待。

"'烧狗'会穿……""乌鸦"嚅嚅说。

"那是过去!现在他还能干这事?"王文涛很烦的样子。

"也是的,那怎么办?""乌鸦"问。

这还真难住了人。

最后，"烧狗"听说后，赶来了。

此时，"烧狗"见变形的老指导员如此状，泪流如注，不由分说，认真地给老指导员脱衣、擦洗，然后，轻轻穿上寿衣。

在给老指导员穿衣的过程中，王文涛、"乌鸦"说是在擦眼泪，不如说是用手绢遮捂鼻孔，泥塑般退在一旁。

此刻，张玉英被"烧狗"感动了。

她看"烧狗"哭得泪人似的，想起老指导员的一生，也使劲抽泣。

看到"烧狗"忙得额头大汗流淌，张玉英上前一步，为"烧狗"轻轻擦去汗水。

说实在的，就这件事，充其量是件小事，"烧狗"做了一辈子这种微不足道之事。此刻，却让张玉英彻底对"烧狗"改变了看法，史打动了张玉英，也就是说，改变了印象。

张玉英突然觉得，"烧狗"是个难得有良心的人，是个少有的好人，是呀，仔细想想，"烧狗"年轻时，除了在爱情方面太激情了一些，他又有什么不是？……是啊……

张玉英犹豫了几天后，就在一个傍晚，第一次走进"烧狗"家的门。

"我答应你，我不图你别的什么，就图你这个人心肠好。"

"烧狗"明白了，也彻底惊呆了——他只是想让张玉英管财务，一是相信她，二是想帮她。

张玉英见"烧狗"吃惊，她也吃惊了——他改主意了？

张玉英突然反应了过来。

"那？……噢，你，行！……"张玉英有些手足无措了。

"不……是，不，是……我正式聘请你，不是'乌鸦'说的那事……"

沈状元垂下头摇着，显得很痛苦并乱了心气和章法。

"烧狗"后面的那句话本意是——对你——我不敢想呀！我不会趁火打劫呀，20年前被蛇咬，20年后怕草绳呀，尤其现在吧……"烧狗"什么也说不出来。

张玉英想表现一下轻松的模样，然后，赶快离开，不料，那笑的模样实在难装，千难万难，苦水一起涌上心坎，她一扭头跑出"烧狗"家，出了门很远，张玉英"哇"地大哭起来。

这是她哭得最伤心的一次，哭得甚至呕吐了。

张玉英垮了，病倒在了床上

"乌鸦"和王文涛来看她。

他们扯到了"烧狗"。

"怎么？'烧狗'来找你了？哎，这个'烧狗'他亲口给我说不了嘛，自己那样了还有那贼心……""乌鸦"等同自问自答着。

"你胡扯什么？"王文涛打断"乌鸦"。

"本来嘛，年轻时他追咱们玉英快疯了……现在嘛，他要是好好的也就算啦，本来我也觉得你们合适是吧，玉英，我还撮合你们呢，后来才知道他已经那样了……他是钱撑的？"

"……别这么说，开始是我不答应，后来，我想通了，可他……'乌鸦',咱们40多岁的女人,人老珠黄了……"

"什么? 你也去找过他? "

"我这个不中用的人……"张玉英嗫嗫着。

"乌鸦"犯了傻,看了眼王文涛,看看张玉英,在寻求智力支持。

"玉英,对'烧狗'的看法早该变了,真的,你们应该很合适,要不是——"王文涛加了一句。

"要不是什么? "张玉英听他们说得话怪怪的,很蹊跷。

"什么? ——玉英你不知道? ""乌鸦"听出了什么。

"知道什么? "

"他……'烧狗'……那个了——""乌鸦"把两眼竖直了。

"'烧狗'哪个了? "张玉英不知道什么。

"你不知道,你不知道? ——噢是你不知道! 我的娘哟,他'烧狗'也不给你讲清楚? "

"乌鸦"找到影响自己智力的症结了。

"你说什么? "张玉英真的被搅糊涂了。

"哟,我说岔了吧,岔了吧,老王,他们岔了,哎——'烧狗'那次摔伤那个那个了……残废了嘛,我还热乎乎给你们撮合呢,就老王不早告诉我——玉英,听说'烧狗'废了,他老婆熬不住才出丑的,还有那个小骚货要是'烧狗'健全恐怕也结婚了……我说嘛,那天"烧狗"说什么也不答应,一个劲说不肯误了你,还说什么不敢不敢的,他怕过谁? ——他真的想帮你,缺你这个财务尖子……哎哎! 玉英别起来我给你做饭,别起别起……"

张玉英觉得头嗡了一阵,仿佛看见那双直勾勾的火眼,那眼睛很大,眼皮双双的,嘹人一眼,叫人脊背发烫……

"'乌鸦'……"张玉英让"乌鸦"带个话,让"烧狗"来一趟,又一想,算了,"乌鸦"那张嘴,不要把事给说砸了。

事后,"乌鸦"又从王文涛那儿得到消息说,"烧狗"那次摔是摔了,问题好像也出了点,可医院院长说问题不是很大。

"哎,你说清楚好不好,问题到底大不大,可别误了人家玉英。"

"咸吃萝卜淡操心,这,这事能说清楚吗?"

斑　点

1

"你要到 X 国出差？事这么大，咋不来说一下呢？"父亲生气了。

"你说，你去 X 国？"

"……是呀，小婶，你怎么啦？我不是去打仗！我是去做生意。"我只是和小婶说了几句家常话。不料，小婶的两只眼睛瞪得惊惊的。一贯平缓而无惊无诈的小婶，给我的全部表现是目瞪口呆，嘴张着像是关不上的开关。

我一切手续都办好第二天要出发了，小婶来了，说，你爸叫你回去吃晚饭。

我随便答应一句，顺手拿起电话，准备按常规通知妻子，晚饭免做了，这是件令人愉快的事。

"不，你自己去，你爸说，就你自己去……有话要对你讲……"

今个儿怎么啦？小婶在我快 30 年的家庭生活感觉中，一直是一个无故事、无色彩的人，一直平常如同牧场的那一排排钻天杨中最最普通的一株。小婶的眼睛里第一次递出一股莫名的兴奋来,我不习惯看小婶显示生动的表情,而且那目光有一种幽幽地、频频发射的愉悦感。

"你们都怎么了?"我开始疑惑了。

在我记事中,我的家是浸泡在近乎无声的世界里的,有点像母亲腌得酸菜坛里最底的部分。

我撂下电话跟小婶回家了。

小婶至今一个人孤寡过着。我小时候就知道,小叔在30年前就饿死了的,饿死前并没有与小婶真正结婚,所以,我便没有堂弟或堂妹。至于小婶何以守寡多年我不知道,也没想过。总之,她总是一个人来我家,或我去她家,每次只见她一人,似乎这才正常。

父亲低着头在抽烟,两只久久不散的惊惊的眼神,穿梭于袅袅冒烟的地方,仿佛那轻盈烟雾真像一块纱雾蒙在父亲的脸上,蒙着什么往事,而且是只蒙我一人的。

我以为由于小孙子不来,而晚饭才相当随便的,甚至家常又家常的菜里,母亲失手放多了盐,总之,三两个菜一摆,馍馍筐一端上来,便是我"出访"X 国前的隆重的饯行了。

父亲把烟撚灭说:"今天叫你回来,是有件大事情告诉你,你要去 X 国啦!"父亲重重地像给自己说。

我已经估计到父母及小婶有本家族天大要事,但我不能想像是何等大事,使父母及小婶如此庄严,仿佛我代表一个国家并为重要国事而到别国,而他们此刻成了国父国母国婶一般。

235

E Er Qi Si Shi ......

说着,父亲又不放心地示意母亲,眼神一递,母亲就懂了,起身去查验一下门关紧了没有。

父亲庄重地掐灭烟头看着我,嘴抖了抖,好像还是极难启齿。

母亲和小婶比小学生还认真地端坐在一旁。

然而,这个我生活了30年的家庭,可以说是一座活火山。

"你30岁了,该早懂事了……你要不去 X 国,我还不打算告诉你,你去那里,我想了又想,还是要告诉你。"

父亲那厚厚的嘴唇第一次这么不停地张着合着。这是我听他讲话最多而且最连贯的一次。他讲述了家中一件天大的事件,这的确让我吃惊,要在早10年8年或更早,可能是震惊。

父亲说:"老天保佑的是,这事在点上了,一下隐瞒了30年……公家一直不知……"

我无法想象,光明磊落同时又胆小如鼠的父母及小婶,原来胆大的"飘洋过海"……

"你小叔在老家就不好!"父亲想了一下,头更低了,看了眼小婶,仿佛是说小婶不好,小婶也更把头低了一个档。

父亲说,那是30年前的事。

小叔叛逃去了 X 国!天呀!

父亲说:"你奶奶因你小叔的出走而死。奶奶临终不能言语了,我明白你奶奶的意思,明白回光返照时的全部。"父亲喃喃说:"妈,是小弟让你挂心不下?"奶奶的眼神里一束光顿然如烧,父亲说:"妈,你安心走吧!我会等他回来的,此

生不见他,我不去见你……"奶奶眼里燃烧的光束便渐渐熄
灭了……这是父亲为他母亲的最后许诺。父亲是个忠厚笃
信的人,他许愿一定寻找自己的小弟弟,但父亲许诺以后,
惟一能做到的是从没有死了这份心思。

而并没有与小叔真正圆房,但领了结婚证定型为李家
人的小婶,尾随我父亲,像讨饭一般模样闯到我家,说要找
到她的男人——我的小叔。但她赶来时,小叔刚出境不久,
为此,小婶就一直生活在这地处边境的牧场等候。父亲说,
他们一直想象小弟哪天会回来,尤其在大年三十的晚上,像
神话故事一样。父亲没有文化但有幻想,有父亲人生中自己
的无穷神话故事,幻想也很精彩。他用精彩的幻想构筑一种
为兄的责任和为子的诺言,然而,他的小弟——我的小叔杳
无音信。而小婶便痴痴地等待奇迹,这一等便是 30 年。她或
许有更多属于姑娘的彩梦,可能都化作西天的云,飘来又飘
散,只到她皮皱人老……

这个秘密让我天下最老实的父母小婶已瞒天过海 30
年之久,可以讲,用了快一个生命历程的全过程,或者就是
一个生命过程。再说,无论大势如何变化,无论今日政治如
何开明,老百姓受到的法律保护及民主制度如何之好,可是
我还是羞于讲此事,因为,毕竟是我家小叔在 30 年前叛国
了,这永远不是一件可以挂在嘴上的事。我毕竟从小受过爱
国传统的教育,从父母那天告诉我这个大秘密后,小叔的事
是我这颗有民族之情的心上压着一块重重的铅石。

那是一个饥饿无比的年代,小叔偷了队里仓库大约 10

237

斤红薯和5斤稻种。为此,据父言,我家祖宗有70多代的记
载,虽然先期高贵后期败落,但血质里注定了小叔并非是一
个贼中的行家里手。时年,我这个19岁小叔,是因我的奶奶
饿得头昏眼花,因为快要咽气了而只想吃一顿红薯干饭而
行窃之后,那稻种竟然潇潇洒洒落了一路,像耗子屎留下耗
子的踪迹,一粒粒写着偷种人姓名、地址、籍贯、性别、文化
程度等,从小队仓库一直写到我家祖屋,那个草蓬子和干打
垒的土墙房门口,于是,小叔被逮了正着。逮他的时候,连皮
都来不及细弄掉的稻种正煮着呢,小队干部及民兵冲进去
时,卧床不起的奶奶以及小叔小婶共守的祖屋里正弥漫着
一股干香,那属于粮食的香气。那香气如今不可能刺激人们
的胃口,而在那时,可以醉晕所有闻到它的人,小队长闻了
就晕了一个踉跄。他们一脚踢开门时,小叔还痴迷在炉灶前
"烂醉"如泥呢,正在构画着红薯与稻种的种种美妙呢。

　　之后的事就很简单,小叔被押到小队仓库。为此,奶奶
一头偏了过去,口吐白沫,小婶连饿带吓也惊晕了过去。待
小婶醒来时,面前是凶凶的小队长等要员们。

　　——小叔连夜从仓库那个通风口跳了下去逃了。

　　小队长厉声问小叔的下落,小婶说不知道后就又晕了
过去。

　　小队长把我小叔"偷稻种200斤"一事逐级上报。我小
婶醒来后一直伸冤说:"偷是偷了,就一坨坨,哪有200斤?
他那力气?他才一米六小个儿……"

　　小叔被定了级别很高的罪行,并由公社发函到了我父

亲所在单位。队长是老乡,一次,父亲曾用原麦捂了一小缸
家乡特色醪糟,叫他来喝了一碗,并抖抖地为他加了糖精,
于是,那甜甜的米酒成了父亲留给他的一份天大的人情,因
而,队长在执行公务时,的确未见我的小叔匿藏,也就打发
了此事,因为,他们都认定老实胆小的我父亲的确不会骗
人。所以老实人骗人往往成功,由此,最最老实就最最容易成功。

我的父亲听说小叔出事,慌了,他担心的是奶奶怎样
了,便借了点路费,逃荒一般回到老家。当奶奶听了父亲找
小叔的承诺后,便带着浮肿的病体走了。到父亲赶回来后不
久,终于有一天半夜,父亲听到了一个轻轻敲门的声音。小
叔偷偷冒了出来,像一颗炸弹投到我家。

几千里地逃来的小弟已干瘦无比,昏饿让他颤抖着,双
目滞呆,要不是坚定地来找父亲之念支撑着他,可能他早就半
途夭亡了。

父亲可以从微少的口粮中管他几顿饭,但是最终不可
能养活他,因为,父亲的工资数字只相当于今天他孙子我的
儿子逛公园的冷饮钱。还有,更要命的是,小叔是畏罪潜逃,
不敢抛头露面。而且,我母亲此时正孕育着几个月的我。并
要说明的是,母亲是"家属"。如今这个概念已被许多人淡
忘,而那时便是没有工作,即没有收入,是靠人养活的代名
词。

小叔毕竟不到20岁,气是喘过来了,但此时何去何从呢?

从小叔像炸弹投进家中那天起,一种兄弟家人的绝对
观念便开始支配着父亲,第一是坚决向队里保密,第二是为

239

小弟寻找一条存活之路。小叔的定罪已是罪大恶极,这个世界上,小叔只有惟一的哥哥。我父亲肯定要为他的存活链而走险。我的父亲和我忠厚善良的母亲,他们用生命,天然的包裹着这颗完全可能引爆他们,可以让他们稀烂的"炸弹"——小弟,我的小叔。

我的家开始乌云翻腾。当然,当时的我尚在生命严重混沌状况里,否则,我也会认识到小叔的到来影响了母亲的内分泌,以及对我人之初形成时产生了巨大影响。父母亲泪水掺着天悲之痛苦,他们无奈地看着虽然缓过生命但并非缓过小伙子应有精力和体力,疲弱地躺在床上睡得熟烂的小叔,使他们苦上加悲,悲上加之恐惧。毕竟一个大活人,且是个每顿可吃一家人一天口粮还嫌不足的人,父亲实无对策把小叔藏匿起来,而又没任何人可托,没任何门路可让小叔存活下来。父亲把所有的办法想遍了,把满头黑发一根根搂了遍,似乎能搂到一根救小叔的稻草,想着有什么办法来完成对同胞弟弟尽一个大哥的责任,然而,没有,直到父亲那黑发一夜间根根搂成了半白,也没有想出任何办法。

父亲明白,虽然队长是老乡,虽然是老乡的队长喝过他一碗醪糟,算占了很大便宜,等同今日送几瓶好酒,但是,队长还是队长,是"地方政府"的代表,永远会用阶级斗争的探照灯来照耀属于自己这方,因为,家乡的公社来函称,只有我父是匿藏我小叔惟一可能,队长的阶级斗争弦不会松,不敢松。为此,我父亲保护小叔的弦也不敢松。

我父母对此实在没有办法时,一个震惊的事件发生了。

那是一个风高月黑的半夜，早已潜入我家所在那个队的一伙策反人员，借三年自然灾害的严重后果，挑唆着人们说只需一脚之力就可跨过国境线，去寻找一个极乐世界，那里有新衣服，有好吃的，甚至有汽车，有洋房，有电灯电话，天天可以吃上肉……这让队里一些被饥饿折磨疯了一般失去理智的人失去了辨别力。听父亲讲，正是出逃的那个上午，队长重重体罚了一个队员，原因是那人在扛粮种时，趁麻袋漏粮，在球鞋里踏进了二三百克的种子。那队员被逮住后不服，说是因为妻子小产已奄奄一息，想补一下身子，结果吵闹引起队长大打出手，理由是那个不服的人还了手，最后那人被打成了重伤，所以，半夜出逃多了一项内容，说那面不打人……

父亲说，那天夜里他仍为小叔的事愁苦地睡不着，到了后半夜，只听院外有喊声。喊声异常，给大家带来了山崩地裂的惊恐。喊声由远而近，几次到了窗前。人声过后，父母亲警觉地发现整个队里有了异动，是深夜里不祥的暗暗动静，那喊声分明是在鼓动外叛，声声似游鬼招魂，喊得瘆人，喊得急促，喊得父母浑身发抖，强撑着本能地去加棍顶门。

院外动静越来越大，随着人畜的嘈杂，一股子杀气似的血雾在整个大队夜幕中弥漫。父亲惊恐中冷静些后，听清了外面人喊的意思，是说队长被杀了，跑呀，不跑，明天就会被镇压，用机枪扫光……父亲虽然是地道没有什么文化忠厚的农民，但本能使他明白，那是不同寻常的公然挑唆。

父亲和母亲又找了些木板和木棒加顶门时，小叔醒了。

小叔说：

"哥，嫂，我没有活路，你们也养不住我……我干脆混着出去吧？"说这话时，父亲手中那根准备用来顶门的棍子就"叭"地落地了……一个72代有无数辉煌之页的家谱中，一项无法记入的罪恶这样产生了。

事过30年了，实事求是的今人在回忆此事时，都对此事有了近乎理性的辩证认识。背叛，是一种历史现象，也是一种国际现象，是地球人共有的普通现象。从古到今，无论何国何民族，都有不同背叛现象产生，这很正常。今天的人们会更理智理性看到的还有一点是，从反面教材中汲取该汲取的教训。再者，正像老师多次讲的，虽然出逃是极个别现象，同时还裹着许多诱骗、挑唆、胁迫等因素，但我们可以变坏事为好事，从中坚定了发展生产、增强国力的使命感。这些，在此无须赘述，在做这个试题时，我得的是满分。

对历史的公正、实事求是，理智地判断与评价，是今天才能有的事，是一种有力量的表现。而在那个时期，可以想象，我的父亲一闪念中，或"急中生智"中，一种办法的形成，大大超过了他平日生活的逻辑与惯势，举手间，自己已变脸似的把一张红扑扑的农民脸，变成一张黑色的、青面燎牙的背叛者脸——尽管他的心脏流淌的仍是红色血液，而他却做出一件让他30年不敢抬头的罪恶之举。因为，他说他当时双泪如注，当他默认小叔的行为时，其实就是一种罪降临在身上了。他便是罪人。罪人须老老实实，加上他本来就是老实人，于是，他就老实加老实加上低头做人……

　　这属于弥天大罪,这个罪让小叔带走了,却似一床黑得发霉的厚厚湿棉被,压在父母亲和小婶头上。这床"棉被"似黑云,一直笼罩着这个家,把这个家压得 30 年来像地狱一般。父母小婶一直惊悚地为此事存活或者活着就为此,他们等同埋了一个活生生的人,而被埋的人可以导致家破人亡。

　　"天罪啊!"父亲痛哭嘶哑地出了一声,声音哑哑的时刻,用手狠击了一下桌面,以示罪恶及罪恶殃及之大,这天罪似父亲手背上肉猴子怎么也磕不掉。

　　"你小叔再坏,可他不会忘根!他也是从小苦怕了,恨怕了,可他不会不想你奶奶和我们,还有你小婶。"说着,看了眼已抽泣的小婶。

　　我发现父亲第一次在说话中有了逻辑判断。

　　我从阴森恐怖的家庭秘闻中很快走了出来。因为,这故事已过去快一代人了,随着时光推移,事物的万千变化,在老辈人眼中天大的事,如今可能只是小小的事;曾经的战争罪犯,如今都可能是统战的高贵客商呢!真的,现在政治开朗,30 年前叛逃之去处,如今赶你去,你去吗?打死也不会去,那里差矣!

　　我表述出此意后,父亲用惊悸的目光望着我无所谓的样子。

　　"爸,你放心,这事虽然有些无所谓,但绝不是一点都不无所谓,我又不傻,会讲我叔是叛逃犯?"

　　"这就好,这就好。"父亲顿时放心了许多。

　　"你记住,到了那里,碰上了,就捎个信……说……"父

243

亲说着有些哑哑作泣,引得小婶哭出声来。

"爸,妈,小婶,X国那么大,小叔走了那么久,哪有那么方便就见了?再说,又不能公开找……"

"……是,是……"父母小婶一听有理,都嘎然而止泣声,清醒了许多,仿佛刚才一念小叔,小叔就真的在跟前似的。然而,想到此事没了希望,失望的黑暗又压向了他们。

许久,父亲说:

"你碰碰运气吧,记住,万一碰着了,你就告诉他,你奶奶因为他早死了好几年!他还不知是几时死的哟……你小婶如今一直等着他回来呀!啥也不要他的,有个话来也行……"

"哇!……"小婶终于捂着脸哭出了声。母亲就势一把搂过小婶,陪着伤心的泪。我这是第一次见小婶哭出声,觉得小婶哭得很悠扬耐久。

"你小叔个不高,小我近10岁,50岁整了,人嘛,精瘦……这些都不大好认了……对了,记住,你小叔肚脐眼下方有一颗很大的黑痣,和我一个样,和你也一样嘛!黑痣中间有一撮毛……还有……反正自家人有灵性,你碰吧。"

2

第二天一早,我们出发前往X国。

我只能郑重地许诺父亲,像他当年许诺奶奶。也许他当年当了真,是家庭责任感;而我却没有上心,我觉得自己更理智。茫茫人海异国他乡，只限于侧面寻找，如同大海捞针。再说了，凭父亲说的那些特征找人，相当于到月球去找人，自欺欺人吧，我想。

这次去 X 国是进一批羊毛，本是我们公司的一宗大业务，不知怎么，上级"喧宾夺主"，总公司陆副总经理对此十分有兴趣，"为了宏观把关"，"为了更扎实有效、长期地进行对外贸易"，"为了"一大串后，决定由陆副总带队，而起草"为了……"报告的总公司办苏主任也随团护驾出访，并由此，为拓宽思路和视域及业务范围，还带上了两个"出国探路"的赵、钱二位经理和一个女翻译，浩荡地出发了。

陆副总经理，以下简称陆副总，他希望并习惯听"陆总"并毫不介意，所以，可以时常恰到好处地称之。陆副总 56 岁，高 1.75 米，不胖不瘦，肩挺腰直，注重修饰仪表，善于用矫健步势走出黄金期成功男人特有的成就步伐，有风度，眉清目秀，面目滋润。有特色的是，他被公司称为"陆铁嘴"及"吃手"。

245

苏主任，就称苏主任，因他起草"关于为了……"报告而使陆副总笑逐颜开，在解放了思想更新了观念后，决定摈弃闭关锁公司的旧思路张罗此行，苏主任故而随之。因之喜颜三日不退，逢人便正面或侧面说出他将有出国此行。

两个经理的介绍略。所以略，是因为他们属于搭便车并出些路费钱而已。不所以略，是因为他们确与我们同行，有许多重大事情发生并被弄浑水的事，他们有幸可为见证人。此外，他们此行便无任何意义，除了一笔人民币兑换美元的知识更新和管理费增加。

　　女翻译,姓名略,所以略,是为了保护她,是因为她本人漂亮且有外语才干,本只是偶尔被聘外出,收些聘金而已了,不料,局外人也成为见证人之一,并为主要见证人,因事情发生全过程中,两面的话都听得懂,耳闻最多,她是个正义聪明并不打算引火烧身的30岁的女人。

　　忘了说,我是总公司下一个分公司的经理。

3

　　国际列车果然不一样,一上车,虽然脚下仍是国土,但就像到了X国,一见高鼻子蓝眼睛棕黄头发的列车服务员,我们一行就活跃无比了。

　　我们很兴奋。连称老爷子的陆副总也荡漾着难以掩饰的笑容,把职业笑早扔到九霄云外,有些天真烂漫,发自心中,两块铁板一样的腮竟泛着出两朵桔红的云,显得可亲可敬可近。

　　"小李子,"他说,"不错"。然后,他就兴致勃勃掏烟点火,点好烟,随着一口烟又吐出,又对我说"不错"。引来同行一片赞扬。

　　我傻笑以对。知其"不错",又不知其"不错"何为"不错",反正是上司的褒奖,心里感觉挺好。上了国际列车,人就近了,不是在单位那千山万水的距离造成的拘谨和疏远。我敢说,没人愿意听不好听的,比如训斥责骂之类,但我又

246

是个羞于被人当面表扬的人。他们都说我好和不错时,心里很舒服,脸上谦虚道:

"不好,好啥!我爸骂我犟,我娘怪我倔,我小婶说我傻,妻子总训我死心眼,嘿……"

"咦?没那么多缺点吧?平时也不错!"陆副总不停地表扬我,弄得我有些不好意思了。

"不错!小李子真的不错!"苏主任和赵、钱两经理及女翻译异口同声,大家彼此之间的山河距离,此时都成了包厢里那点促膝谈心般距离。大家为有此行而欢聚一堂。

"No!"包厢门此时被拉开,一位金黄头发的女乘务员本能向后一倒,仿佛此厢正爆炸一枚炸弹,她受到了气浪的冲击。她十分不悦叽里嘀咕说了一通。女翻译作了此行第一次翻译:

"各位先生,国际列车上不许抽烟,否则,每人罚款30美元。"陆副总听后马上掐灭烟,双手抱拳向着金发说:"对不起!我们马上改正。"金发转身走了。陆副总慷慨激昂说:

247

"同志们,我们此次出国,是带着组织上的任务的,在进行国际间贸易的同时,也是学习国际文明的机会,对此,我们一定遵守国际惯例,学习他国凡是可为我之用先进的东西,同时,注意警惕和防范国外不健康的东西侵入……为此,我们临时小组开第一次会……可以扩大到翻译同志。"女翻译是我们另请的,所以,她很荣幸一上列车就被扩大了。

陆副总是个十分认真的人,从一上列车就开会这一点说明,他带队出访,我们都不太会犯纪律乃至犯错误,当然,更不会有我小叔的那种举动。因此,在陆副总侃侃地"我先说两句"时,我觉得好别扭。我习惯我们陆副总高高坐在远远的主席台上那威严架式,而列车包厢里膝盖骨互顶着,这般近距离那种严肃样子,我不适应,觉得有点滑稽。

为转移思绪,我在想,小叔会是什么样子呢?能不能来个文学故事中那样巧遇?

X 国,对于我来讲毕竟是新鲜的。但是,我明白自己肩上的担子,因为,眼下领导我的,是一个除了开会做报告而对具体工作不太所知的人。

列车很快到了 X 国领地。

列车在飞奔,窗外的世界看起来与国内并无二致,天还是天,沙还是沙,山还是山,树还是树……我想,人是世界上最大的差别,而物的本身是没有本质差别的。当然,人,在某种意义上讲,也没有本质意义上的区别,人,首先属于自然人,然后,才是社会人……异觉是感觉,山水、土地、天空、空气是无故的,国界是人为的。我在胡乱遐想。

陆副总讲了一个多小时。要在平时,他一般讲两小时以上。有一次总公司开大会,他创造了脱稿讲话四个半小时的最高纪录。虽然,主席台下几百人从昏昏欲睡到饥饿无比,但没有挡住陆副总滔滔不绝的兴致。总公司人都说陆副总是铁嘴,私下都编传顺口溜:"天不怕,地不怕,就怕陆总来讲话。"

因为小组会开时还在本土,陆副总从省情讲到总公司,讲了形势与任务以及"我们怎么办",然后,从国内讲到国际时,车正好换轨过国界,陆副总宣布"第一次小组会暂时休会。"接着把头挪向窗子,那脑门和窗玻璃紧紧贴在一块了,和大孩童一样睁大着新奇的眼睛。

我是个小官,和大领导走成一行有些惶恐,又促膝谈心般面对着面长期而坐,更有些拘束慌乱,好在陆副总一出国门,就真的平易近人了。

陆副总使劲看窗外时,我也在使劲向窗外的民宅道路和树林山梁瞅着。

我当然明白,我是不太可能看到小叔的,即使见了,应该也不会认识。我只是向父亲承诺了一个可能根本无法实现的神话故事,我只能想,那也许是父亲母亲和小婶的一种情结,了却一种人生旅途中一段亲情,就像一只秘藏了30年的鸡蛋,能出小鸡才怪呢!像我母亲酸菜坛子里泡了30年的菜种子,能长芽才奇迹哩!

X 国客人对我们的热情是我们对他们热情的全等于,而我们热情之后还有"热情接待",这一点,他们与我们之间的关系是"相似三角形",就是说,我们在此方面是一个大大的"三角形",他们是一个小小的"三角形",是高头大马和刚落地马驹儿之间的关系。

X 国 A 官员和 B 总他们上次来时,我们可谓兴师动众。边贸谈判开始后的热气腾腾场面中,奔出了马牛病专家陆副总。他率我们按高规格接待对方,细致到座谈时不能烫、但绝对也不能凉的擦汗巾的温度定位……

　　所以,我此次有幸随陆副总出访,有幸受到此位在 X 国地位较高的 A 官员接待, 我和苏主任及两个经理达成共识的第一方面是,今晚可以好好美餐一顿!我们对 X 国 A 官员的盛情款待期望值很高。

　　没有较长车队鱼贯而进入华丽城市中心那情景, 没有我们迎接他的那种警车开道哇哇之盛况,但新奇足以弥补我们的对规格的要求。我们新奇时,同时发现肚子很饿,这很实际,于是认为,在任何国土和灯光及街景下,吃饭填肚子才是原本要事。人们生活所在,都是为了收获生命托盘,所以,土地就是吃饭、就是生命,而我们更进一步清醒认识到,我们所进行的一切,原本的终极目的还是吃饭,包括迎接我们的鲜花、彩旗、热情与狐臭。

　　我们想错了。A 官员只招待了我们一次"盛大的晚餐",而这第一顿就吃的很丧气。丧气的原因之一是形式与内容严重脱节。A 官员的表情及接待形式尚可,而酒菜太差!甭说由我方陆副总出面招待他们的一级水准,就我这个小贸易公司的招待规格,花费也远超他×的 A 官员三四倍! 丧气的原因之二是怪我们陆副总。他果然精明的在快下火车前,以求实的精神坦言说:"我有些饿了。" 从精神文明到物质文明,他忠实于他常讲的"两手抓"。于是,我赶快开了一听青岛啤酒,摆出三四个品种的香肠,为他洗了一根嫩黄瓜。坏就坏在那几个品种的香肠进了陆副总的肠子,成了他的物质文明后,发射出不同反响的精神文明之光,于是,他忽略了我们肠子的"基本国策"问题,我们饥肠辘辘之时,正是他兴高采烈之时。

　　A官员简短的祝酒辞完后，我们陆副总终于寻得一国际场合，使他铁嘴有了跨国界意义的用武之地。随着陆副总面如桃花的"女士们，先生们"站着端起杯时，陆副总说话如长江决堤。

　　我们的女翻译面如桃花站在一侧，他俩像男女声二重唱。要承认，陆副总吐语清晰，声情并茂，时而铿锵有力，气势磅礴；时而悠长婉转，娓娓动听；时而悠扬顿挫，时而行云流水。不时慷慨激昂，又突奇地嘎然而止。演说，应是一流的，但他讲得之多，出乎我们意料之外，使我们两国人员不仅起立端杯且久，闻酒不能下肚，视椅不能入座。我有点低血糖，此时已两眼花花，肚里哗哗，两腿乏力，四肢僵硬。

　　"女士们，先生们，我首先向贵国表示最友好最真挚的谢意——"

　　"女士们，先生们，当前，国际国内形势一片大好，世界正在向多极化发展，各国人民……"陆副总基本上套用在单位的报告格式及内容，"形势"讲了足足10分钟，加上翻译时间又是十多分钟。但对他来讲，已是精简了的。

　　酒杯在我们眼前晃着，好像在表述着色泽正宗和诱人。

　　"女士们，先生们，我们此行……"他刚才讲了形势，下面当然讲任务。他用了十几分钟。他讲得很生动，很形象，很具体，因为他近年特别爱讲求实的问题，所以，任务是实的，允许他多讲些。他还很有开放意识，特别有激情……

　　我们的酒杯在手中摇晃，那琼浆玉液开始颤动欲滴，杯

251

口酒波纹在一次次扩散。

"女士们,先生们,未来属于我们……"陆副总兴致越来越高,他终于开始讲未来了。我们在公司时,最大的快事就是听他讲未来,因为,这就快了。不过,眼下满堂十几座宾客都已站立半小时之久矣。

我和同行赵、钱二位经理大胆地交换不满眼色后,就斗胆嘀咕着对陆副总——我们顶头上司的惊讶。我们几次在他热烈演讲中,应词应势地把杯凑到嘴角而又不得不离开。

胖墩墩的赵经理饿得更早更快,早就愁云密布小声说:"讲那些干啥?"

精瘦的钱经理嘴唇一个劲报着,用嘴努向陆副总,不知想说话,还是想吃东西,也露出不满。

这都属于犯了自由主义。而苏主任则始终微笑以待的样子,这是他永远的表情,以表示最最有兴趣在听,只是个住地咽着什么。

我们看到 A 官员虽然笑颜依旧,却露着一丝尴尬。B 总已明显锁眉了。我们的女翻译也由刚才热情奔放到机械呆板。对方客人中,有人干脆用一只手支着椅子某部位当支点,明显地做出吃惊和厌烦。

我们在心底祈祷亲爱的陆副总赶快"嘎然而止"吧!

果然,陆副总不负众望,收语干净利落。他神采飞扬和 A 官员、B 总碰了杯后,兴趣盎然面向大家,以优雅的姿态高举酒杯过顶,然后,一个极其漂亮而熟练的一仰而尽动作,满场才如释重负。

大家好不容易坐下后,由于一杯酒和几块肉的作用,我的心神才定了下来,这才由物质文明迅速转向精神文明,注视着本桌陪宾。

本桌除了3个X国当地人之外,坐着一个很老的华人,他充当着X国那三位宾客的翻译。在国内最头痛的就是满街满巷和自己种色相同而拥挤不堪的人,而到了国外,便对所有同种人先有了一个"同"的亲近。

"您好!"老华人站起来,向我和苏主任及两个经理敬酒。果然有些华夏风范,彬彬有礼,也很熟此行道。虽然我看他很苍老,但动作还算敏捷,这与他的外貌不相吻合。

"鄙人姓王,叫王途,从今天起,我们就常打交道喽!我是B总这面的翻译。"

幸亏他在,不然,与那三个X国人虽是同座却难以表达客套。

我对这个叫王途的老人产生了一种兴趣,就问:

"请问王老先生何时到X国的?"

"是啊","对啊!"有了些酒菜下肚,苏主任他们仿佛都苏醒了过来,对这个老华人表现出一种兴趣。反正与X国那三人说话太累,不如乘陆副总在主桌上高谈阔论时,我们闲聊起来,打发时光并增进友谊。

"请问王老先生祖籍何处?"我问。

"X省"。

"哈!我们是老乡呀,难怪听得有些乡音呢,来,为异国他乡老乡见老乡干一杯!"我拿出外交那套来运筹酒桌把

253

式。我方苏主任他们几个连声附合,对! 遇到老乡不容易。其实,这个老人有个狗屁的乡音,杂调儿。

那个叫王途的翻译总是极有表情地一口喝干杯中酒,显得很兴奋,不用费力劝。谁对他说一句合适的话,他就会急切地把杯中酒干掉,倒是比国内人好敬酒 10 倍。

我注意地看了看他,看样子他有六七十岁,应该说,比我 60 岁的父亲还老 10 多岁。他沟沟壑壑苍老的脸上标志着沧桑岁月,两只眼不停地左右费力转辘着,好像很缺润滑油,有点欠大家风度的儒雅。也是的,在异国他乡非我文化熏陶,又是商界人,怎么会有我们那种底气支撑的大气?

我认定王翻译既在他乡,必然对 X 国了解多,既然是对方翻译,语言一通就百通,就会有许多方便,至少是语言方面的方便。

"请问王老祖籍哪个地区?"

"Y 地区。"

"哎呀,我们是近老乡呀!"我说着又端起酒,王翻译也眼睛一亮。

看来,我说近老乡时,他的表情十分亲昵,只是转辘的眼神是像缺水的干坑,倒是"老乡"和"近老乡"才让他泛了泛光。

我在充分调度酒场时,为进一步增进些了解,以此"同"和老乡情结来熟悉对方情况,这一点,也是为商常识。但是,我发现,他对我彬彬有礼,但对我的调侃有些心下在焉。他不时向身后的陆副总那里望去,很关注。我想,他是在注意我们的陆副总。而他回头一瞬间,流露出一丝隐隐的发自内心深处某种慰藉,不时向旁边那个 X 国商人,用他们的脸谱在讲什么。

说实在的,他们每回头一看以及那种耸肩和释然,我内心就不愉快一次。我承认,我的敬爱的陆副总今个儿太丢人! 这话只能在肚肠里讲。于是,我得设法支开他们的注意力。

"请问王老翻译老家在何县呀? "

"你是哪个县? "他突然先问我。

"我是 Z 县。"

"噢……噢,Z 县?! ……离我 300 华里……"

"呵,越说越近呀,近老乡呀,来,我建议,为在 X 国首行认了一位只有 300 华里的近老乡干杯! "我又站起来提议。

王翻译喝完酒,又回头望了一次。我再次确信他不是看不够他们的 A 官员和 B 总,还是冲着我们那位带队的、自定临时小组组长的、正谈笑风生的陆副总。

255

"请问王老翻译——"

"李经理,嘿嘿,你一口一个'老',我真的很老吗? "王途翻译为叫他"王老"已有不快,我就赶快灵机一动:

"不是你人老,你知道的嘛,我说的老——是对长者,师长称老,是一种尊敬嘛,而王——翻译看起来不老。"我有点滑头。

"真的? ……是啊。"他不傻,十分地感伤。

"能问王翻译是什么时候定居 X 国的吗? "

还是酒中闲扯,没话找话说,不能冷场,不能让他多回头看我们口若悬河让满场人感到厌烦的本方长官。

"30年前,噢,你小,不知道,"他随意地说着,用目光指向苏主任和赵钱二经理。

"就是30年前……那次出来的嘛……"

——他竟然是那年的叛逃者之一!

说着,王翻译还是大大的低了些调子。看来,在他们那里不忌讳,他也无处忌讳,但毕竟不是光彩的事,尤其是面对自己的同胞,他低头是应该的。在世界上任何地方,背叛自己的民族都是天罪,都是抬不起头的。

"你?……从哪出的?"我突然想到对父亲的郑重承诺和小婶那望夫洞穿苍穹的眼神。我想,也许能在这位老人那儿打听一点什么。

"从小山县西乡。"

我小叔是大山县出的,相距百十千米,两码事,与我小叔太远。

256

我不知为什么放心了什么。我不是带着父婶嘱托吗?不是也打算碰运气找找小叔吗?为什么会"放心"?我"放心"多一个离我小叔更远的人?难到我的目的就是不断地论证"不是"?像猴子掰苞谷,掰一个扔一个?是不希望与眼前这个太老太低档、眼睛干涸且贼一般转辘辘的人去暗地打听?还是我从内心就烦此人?

热烈或乱轰轰的酒宴结束了。陆副总表现出没有尽兴的无穷遗憾样子收了口。说实话,他爱吃懂吃讲吃却不在酒席上,"两害相侵取于轻"时,他会选择演讲,因为,我们的陆副总一生运气,嘴唇上有一痣,相学解释:口福也。他不缺吃,吃的机会比演讲机会多,何况是国际讲台?

4

王翻译第二天一早突然像变了人,热气腾腾到了我们住处。仿佛一夜间变通了什么,行动语言都有了与昨晚不同的积极主动,并且有着十二份恭维和媚讪。

他是来陪我们参观的。到 X 国后的前三天,陆副总饶有兴趣地在 B 总陪同下视察着"国际事业"。陆副总俨然一外交大官的模样及风度,以大度举止,昂扬姿态,潇洒手势,矫健步伐,爽朗笑声表现着国人派头。

王翻译一直跟着他,给他指划着。此中,王翻译还很照顾我,每次讲解完毕后,特地向我点一下头,表示关注。他当然知道我是具体办事的。

我几次有了向他打听我小叔的念头,但怕让同行,尤其是怕旗帜鲜明的陆副总知道,就打消了念头,打算再寻时机,悄悄问问——虽然,他不是和我小叔同一地界出的,也许,出叛就那点人,或许会知道?

三天的参观,使我们和王翻译接触了不少,有几次,王翻译都叫我上他陪陆副总的那辆车,于是,我们"老乡之间"话多了一些,很快成了熟人似的。

参观完后,王翻译郑重地向我们提出,去他家看看——

"去喝一杯!"他豪爽地说。他虽然说得豪爽,但我们尝试了他们的豪爽,对此不太感兴趣,但是认为极有必要增进了解。

为此事,我向本行出访团团长、临时小组组长陆副总汇报后,陆副总认为要开一次小组扩大会。于是,我们五人又聚在陆副总住的房间促膝开会。陆副总认为去王翻译家很有必要。他说,第一,增进了解;第二,我们需要多方面、多层次、全方位、立体地了解 X 国;第三,在接触过程中,有必要及时捉捕一些信息;第四——陆副总指示我说,你用老乡的幌子,想办法从王翻译那里摸一些更底层的情况,直说吧,到 X 国,不绕弯子了,就是了解一些商业秘密,最好,你能利用这个人……第五……第六……最后决定,以苏主任为"行动组长","临时的",陆副总认真补充说,"你们一行四人去他家……怎么说,算是个华侨嘛……"

"你呢?"我向陆副总。好事不能忘领导,这规矩我懂。陆副总立刻面色严峻说:

"同志们,我们此次代表父老乡亲出访洽谈,切记不要忘了何为第一……那个叫王途的翻译,与今来讲,他是华人,是客商翻译,是贸易伙伴之一,是互相平等互利的合作对象,而与他的昨日来讲,他狗日是叛徒!我——怎么能去他家呢?你们去,是经我同意的。苏主任,你会后写个备忘录,我签字,有什么问题,我来承担……至于我们的工作,要以经济建设为中心,生意是要做的,形势变了,同志们,要把此次出访洽谈当作一项政治任务,当作一场战斗来对待啊！"

我们不得不承认，陆副总果然是顶头上司，站得高，看得远和深，时时头脑清醒，刻刻立场坚定，每每旗帜鲜明……现在不是表扬他的时候，得拿出"深入虎穴"的具体方案……

我们应邀去王翻译家并完成"喝一杯"。结果正像 X 国人所说"说话算数"，就是真的只喝了一杯！不像我们说喝一杯，就是若干瓶……

其实，我早看出王途的意思，明摆着的，是增进了解，为生意方便，其实，也不否定他有华人情结。两国封锁多年，也许这是人之常情。我们有备便是了。再说，我们也有去一个 30 年前出逃、家居异乡人家里探究"过的怎么样？"的心情，当然，我的确一直有想打听小叔的念头。

轿车在路上飞奔。

X 国的道路宽阔无比，简直说，每条路都可以是飞机跑道，让人感到广远。我们一路感慨异国风光。实事求是讲，他们的卫生与绿化远不是我们可比的。此非我们崇洋媚外。我们不是最讲"实事"而"求是"的吗？我们的无畏来自于敢于正视客观事实吧，来自敢于实事求是。

说实话，连苏主任都说 X 国的月亮不比我们圆，但比我们的亮，因为，它的上空洁净如洗。这句话让陆副总抹下了脸。陆副总说得也在理："别忘了他们人口少资源多，我们还有百年耻辱和殃祸。""我们为什么人口多？为什么有百年耻辱而落后？"那个同行赵经理不屑一顾问时，陆副总抹得脸更长了:"关于历史的经验……我们正是在汲取"。总结走弯路的教训振振有词,我对陆副总有点看法,觉得他的辩证法总是受穷吃亏的辩解法。

"你们看,那面那个红顶屋就是我的家"。王翻译指着墨绿深处某红顶屋说。顺手看去,那里的住房仿佛是画中的色彩点缀,座座别墅错落有致,近乎在森林之中。这种别墅,在我们这里只有大城市城郊边才可远远看见,仍没有那种洁净和幽静、宽松……

王翻泽的别墅,估计有200平方,座落在四周高矮错落有致的树林中。青松、翠柏及杨柳树遮掩着漂亮的洋房,窗户和门都奇致各异。

从大路下去,我们惊讶地看到,许多人家的隔墙是用无数钢管排置起来的,连大路到别墅十几米的人行道上,都是工字钢铺成的,这叫我抽了一口冷气。我们此次有调研钢材的业务,看来此处的钢材果然比想象多得多,由此感到 X 国的资源丰富。

王翻译领我们走在工字钢铺的路上,步入两侧是齐膝的橡树墙边,看到别墅前后是小方块整齐的花地和菜畦。

赵经理感叹着和王翻译开玩笑说:"在我们那里住这种别墅,要么是相当一级的大干部,要么是千万以上的富翁。"

我说老赵不要胡说,赵经理头一昂说:"我怕个×!"

王翻译矜持地笑了笑,就让我们进屋了。

他喊他老婆的名字,说中国的客人来啦。于是,他老婆出现后,我发现与自己想象甚远:此女人出奇的胖,像结实的大油桶,而年龄不到 30 岁,这一点,我没想到;还有一点没想到的是,他老婆是 X 国人。这就给了我们一个真实的、异国他乡的陌生且需增进友谊的感觉。我提出参观一下房间,像我们初到一个朋友家那样。不料,王翻译面色有难,但还是用眼光征得"油桶"的同意,才使我们有幸浏览了似乎数不清的房间,这一浏览才发现,王翻译家竟有大小三部电视和三个冰箱以及大量电器,可以讲,整个的电气化。我们只顾心里啧啧匝舌称之,全然不顾那个眼睛瞪得大而圆,表情只限礼节的"油桶"。尽管她不情愿,我们还是向她伸出大拇指,夸她房子收拾的一尘不染,屋内很漂亮。她高兴了,她高兴在王翻译向她翻译后,可能王翻译说时,添油加醋表扬更多了一些。

"那一半是她的"。王翻译说。我听此很吃惊。

"那不是你老婆吗?"

"是呀。"

"哪……?"我看王翻译不足为怪。此时,苏主任暗示我少问。我心想,外国人不一样,包括华侨。

王翻译读不懂我的眼神,他马上说"来,喝一杯!"王翻译动作敏捷地在隔壁房间翻腾了一会儿,才找出一瓶放置很久,但极难喝的酒来。那酒真的跟涮锅水味道一致。我们附和着王翻译的情调欣然举杯碰了一下,然后优雅高过头顶,然后就往肚子里倒。

第一次接触边贸的赵经理在优雅地碰了杯,又举过头顶后,将那高脚杯里五分之一的"少量或小量"的酒习惯性或不经意喝干了,这使王翻译很意外。他倒是十分歉意的,看得出心疼地抖抖地又给那个贪喝的家伙斟了点。

我们说着话,然而,那"一杯"实在让我们没雅兴,一会儿就没了,于是,王翻译坚定露出了结束战斗的信号,尽管那坚定的结果并不影响脸色的柔和。我们从他那苍老无奈的脸上读懂了并没有任何"下文"后,也就是说,只是我们喝一杯不包括大吃一顿,我提出"走吧",王翻译赶紧说:

"下次再来! 再来!"

直到送我们出了钢管架排起来的院门,王翻译还在说:

"下次再来! 再来,喝一杯!"

从王翻译家回来路上,我们问那个半通不通汉语的司机:

"王翻译是政府的,还是哪个公司的?"

"……都是给钱,用一下的……我也是,他也是……"

司机叫什么是告诉过我们的,谁也没记住,所能记住的是,他20多岁,是汉人与当地人结合,生长在X国大地上的"新品种",是临时雇来开车伺候我们的,我们还能记得住的是,他告诉了我们关于王翻译一些"主要事迹"。

"他?……"虽然他出语别扭,"他×的"却说得很顺当,他把头摆了一下,换了个挡,说着别扭的汉语,第一句仍是随口而出的隽永的只有我们才熟练的"国骂":

"他×的,他是个牲口……今天见的,第几个老婆,不知道了,他连牲口都爬……他×的……"

不管司机讲得是真是假,我们都集体反了胃,仿佛是刚才王翻译舍不得多倒出一滴的那涮锅水的作用。我记起自己的一句名言:饭在碗里是饭,而倒在了便池中,你会认为是什么?

5

我们的外贸洽淡开始进入实质阶段了。此次出访的前奏,主角应当是我们的出访团团长、小组组长,注意,永远是我的顶头上司的陆副总。然而,具体到进原毛、谈价格等事宜,陆副总开始高屋建瓴"退居二线"了,让贤了,主要为我掌舵把关了,看得出,他对此事的关注并不上心。

简单地说,在已谈妥的第一批原毛进口问题上,我和对方 B 总舌枪唇剑,打得昏天黑地。一旁把关的陆副总几次用严厉目光示意着我什么。其实,我是技巧运用,他总是怕为了点生意谈崩了整个国际关系。最后,在发货与付款谁先谁后问题上彻底僵住了。

B 总是个啥样子?前面忘了介绍,简言之,他高大的像外国电影中的打手,浓眉大眼露着凶相,绝不是他在我们那里那个笑眯眯可亲可爱的模样。他和我为价格已争得有些面红耳赤,有次他解上衣扣时,我见他露出了凶兮兮的黑毛,像一只笨熊。

在价格上,由于我的努力,不谦虚讲,可能属于我的谈判技巧与能力,我们也许算占了便宜。但是,在付款问题上刀来剑挡,三天几十会合下来互不相让。陆副总为此皱了眉头。因为对方已明言谈判妥后,到几个旅游点一游。那几个点,当然是属世界级著名旅游点。

问题是,我是干什么来的? 一谈判,苏主任说我狗小子显了原形,有点野马自奔。我方女翻译与我配合时,每每很有激情,她说我说得有劲,她译的有力,很过瘾。她几次重复地说我:"你还真行呢啊。"当然,次要的说,此次商谈的总业务中有她的一份。至于那两个经理本无项目,前面说了,说白了是佩戴"旅游勋章"来的,是陆副总出游时,为表示对他们平时的奖赏, 他们像观众在看电视剧里我在表演的那部分。当然,他们也要搞一份某生意的"可行性报告",回去与报销凭据一起交差。

陆副总有些不耐烦了。尽管来 X 国才几天,尽管 X 国款待说得过去,但他不喜欢我这样几小时地乱扯蛋,他烦我们你多他少的,都是低俗的商业坯子! 可能我们所言太直接,太俗气了,比起他一个人几小时高瞻远瞩的演讲逊色的多。

但是,我寸步不让,包括面对陆副总不耐烦的表情。

因为, 对方 B 总虽然最终答应了单价, 但坚持先款后货。

我私下和陆副总说,和他们打交道非得"手拉手",因为我们和他们不可能"心连心",因为 X 国目前对外贸易正处在极不规范的阶段。

陆副总郑重点头表示同意。但对方 B 总说,"钱不到怎么筹货? "陆副总认为也有理,也点了点头表示同意。

事情僵在此处了。

我始终坚持"提高警惕"原则。此事上了本次出访第12次小组会,陆副总说:

"同志们,小李经理坚持说这是事物的主要矛盾,你们发表意见,我们一定要民主决策"。

我说:"先款容易被动,甚至会有砸锅的可能。我一个朋友进一批钢材,因先付款而无后货,甚至连对方的人最终也见不着了,这可是要害啊!"我重申 X 国有关边贸的法规正处立法状态。

苏主任说:"让他们先发货行不行?"

对此,女翻译以不屑一顾的神情报以暗暗地冷笑。

赵经理在苏主任听不到的情况下半捂住嘴悄悄对我说:"这是屁话。"

"这个,小李不是和那个 B 总为此已争了三天吗?"钱经理觉得和这些人说话真麻烦。

"那……"苏主任说:

"他不肯发货,我们不肯给钱,那做哪门子生意?"

"还是屁话。"赵经理。

"苏主任说得有理"。陆副总说:

"此中有没有余地?嗯?同志们?"

我说:"我们须先强硬坚持我们的说法,然后,最终坚持在货到付款这个项上,也就是说,'手拉手'——"

"你说了几次了,啥叫,手拉手?"苏主任原来没听懂。

"就是一手交钱,一手交货,交钱时发货。发货是指,货上站台才按一定比例交钱。不能先付款,也不能不验货。"

265

"这不是很简单吗？"陆副总不高兴了：

"早说不就了了？绕那么大圈子干什么？别玩那些雕虫小技，实打实，有啥说啥！让他们感到我们有国际主义的诚实及胸怀！"

我明白陆副总着急。

"问题在于，成交如同上楼梯，得一个一个阶梯拾级而上。"

"那太慢了，上电梯！"陆副总挥手说。陆副总经常口吐莲花妙语如珠，形象生动。

"可对方不肯，他们可是坚持先款后货的。"我着急了。

"可 B 总不是说可以在此让步吗？"陆副总有点训斥我了，好像我是和他谈判，或者须先谈通陆副总他们，像电视上少林弟子，下山得先过师傅的关。

最后，第 12 次小组会议上决定：采取我的最后防线，款到发货，发货付款。款项太大，必须先落在我国驻 X 国商贸机构账上，出示有关信用证明后，对方货到口岸，抽验后，上站台办完发货手续再转账。我坚持说："这是必须的，关系再好也得这样。"

B 总听了眼睛瞪得真像熊眼。他好像丢了儿子似的扬长而去，并表现一去不归的架式。

此时，陆副总埋怨我太不灵活。他认为双方如此友谊，被我重利轻义之举搅乱了。他认为与 B 总是正规生意，又是我们首次外贸，"很有政治意义哩，"他说，他并说："不是说我们目前急需这批原毛吗？快下手呀小李，要有魄力，要敢于大胆决策。"他特怕谈判对方一走了之的样子。

我的心堵堵的。

6

此时,A官员出现了,他说,按预先计划,先考察旅游点,"生意嘛,热着谈不成,凉一凉再谈,无论事成与否,友谊第一嘛,成了,友谊在;不成——你们中国人不是说:生意不成情谊在嘛。"

对嘛,陆副总说:"小李,你好好听听。"

此后三天是游玩。陆副总才从味同嚼蜡僵持的谈判日子里解脱出来,心情格外地好。

王翻译陪游。

我开始用一种极其憎恶的眼光看着王翻译。他在陆副总面前狗一般摇尾乞怜,看来是拿出了浑身解数极尽恭维能事。说不出口的是,比苏主任更胜一筹。说实在的,甚至有点甩我们一贯紧紧尾随陆副总的苏主任了,为此,苏主任也许为失职或别的原因而大为光火,并以国际主义角度和从安全感方面,露出了谨慎的目光。

但是,此无济于事,王翻译已快像块热膏药贴在陆副总身上了。所到之处,他像高级官员的正宗的贴身侍员,车一到某景点,他就慌慌地下车去开后门,把手撑得媚媚的,取代了苏主任在陆副总面前"亲爱的"的位置。

我的直觉告诉我——王翻译绝没安好心,肯定在打本人的顶头上司即总公司副总、具有权威并能决策的小组组长的主意。他们在"欲先取之，必先与之"，在玩我们祖宗的孙子兵法。

坦率讲，旅游景点可人新奇，国内名山大川几乎让我们走遍了，而国外景致果然风光奇异，那自然风光一尘不染，满山皆绿，满眼红黄紫白。那些历史古迹表达出苍远和历史的凝重，格外庄严肃穆，那外国风格建筑像幻觉之中般别具一格……

尽管我也是第一次光临 X 国，但由于和对方 B 总的针尖对麦芒，谈判毫无结果，而我方人员，尤其是首长、组长、团长的陆副总，嫌我刁钻麻烦缺乏诚意不灵活，与 X 国 B 总那个公司盛情友情背道而驰，使我心里不愉快，便无陆副总一样的情致游山玩水，按他说，是为了增长国际历史知识。当然，同行赵、钱两位经理反正是坑，当然坑得格外轻松愉快，远离单位那些鬼打架、狗扯蛋的事，难得一次休养般出访，他们乐得像回到童年。

因王翻译的来陪，我们一行中，漂亮的女翻译便借机去遍览 X 国图书馆了，去增长她的才干学识，且不亦乐乎。她曾悄悄给我说："陪你们领导，真是天大的不幸。"还好，她说，"你还是懂业务的。"

她诡秘的与我说："这是一个大秘密，你不能泄露——"她让我保证，我坚定地表示保证，她就说，那天刚来酒宴上，她把陆副总水汪汪豆腐一样的演说，弄成了豆腐干——如果不是她，"你们不饿残废才怪呢"。她说，她的贡献，至少压掉了20分钟,说完,她"扑哧"笑了,弄出非常美的白净净鹅蛋脸上的一对酒窝。她再三说着信任我,不能外泄,否则,她的出访收入将大打折扣,完全可以想象,陆副总知晓你把他不少的重要思想弄瘪了,会发什么国际脾气?!

她还说,让我注意那个王翻译,他可能不是个好东西。从他们话中,得知此人不过是个苟苟蝇生的可怜虫,非因学识而任翻译,是因为他从国内叛逃,懂两国语言而已,因边贸兴起才得以混口饭吃,是临时用的,是个给一星点报酬就摇尾巴的末流主,"他此次积极性很高,当然有目的。"

我和女翻译配合默契,通过出访,还有了友谊,也许年龄相仿,而另外几位出访大员皆老头也。

我对王翻译从看不惯到憎恶到鄙视。

他陪着我们同游,顿顿与我们吃在一起。王翻译一吃饭就埋头苦干,头和菜保持着最近距离,像猪头栽到食槽里,吃得抖抖地。他吃相很贱,等菜一上桌,我们正等自己的首长先下筷时,他已抢占了摩天岭。他吃得很快,而且吃相很贪,说实话,吃得样子也很可怜。我仅举几例:比如,一罐当归红枣枸杞炖鸡一上桌(注X国有的是中餐馆),王翻译见之,口水竟掩杀不住而流淌一串于桌上,曰:"多年没吃了。"恶心不?更恶心的是,他什么都吃。

天呀,我须讲清的是,在X国吃方面虽然大大委屈了我们以"吃手"著称的陆副总,但我们兜里有的是美元,可以千方百计让领导到中餐馆去吃。为此,我们面前的鸡,陆副总当然还是拣吃重要、久经考验的可靠部位,此并非体现我们

269

的高贵和会吃,而是习惯。因为大报小报反复谆谆教育我们怎么吃才有利于健康以及长寿。至于鸡屁股鸡肋里面那可能是鸡脾、鸡胰之类,以及我从鸡脖子上刮下来的鸡皮上面连着无数叫人腻歪的淋巴之类,都不能吃,这些与恶病紧密联系着——他,王翻译人士,一概毫不犹豫用筷子拢成一堆,一口就送进嘴里。见他认真地咀嚼鸡屁股及淋巴时,我看到陆副总极力地在控制自我,使其在国际主义餐桌上没有更多的不礼貌表情,只是掷筷子于桌子称"吃好了"。而我就欠些修养,做出明显恶心的表情。

当然,没人吃的牛肉中的牛油等更说不清是何部位,那些肯定是动物身上长着的反正可称为肉而绝不是正色肉的东西,我们一概不吃,而王翻译总是断后,将盘中所有的有形物质消灭干净,他应该是我们在节约方面的国家级旗手,模范先进冠军十杰之一。

我发现他还爱喝酒。因他吃淋巴而让陆副总体面退席后,陆副总酒杯中剩了一些酒,王翻译端起来就一饮而尽,像端他自己的杯子那么自然,还有滋有味,兴奋地望着我咂嘴,可能希望我能分享他对美酒的享受之乐趣。

只有一件事可算值得小赞。我们在一旅游点游玩时,同时进了一个厕所。我们陆副总解裤子解决问题时,由于前列腺方面对健康的身体拉些后腿,为此,陆老头尿小便时须"地球抖三抖"才能完成大业,于是,不知怎么从哪儿抖出一张低值 X 国币。这里要讲的,是陆副总并非有意污损那张 X 国币,也并非有意用那只踏进厕所沾着污水渍的脚踏了上去,陆副总对掉在地上的 X 国币略瞥了一眼后,立即平视前方,视而不见,认真地解决裤子里的事情,表示凡事认真一丝不苟的样子,且神情专注。

而与陆副总寸步不离的王翻译,就等在那望着高大尊贵的陆副总在抖,见陆副总抖完了,解决完事情,春风度步踏币而过时,王翻译在我们都可视的情况下,毫不犹豫、自然而然地捡起那张币,揣进裤口袋,说明所有权转移了。而且,还有一种喜出望外的愉悦表达在脸上。我当时真的想,他是对的,实际的,可赞的,他是英雄,而我们的虚夸与矜持才是不屑一顾的,往往是幼稚可笑的。

但是,这事并不影响我憎恶且瞧不上他。当然,这些鸡零狗碎之事不足于让我们咋地,关键是,他果然如我猜测,对我们的领导打起主意来。为此,我不打算向他打听关于我小叔的事了。

那天,到一个新景点时,对方 B 总来了。他熊一般的身躯显得很像此山上动物园里的野物。他对我表示出刚下火车那样热情。"啊哈"后,他的巨臂挽着我的肩脖,像兄弟样的亲近,顿时,我感到像女人被男人那种一搂,似弱者被强者的一捆。他豪爽地把我们谈判中所有不愉快,像顽童就地随便捡一块石子狠狠扔到远处一样。

B 总一到,把旅游兴致推向了一个高潮。正是这个高潮,阴谋开始一步步实施了。

苏主任由此传来陆副总为 B 总此次到来的心得体会说,看人家,就是心胸豁达,哪像我们小人常戚戚?

271

"等着瞧吧，无利不言商！"我心里说，利益和情感是辩证的，我也爱辩证法。原则，只有原则下的情与利，才能真正摆正位置，才不会互相伤及……没有原则规矩的情与利，是水中浮萍。

B总招待的晚餐比A官稍好一些，我颇具疑惑地观察着坦荡荡模样的B总，以爽朗笑声哄得陆副总团团转。其他几位兴趣提上了高度，尤其是苏主任，看来，他要夺回陆副总首席侍卫的角色。加上B总会来事，随车专门带来了我们上口的国产名酒，加之那"狗熊"海量，菜钱花得不多，酒钱是下狠心的，很快把爱听赞美话的陆副总从地上吹到云上。

王翻译在B总一侧，有"巾帼不让须眉"架式力排苏主任。因为他是外人，说得赞美话可更露一些，甚至说我们带队的陆副总是具有典型外交家风范的顶尖人物，若在X国，足以能当外交部长等，并举例说陆副总高瞻远瞩，口吐莲花，表现了口才与心才的过人……反正王翻译也会我们夸奖人的那些词汇，他说出来比苏主任更新鲜动听一些，于是，他们在夸奖陆副总还是酒上海量时，陆副总终于似大江决堤，他站了起来，比平时更手舞足蹈地演讲起来。如果王翻译记性好，还是那些初来乍到时的慷慨陈词。但是，此次陆副总的词汇中由于掺入了酒精力，每句话都有酒精活跃的生生体现，B总和王翻译一个劲拍手鼓掌。苏主任见势不妙，有阻止陆副总再喝之意，不料，一贯注重外交形象和风范的陆副总，奋力打下苏主任那双软绵绵打算替杯的手，把酒杯举在一双闪着炯炯目光的眼前，顿了顿后，又举过头顶说：

"为尊敬的 B 总并请 B 总专致亲爱的 A 官员，为王翻译热情、准确、生动、形象、迅速、敏捷、精道的翻译，我提议干杯！"他已经开始向酒的顶峰冲刺了。由此，我更看清了 B 总和王翻译的不怀好意。

我没有多喝。席间，B 总一脸红花爽爽地与我各倒了满满一大杯白酒，足有六两，很有强行干杯的意思，用那种看似爽朗友好的表情来简单迅速地打爬下我这个碍事的人，没门！少来这套！狗熊！为此，陆副总对我不给 B 总酒席上的面子很不赞同，并两次屈驾督促让我为国际间友谊干杯，我就是不干。陆副总哪知？我需要清醒明白呀。

酒到快疯时，陆副总已彻底兴奋。他笑哈哈的模样，给人以一百一千的亲近友爱。酒菜一过，B 总就势把大家弄上顶楼舞厅。我是第一次进这豪华雅致的舞厅，而整个舞厅里没有多少顾客，倒是有七八个艳丽无比似花的 X 国女郎，看来在专意等待我们采摘。

很快，我就发现陆副总魂不守舍地在那片"花地"使劲瞅着。说实话，我们陆副总是有此爱好的。他的身边没有小妹妹，但绝对有过老妹妹，那是他们年轻时代留下的，我们不知、也不想知道已经枯黄的青春故事。但需实事求是申明的是，陆副总为官多年，"老妹妹"之说可听不可说，且无任何真凭实据，况"老妹妹"们大都是陆副总家中常客，而从陆夫人那里，并未见有异常打斗之举。此不说了，没有意思。刚才所说要申明的是，陆副总这些年绝没有沾染年轻的小妹妹,没有。

而眼下那些 X 国女郎确实美丽无比,可谓动人美丽,异样特别,秀色可餐,在异国情调的氛围包围中,我承认我的心旌已摇动,说真的,我在克制自己。我也有观念主义,并在让我努力完成人生克己复礼超越自我这一课,也许因周围同伴扎眼不便,也许因贤慧美丽、只是懒得做饭的妻子——反正,我不敢,不敢在于那女郎美的可怕,更可怕的是,我认为 B 总在撒网。再补充说明一点,我身上装着出访的美元,苏主任也装一部分,我们不要"色"令智昏,丢钱栽入陷阱,更不能让美丽的 X 国女郎因此掏了去钱而回不了家。

陆副总不太在乎我们的存在,也许因酒精作用,我们几个部下会原谅酒精效应,男人嘛,男人一般不出卖男人这等事。

陆副总狠狠地盯着一个高个子最出色、我也看得走神的女郎。此时,王翻译从陆副总脚下像土地爷似的钻了出来。

"请陆副总到下一层楼 X 国精品展厅光临指导。"然后,"他声音很低说"完了再上来……"

说实在的,此时陆副总早已盯上了那个活鲜鲜的精品,恋恋不舍地随王翻译下了楼。也许,没有王翻译后面的话,如果就这样活生生把他从那个女郎视线拉走,陆副总备不住会扇他一耳光!

我习惯性的准备陪往,不料,王翻译轻轻拽了一下我的衣角,悄声说:

"小李子"——他早已这样称呼了,也有的时候叫"李经理"。

"小李子……嘿嘿……"他仿佛很惭愧地与我商量:"B总的意思,送一两样礼品……你们就……嘿嘿……"

我明白了,这是分人分档送礼,狗日的B总。不过,这事,国内也一样,领导嘛,送得总不一样的,下属都会视而不见的,尽力避之并于心无疚。这理,这礼,我们懂嘛,但是,今晚不行!这阵势有点鸿门宴味道,我没尿王翻译那壶,而向苏主任一招手,一同跟着我们的出访导师下了楼。苏主任正恨王翻译,见我手势,明白了国际合作间的原则问题。少来这套!我们的责任之一是,还要保护好陆副总,不让我们的领头雁折翅于异国他乡。

陆副总兴致极高地背着手,煞有介事巡视着展览厅,王翻译讲解着。显然,有了我们,B总和王翻译在表情上换成低调,在寻找着什么机会。不过,我们就是"没眼色"!我和苏主任及两位经理,表现出也对贵国精品表示饶有兴趣不可不观的一往深情样子。

看来奈何不了我们,B总终于将一件装饰十分精美的X国大衣披上了陆副总肩膀。陆副总对着镜子又对着我们,满面春风转着圈说:

"行吗?好吆?"

"太合适了!陆总身着此装,真乃元帅大将之风度也……"王翻译酸不唧唧说。他也会省略那个叫陆副总讨厌了多年的"副"字。

"好吃？小李子？"不料，陆副总专点我这个没有张嘴表示赞美的小家伙，说时，那眼神异样严峻。我明白了，那是政治眼神，属于工作性质，我放心了。原来陆副总还是清醒的，不会轻易收礼的，我佩服陆副总的酒量和镇定自着的底质。

"好！"我大声说。

"好，收下了，多谢 B 总，并通过 B 总向 A 官……"

试完高档精品又返回楼上。入座时，陆副总趁热腾腾乱轰轰之际向我低声说："为了生意，策略点，礼品回国交回，给你们送时，先都收下——"说完，又迅即回应周旋着 B 总和王翻译。

接着，陆副总又眼怔怔地盯着那面待应邀起舞、并专为我们摆置的花瓶似女郎处，盯着那个高个子楚楚动人的女郎，不打算再丢失视线。

我们入座后，女侍端来一盘酒。王翻译慌忙抢先端出两个杯子来，一手递给我们的陆副总，一手递给 B 总，然后自己随意端起一杯，三人碰了一下，都在爽朗般笑声中一饮而尽了。

这属于我的错误。

王翻译此举异常，竟没在我的视线内或没引起我的警惕。因为，我坦率地讲，我也盯着那个高个子 X 国女郎出了神。她太美了！我形容一下这位女郎吧，她像一女舞蹈演员，身材好的无与伦比；她那双特大的眼睛，美丽似海水涌动着无穷无尽的春潮，鼻眉小嘴及脸蛋的一切，标致的宛如油画中花神，不过分地讲，是女人中的精品。她个子特高又像模特。我并非下流地叙述那一对夸张的、太为丰满的、且美感令人惊心动魄的耸然的乳房,可以让所有男人醉迷昏倒。她的浑身充满磁性和青春活力。虽然她可能是舞女,而她的眼睛里的洁净如放光的海蓝宝石,一副纯情无邪脉脉待拥样子……

就是因为这个"样子",让我忽略了王翻译的诡谲之举。我承认,我有了此缺点,也可以上升为人生的不光彩之点,是黑点、污点、恶心点……因而误了大事。

结果是,他们共同干了一杯后,严格说,我们也人手一杯干了后,我们"涛声依旧",而陆副总的情绪大概像电子琴的某键被王翻译拨了一下,他突然激昂,兴奋至极,他的脸膛更红了,可以讲神采奕奕,精神焕发,红光满面,于是,他更是不走眼地盯着那个花神。

以下是高贵的、典雅的翩翩起舞。B总跨着熊步跃向花地,我以为他要独吞花神,不料,他还算有点国际主义精神,把那花神款款领到陆副总眼前,陆副总刷地站了起来,于是,他们旋转在舞厅了。陆副总两眼是两枚钉子,一定要扎进对方的大大的海蓝宝石里……

关于在舞厅旋转我就不讲了,因为上面说了,此舞厅有着古典式高雅,所以,绝不是我们有些城市那些三陪性质。但我只说一点的是:在这种庄重的外交舞厅中,我们的陆副总把花神搂得紧了一些,近了一些,因为人家个子高,我们陆副总始终是仰望。这一点我们明眼在看。

陆副总曲曲不落,每每大有掠花神为己有、专有的举

动。王翻译又来到我身边。因为有几曲我都按兵不动了。他
凑过来耳语有三：一是那贵重大衣有我一件。他说这是 B 总
的意思，但没有他们的。他们，指倒霉的随行苏主任及两个
经理，他们只得一价值低若干的大衣。都包好了。"此二是"，
王翻译嘿嘿笑了，他一嘿嘿笑，我看见他没有门牙，且露出
其余黑黄不齐的牙，那种嘴里出来的，绝对是恶心的东西。
他说："你小李子看到了，陆副总很喜欢那个，"他指花神。我
明白。我问你要干什么？他嘿嘿又一笑说："我能干什么？你
们随行小部下应做个明白懂事的人，你们领导的事嘛，不要
像刚才那样过分干涉，尤其是这事。明说吧，我问陆副总了，
说舞后是否与那女孩及我们再吃点夜宵，他同意了，并说，
你们明天有工作，都先送回去……三是，你小李子可以下
手，你看上哪个了，给老乡说一声……嘿嘿……还有，B 总为
你准备了这个数……"他肮脏地伸出几个摇晃的手指。

去他×的王翻译！我心里骂着，但口上没骂，目光像长
了匕首，一下扎到了王翻译喉咙里。

"关于我，少来这套！"我说。

关于陆副总怎么办？

在此关键时刻，陆副总是当局者迷。看 B 总之类用心，
陆副总可能再往前走一步，那花狐狸定会引他上了套枷，夹
住我们的领导的脚撑脱不得，为此，我可不能"见死不救"。
而如果此时真的去"猛击一掌"，让我们充满智慧的首长"恍
然醒悟"，那会不会遭到天雷电击？我能洁身自好，从王翻译
无耻收买中，已可定论他们的诡异，说明他们抓了两个重要

人物。

此时苏主任表情灰灰地来了。王翻译起身说走。再看苏主任此人，恐怕已先让王翻译做通"思想政治工作"了。

"撤！"苏主任是二领导，得听他的。

去他×，领导要干那事，我们拦得住？——我坚信陆副总留下绝不仅仅是贪吃夜宵。劝赌不劝娼，陆副总死守的堤坝看来要毁于一旦喽。我更担心的是看不见的东西，关于这方面，何以启口？

我和苏主任对陆副总与花神之事以无言当作无意，就同时作呵欠连天状，叫了两个经理对陆副总说：

"陆总，我们太困了，我们先走了……"苏主任说。

"回什么？年轻人呀，精力不如我这个老头子啊。"说完，便回头赶快去瞅他的花神，一秒钟也不肯耽误。在他高兴时，把苏主任、两位经理与我，都一概称"年轻人"。

我们下楼走了，望着舞厅窗户里忽明忽暗的灯光，我心思重重。

我在考虑怎么办？我敢说，今天乃至前两天旅游的一切，都是B总和王翻译"围绕经济工作"的作为。陆副总突然兴奋不能自抑，肯定是狗熊B总和王翻译做得怪，而陆副总会面临什么呢？

正如我所料，第二天坐到谈判桌前时，B总已趾高气扬。

坐在一旁的王翻译也一改唯唯诺诺，有"翻身农奴得解放"的轻松愉快，似乎已成定局的事，再搞个象征性签字仪式而已，而我此刻的身份，就是个签字机器。

我有数了。心想，不管你玩什么招，我坚持"手拉手"工程，咬定青山不松口。我不是机器。

谈判前的早饭中，陆副总以牺牲其"吃手"的早餐为代价，反复说明昨晚与 B 总、王翻译吃宵夜很晚，"到现在都不饿，你呢，王翻译，你也不饿？真是不饿？我没想到你们竟会打麻将，打得不错……我差点输哟——一打就三四个钟头……"此地无银三百两，陆副总欲盖弥彰地反复解释什么给我们听。我们又不会去乱猜测首长的行为，再说，这是在 X 国，我们向着你还来不及哩。

但是，我心里的另一页告诉我，今天的谈判可能要出情况，我会当仁不让的。我不会因个人利益而损失公司的利益。我是一个农民的儿子，是组织上培养我上了大学当了经理，我的国格与人格都不允许我有私欲作怪，尤其在国外。为此，大清早王翻译送来礼品包时，我就下决心，遵照首长指示先收后交。

谈判的焦点是款与货谁先谁后的问题。最后，陆副总坚持原则说，上次讲定的，B 总、王翻译去商贸总部开据资信证明嘛，款项太大，我方须慎重，只要说明钱在，就成交了。

我说行，于是，我们去了总部，总部根据到账美元开了信用证明。在我们返回途中，我和女翻译使了个眼色，提出看货。

B 总眉头拧成疙瘩，叽哩咕咕说了一通 X 国语。王翻译又与他叽哩咕咕说着，女翻译竖着耳朵认真捕捉着。

王翻译说，B 总生气了，因为，验资前并没有讲看货，这不是突然袭击不友好嘛?

我坚持看货。B总梗着熊脖子,那脖子青筋暴出。

我们僵持着,先都将车开回到了住处。B总气呼呼和王翻译到了陆副总那房间,没一会儿,陆副总青着脸对我和苏主任等几位说:

"不要节外生枝嘛? 半路去看什么货?"

我说看货也是原说定的,"你看我的美元,我看你的货,B总自己讲的,为什么怕看货?"陆副总生气地一挥手走了。没一会儿,王翻译叫我去,我示意女翻译跟上。

王翻译说:"人家B总不怕看货,怕得是不守信用而节外生枝"。女翻译说:"B总并不会用节外生枝这个词,B总的意思是说我们麻烦,是不是,王翻译?"陆副总一阴脸说:"都一样! 不要把好端端的生意搅了嘛,要相信这个世界上的人都,不,大多数是讲友谊的嘛! 再说,人家对我们很有诚意。"我说:"世界上绝没有无缘无故的爱,包括诚意。"陆副总一板脸,喘着粗气。B总见状,又说了一辘轳。B总说:"行行,看就看,明天上午……""那,就得这么办,"我说。

中午在一起吃饭时,大家话很少饭量都小了。这可帮了王翻译的忙,这样,他可以全神贯注、认真地搜罗满碟里别人挑拣剩下的皮呀筋的以及淋巴类等凡属于肉范围的东西,对他来说仍是千载难逢百年一遇,认真咀嚼着。吃时,贼眉鼠眼左右看着。

第二天一早,我和B总、王翻译一道去看货。可惜的是女翻译半夜肚子痛得直喊要命,比乱七八糟啥都吃的王翻译娇贵。看她疼得浑身冒汗，就不忍了。然而，没有她去，我怕那个叛国者王翻译和 B 总用语言捣鬼。我们走了很长时间，才到一个偏远地方的仓库。

那个大仓库里可以放一架飞机，里面堆满了成包的羊毛。的确是羊毛。B 总注意看看我点头还是别的，我点了点头，不过，我说我要验货。看来，B 总早有准备，先是故意不愿意，王翻译说我又"节外生枝"，不够友好和不相信朋友，说完，就好像允应了我的"节外"，果然命仓库里的人抽包验毛。我采取随意抽包方式，一检，羊毛果然还可以，达标。我们忙了大半天，晚上才回来。

"怎么样？小李子？"陆副总很不耐烦。

"合格"。

"那就得了！小李子呀，你们年纪轻轻，别那么诡诈，疑神疑鬼，怎么能成大器？像这样做国际贸易，人都得罪完了，还有什么后路？……幸亏，此次我亲自出访，凭你们年轻人，我看……"那意思我过虑了。我本来几次想说王翻译的诡秘，看陆副总坦然正气，就欲言又止了。

于是，陆副总决定："明天按合同，一手交钱，一手交货——行不？小李子？"他故意在人面前请示我，我知是在奚落我不顺毛。

我还是不放心。我见女翻译好多了，就告诉她陪我再去一趟那里，我说总怀疑那里有诈。我绝不相信 B 总让陆副总那晚就那么轻松愉快，况且，我从种种迹象看，好像陆副总已开始向着 B 总他们了，好像是他们的陆副总了，对我大有不满,嫌我碍事。女翻译咬着牙忍着不舒服说:"走。"

我和女翻译第二天一早并没有如期上谈判桌,而是搭了招手车去了那个仓库。我留了心眼,记住了那仓库及旁边主要标志性建筑上的字母,字母是什么我不知,可我能记住它们是怎样排队站在大墙上的。

还是费了大力气,总算找着了仓库。

我们要进去时,对方拒不让进。但是,他的力拒晚了,从门开启进物的瞬间,我见昨日高墙一般的毛垛已没了。

回来后,陆副总阴着脸面对着我和女翻译。B总横着嘴。

他们已知我们又去了仓库。我知道,陆副总会埋怨我太不相信客商,快把事搅了。要是在国内他肯定会指着我鼻子训个狗血淋头,到了国外,他真的忍气吞声多了,谁让你一上国际列车就夸奖我好? 后悔了吧?

但是,我必须责问 B 总,那些毛呢?

B 总已有准备,他说,我们很讲信誉,毛,已经上口岸了,小兄弟,款划到我的账上,货就上站发出。

陆副总此时轻轻摇着得意的脑袋,意思是,瞎折腾吧?

我心里还是觉得哪里不对,但说不出口。于是,我拿过合同重新审视了一次,在反复琢磨着。

"小李子,陆副总已接到家里电话,马上回去开三级干部大会,那可是个重要会哟,我这个主任的事就更多了……"苏主任在催我了。

我被逼的没法,好像我在与陆副总三年一次磨谈承包合同一样,是我们之间的事。

"还有什么？"陆副总说，"苏主任已买了机票，我们明天就回。"他语气很重。

"那——"我赶紧说，"你们先走，我们在后办事。"

"不行！我走之前，必须签约办完。否则，让人说我们此次出访是玩吗？"陆副总出语更重了，说完，经意地瞥了眼对面的 B 总。

"那……我到口岸再验一次货。"

"胡闹！到口岸，一个来回得十几个小时，你不是成心与我——"陆副总终于一反出访后温文尔雅的笑眯眯样，对我直接训斥了。

我也是犟驴，梗着脖子非要验货。

我和陆副总之间的空气顿然紧张。

B 总看来大吃一惊。因为，他见王翻译也很吃惊，可能在想象他在我们之间的上下级问题，发生了天人的纰漏，露出了出乎意料的那种失算感。

女翻译见状不妙，就说:"陆副总，小李或许是对的，你看，未经同意，货到口岸了……比我们还积极嘛……当然，我和小李私自查访货是不对的，但不能不看呀，上千吨呀！多少美元呀！再说，货到口岸，中途有无变故呢？这事，你早说了，我也是要负些责的嘛。"

女翻译说时，王翻译神色紧张起来，他也在给 B 总译，B 总熊一样的脸上红一块，白一块，竟渗出汗来。

大概陆副总也觉得我的理不易太多驳斥，说:"苏主任，延一天回去，一天，只一天！你们一起去口岸验货。"

此时 B 总不同意又怕说不出口，就推延说要明天去验货。我非坚持当天就去，又相持不下。

B 总干脆往椅子上一躺，有不走赖账架式，还斜视着我们的陆副总。

我这才发现陆副总的难堪。好像他摸我，我是烫的；摸 B 总，更是灼手。他开始有些哭丧着脸。此间，王翻译出去说解手，结果很长时间才回来，他递给 B 总个眼色，B 总坐正身，仿佛注射了什么针，不要赖了，他狠狠地说：

"走，验货！"

结果，到了口岸，发现了问题，包，已不是原来的包，货，也不如原来的好，为此，又扯开了。B 总这次似乎软了下来，说降一等次行不行？总要成交吧？我们一路扯着回到住处。

"陆副总，你说呢？" B 总别有用心，用眼光去扫陆副总，我觉得陆副总气短了一大截，但他还是强打精神说：

"降一等，行吗？小李？生意总要做的！"

"降等是肯定的，付款方式也要变"。我说："按质按量按出口的 70% 付款，"我表达出更大的疑虑。

285

B 总跳了起来，一甩手说不干了之类，气急败坏走了。走时，回头对陆副总说：

"陆副总，你们越来越过分了，这生意难道不做了？"说完，走了，留给陆副总一眼凶狠。王翻译也知趣走了。好像他们此去真的再也不复返了，留下我们的陆副总低头生了会儿气，一拍桌子说：

"李经理，你这是做生意还是故意刁难客户？我带队出访,亲自来督办此业务,你是不是有意从中挑刺?嗯?"说完,脸红红涨涨的走了。

"小李子呀,小李子,"苏主任求饶似地对我说:"你这么聪明个人,又年轻,又有前途……怎么和陆总这么犟呢?"

我说,"真的不是和陆领导犟,我总觉得……"

"我的祖宗哟,我是开了洋荤,第一次见这么搞外贸……你傻哟,你顶得什么牛嘛,这,这……生意,哪有前途关系大?嗯?!我说你个小李哟,你要我怎么教你才会办事?"苏主任急得团团转,在一个劲隔靴搔痒教育开导我。

赵经理也说:"小李,你犯得是哪的病?陆副总带队……我不懂你怕哪门子哟?"他们可能同时觉得我不行,脑子不够用,犯傻。

女翻译站在我一边说:"小李的要求不过份,我给好几个团当过翻译,就得这么手抓手不放松。再说,那天看毛,为什么到口岸就变了?X国外贸本来就不规范嘛!小李子怀疑他们是对的。"

"那生意不就谈不成了,看,人家B总走了。"苏主任带着哭相说着。他可能快求我了。单位将召开一年内规模最大的会,最忙的是他,有许多材料等他回去。到X国该玩的玩了,该回去了。

"谈不成也不能冒此风险。"我说。

"嗨!……"苏主任无可奈何摇着头,让那两个经理和女翻译走开,他要单独与我"会晤"。

"小李子,你担心啥?不就那些美元吗?万一出了事,有你啥事？天塌下来,陆副总顶着——"

"那我就不签字了,行不?"他一甩手走了,扔下"无可救药"的话。

我没想到事情闹得这么坏。

当夜空气凝固一般。出国一直在一起吃饭的我们,因为不欢而分期分批去吃,显得小孩过家家的斗气滑稽。陆副总见了我,绷着铁青的脸,不理我。

7

晚饭后,我心思重重自个儿没趣出了宾馆门,谁也没告诉,想出来透透气。

我沿宾馆那条路散着步时,梳着自己纷乱的情绪,不知不觉走出了好一截路。当然,也没注意身后两个鬼影一直跟着我。我们出国有规定,一律不许单独活动,包括夜晚独自散步。当我胸口堵堵地溜达时,突然身后有异常举动,接着,我觉得双臂被熊一般有力的臂爪掐死了。我也算棒小伙,在使劲挣脱,并大声喊:

"救命! 救命! ——"

"咂"一声,我便没有知觉了。

醒后,才知是躺倒在 X 国一家医院,我试了一下,头,虽然还隐隐有痛有重的感觉,身体其他方面好好的。

陆副总、苏主任、女翻译和另两个经理都在身边,他们见我醒了,就露出些安慰。我见陆副总端坐在病房那里,很慈祥,还有内疚,很后怕。

"你怎么敢在天黑自己走那么远呢？看，被人打劫了！……幸好,才昏了几小时"。女翻译很心痛地说。

"出门做生意,别人会认为你多少是有些钱的……"陆副总也说话了,他此时有点像父亲。

经检查,各方面没什么,被抢了手表和西装里不多的美元及 X 国币,护照被甩在我倒地不远处。

陆副总说:

"小李子,我们不能再等了,经本临时小组第 18 次扩大会决定,你因意外之伤,授权苏主任代行签约,我和他们共同作保。今天就签约,夜长梦多,你身体觉得没什么异常,坚持一下,我们如期返国。"

"那……行……"我只能同意领导的决定,同时讲了发货与交款等事项,讲得散散的。

陆副总有点不耐烦:

"小李子,好好养病,我、苏主任、赵、钱二位经理——行不？能不能以我们的经验与水平共同代你把关行事？"他有些激动了。

"那……当然……"苏主任取了我的合同书并说:"事定了,口岸发货交钱,放不放心？"我知道,他们并非专门奚落我,而是因为我被暗地里挨打急了。

"放心……"我觉得后脑勺突然地痛了一阵。发货才交钱,不放心就没道理了。

但我忽略了发多少货,怎么发货,发的货行不行,发到什么数量交多少款？

苏主任说："小李子，你在医院躺一天，明天走时，直接出院上飞机，"说完走了。

正在苏主任他们走后不久，我发觉右下腹突然胀痛无比。那种酸胀难以形容，不可忍受。一阵阵痛感像海浪一般，一潮一潮地涌扑大堤，每扑一下，我疼得就忍不住叫一声。

医生们真的有些国际红十字会的精神，只是他们不明白，头被击打，小腹痛什么？

正忙乱一气时，王翻译来了。他还提着两听国内早无人问津的水果罐头，假模假式来探病中的国际贸易伙伴。我没有忘了心里对他的一种无限憎恶与鄙视。说心里话，我所以被打劫，有苦说不出，我觉得与他们有关，按此思路想，他们就不会杀我，如果那样，事闹大了，生意也就根本搞不成了，他们是在教训我，这一点，我从陆副总、苏主任、女翻译的另一层眼神里读懂了。

但没有任何事实，还须国际主义客套。

我痛得大汗淋淋之时，对他简单报以微笑，希望他立马滚开，别看到我一个中华人民共和国青年公民生病的样子。

他正准备走，却不知为什么没有走，这叫我十分反感。也许因为此时，医生们正在认真地扒我的衣裤，对我的小腹一带作认真探究。医生的目光可任意探究我任何地方，王翻译也勾着头，向我敞开的开阔地带望着，我那里没有美元！我本能用手摁住裤头那道最后的防线。

我发现王翻译在看我时，与医生们探究目光不一致，他盯住我的腹部使劲看，有一种属于冥冥间的怪光闪烁在他脸上，有一种恐惧袭击着他的脸，像西伯利亚寒流，冻得的他脸色煞白。

医生们会诊去了，王翻译一反刚来那种假模样，有些沧桑凝重，坐在刚才陆副总坐过的位置发呆。

"请你"——注意，我没用"您"——"回去，去吧！"

"嗨，嗨，让我呆一会儿嘛……"说这话时，他又露出我见惯的轻夸虚浮，但他马上又凝重着，眼神在我身上洞穿着什么，眼睛在跑着光……

我想，你又在打我什么主意？要不是本人不幸，你们不会得逞的。我只料定他们会在此生意中占到不该占的大便宜，却根本没料到——我们将会遭血本不归的大骗局。

"哎哟，哎哟！"我又痛得不行了，他就急忙去叫医生。

幸亏他在，因为医生们满腹疑惑正为难我的病因时，由于语言不通都耸肩摊手，显得无从下手，于是，他们将来一次地毯式搜索，要多方检查，那我惨了，此时，王翻译起到了翻译作用。

"医生问你，小腹下面有无病史？"王翻译问。

"……哎哟！"我疼的没法，汗，又一次渗遍全身。

医生们又撩开我的裤子及上衣，要扒下我的裤头，看看那一片有什么在捣腾。

我突然想起，自己肯定是在昨夜挣扎及恐惧中，令人丧气的疝气犯了。

我断断续续告诉了王翻译。我见王翻译眼睛睁得奇大，像发现神仙一般盯着我，嘴也张得很大，嘴里面，我是形容过的，没有门牙——可能是搞人家的老婆或女儿被人打掉的——里面黄黑不齐非常龌龊。他告诉了医生疝气的事。

一位老医生不容置疑拽下我的裤头，"噢"了一声，如释重负，摇了摇头。

一切都明白了。我的疝气非常明显，那玩意在扩张。不脱裤子，"焉得"此？当然，我那一轱辘也让王翻译尽收眼底。我背时得很。

我不肯让王翻译看到我那地方作怪，为此，我男人的基本标志被医生不含糊作为探视方面扩大了，像我们出访小组会中次次扩大到女翻译一般，医生中扩大到了X国女医护人员。此时，我宁可让女翻译女医生一览，也不肯让王翻译一窥。但没办法，他看了我的要害部位。

我将立即被推进手术室。我没忘支走讨厌的王翻译，同时，在异国手术，心里发毛，倍加思念陆副总他们，就让王翻译帮我打电话叫他们来人。不料，王翻译打完电话回来说，没人。接着他讷讷自语，仿佛想到什么，脸一阵青白，"肯定请去吃饭了，他们都在一起！"王翻译看来很生气，有一种被甩的感觉。

疝气病不大，但不及时开刀，生命问题就大。王翻译说，幸亏医生们及早得知。我心想，还幸亏你王翻译碰巧在，你不在，不当那阵翻译找出此病，我是不会轻易让异国人看我那一堆的，不管国际主义还是国内主义。

手术不算难，也不算复杂，我被推出手术室，见王翻译还在。他说,整个下午和晚上,与你们的人联系不通——他们肯定在一起!

"那你——就走呗!"我一点没有掩饰地这样说。同时,心里说,谁让你为他们卖力气,活该。

"你——走呗!"我又回到了厌恶鄙视他的"本情结"。

"……"

"麻烦你打个电话,告诉我们的人。"我已是很不客气了。

"……我想问,问你一件事……"

"什么事?"我不肯与他多啰嗦,尤其生意上的事,我预感,他们占了便宜。他们耍了我的上司,我从内心憎恶他们,但说不出口。我的下腹麻药开始退去,很痛。

"我看到你脐下……有一颗好大的黑痣?……"

"这……"我很生气,我说了,我刚才讨厌的就是他见到我那些不得不袒露的、不肯让人见的地方,再说,我有一颗黑痣与你何关? 怎么? 这玩意也能吃?

"这是爹妈给的!"我没好气接着说有,祖宗传的,我爹有,我小叔有,我有,我的儿子也有……

"什么? 你小叔?! ——"

"咋地? 奇怪吧!"我们除了祖上一脉承传此男人脐下一颗硕大黑痣外,一件字画瓷器也没传……

我想说,你要干什么? 脐下有黑痣能说明我的心和你一样是黑的? 黑痣,在某种意义说,是身体反映在皮肤上一块斑点,人,纯粹的白净是不存在的,有点斑点黑疵并不说明不健康……

此时,我们的人来了。

在异国,在病床上,在生死问题有所触及时,那种格外亲切是难以形容的。王翻译欲言又止,走了。我见了陆副总,像见了亲人似的哭了。

陆副总、苏主任、女翻译和两个经理各个心急火燎,头上冒着汗珠珠,一连十万个"没什么吧?"

陆副总严肃地说:"我们开一个本此出访最后一个小组会吧。"

他让苏主任去关病房门。陆副总认真说:

"因为在国外,在病室,我们不作议论,只简单做决定。决定:鉴于在苏主任,赵、钱二位经理共同把关基础上,在李经理和翻译又一次口岸验货基础上,认为此《羊毛供货合同》可行。又鉴于李经理同志突发病事,决定由赵经理和翻译同志陪李经理养病数日后回国。我与苏主任一行明日乘机回国,大家有什么意见?没有?好,苏主任,这是第……21次小组扩大会……请记录"。

陆副总万分爱怜地拍了拍我的肩,露出慈祥父亲似的表情。由于三干会将如期召开,由于家务繁忙,他们要走了。

望着陆副总、苏主任、钱经理的消失,我像小孩又流了泪。别人无法体会在异国他乡此情此景,仿佛我与亲人是什么根本意义上的分别。

我的病只在静养几日,便可出院回国。他们也回宾馆去准备。

夜已深时,我在万般寂静的病床上思念家乡亲人时,听

293

到敲门声音。

"谁？——"我一惊，才看见是护士。

由于语言不通，她们除了来给我打针发药，别无他事，一般不来，尤其这晚上。女护士手里拿着一封信，叽哩哇啦比划说了半天，见我并不解其意思，就把信一扔，扭着屁股走了。

我心想，此时此地有谁给我写信？

"快！要快！千万别付款！货最多只有 300 吨，掉包了，里面掺有砖头砂子……不要和 B 总做了。另，你们陆总拒收了 B 总美金，但玩了那个女的。别告诉人收过此信！"

我一下子惊得坐直了。我浑身抖着，巨大的恐惧袭击着我。

我一跃起身，穿好衣服，什么也不顾地往外冲。

那天，X 国的夜晚奇黑无比，医院又在市郊，灯光稀暗，至少 10 千米外，才是人们忙碌的市中心，那里灯火辉煌，有我们可能已入睡的同伴。而在医院门口路上，竟没有一个电话厅和一辆招手车。

294

我不顾一切向灯火辉煌处扑去。

我真的有点怕，路旁是黑黢黢的树林，似乎埋伏着许多熊一般有力的坏人。

我跟跟跄跄千痛百疼好容易找到我们住处时，天已快亮了。我就不用讲我如何近乎英雄人物的精神行为，顾不了手术没拆线，我来不及想那些，我只说，我一步跨进宾馆，把他们都惊醒后，我就躺着不能动了，刀口已撑破出血了。

当然，我们出访小组全体成员紧张了。陆副总紧张后，细眯着眼瞧着我——我知道，这表情与刚上国际列车时那个表扬状态相距甚远。

"小李子……你何以知道？……"

是的，我自己也须论证，这个，我在路上狂奔时就想到了，可没有对策。我肯定，是王翻译写的。

他？……是的，也许只有他，可为什么是他？他为什么？

我不敢说，因为陆副总会严峻地问我。赵、钱二经理与女翻译同样也有着类似的询问，我怎么回答呢？我没有作这个掩饰的准备，还因为，信上有关于陆副总的事……我不敢拿出信……

我傻了。

"所以——！"陆副总铿锵有力一顿说：

"首先，我们此次出访小组全体同志，对李经理这种奋不顾身的高度责任感表示赞扬……其次，这是件大事，不仅是国际贸易，更是国际关系，不仅是经济往来，更是政治融恰等等大问题……在这种时候……"

我听出来了，陆副总站高望远，不是不太相信我，而是根本不信我，不肯信。

……

"这显然于对方不利，小李子，你是推理出来的吧？"女翻译纳闷着。

"会不会是王翻译？"赵经理想了一阵子了。

"是他？"大家都在问别人，也都在问自己。他们认为只有王翻译。

295

"……不是。"不知为什么，我慌乱中觉得只有撒谎，否则，我怎样再回答"为什么"？以及无穷无尽的"为什么"？我只是感觉，我也不完全肯定就是王翻译。

"那能是谁？是不是你接了一个陌生人的电话或信？"苏主任开始设计一个符合逻辑的情节。

"……是的。"我又撒了谎。我必须有个消息来源。

"是王翻译？不是。那就是王翻译指使的。"赵经理说。

"那个混蛋王翻译会处于好心？我不信，他没理由嘛。"苏主任又说不对不对。他最恨王某。

"该不会是王翻译良心发现？"赵经理又开始打算编故事来证明他的判断。

"也许是因同族？华侨嘛！再说，他那年出逃，他不是说有原因嘛，是不得已上当嘛，是受骗受裹胁……现在，日子很可怜哟。这不，昨天给我们饯行，不也甩了他？在 B 总他们那里，好像王翻译根本就不存在……"赵经理说。

"据我了解……他不是 B 总真正翻译，不过是廉价的利用，只因为他会两国语言，报酬很低……"女翻译说。

"可是——同志们，王翻译毕竟是早年叛逃之人！加之，此次在贸易中表现——"陆副总突然收口，他只能脱口而出说，王翻译表现"不好！"

"会不会是那个司机？"钱经理提出新观点。

临时附加的最最后一次出访小组会议议而不决。天已大亮了。

我宁可相信那封信为真，所以，敢于冒夜晚那么多路于命不顾。我只有一种感觉，但说不出，眼前更不敢讲。

"宁可信其有，不可信其无，反正明天——不，今天，咱们来个手拉手——"我说。

"放屁——！"这是陆副总第一次用如此难听的话，训斥并打断一贯对他唯唯诺诺而在原则问题上并不顺毛的我。

"收起你那个手拉手！一个好端端的国际贸易让你……"他说不下去了。

他还是不相信我。

不知别人听了顶头上司的怒骂会是怎样的心情，总之，在单位时，尤其是此次外出后，亲切可爱的陆副总基本是表扬我，宠得我有点飘飘然，不料，此时的陆副总一反常态，终于把"放屁"放给了我，对我的精神打击很大，仿佛一股臭屁浪冲向我，让我的自尊摔了大跟头。

但是，我就是不低头，坚决地把头扭向一边。好在有单位那个经济责任制管我，陆副总有形的手与无形的手虽然厉害，但毕竟已不是纯粹的指挥棒。我宁肯受罪回去穿绣花小鞋，但我不敢乱花价值千吨羊毛的美元。

"你呀，小李子！"苏主任恰逢时机显出威严之色，显示出坚定的立场与观点：

"你呀，小李子——像茅屎坑的石头……"苏主任长吁短叹，一面偷偷地瞥着猪肝脸色的陆副总。

"如果，这一切是真的——怎么办？"女翻译有些紧张，她不满陆副总唱高调，更为可怜和为我担心。她悄悄对我说过，"你回国以后怎么办呢？"

赵经理看着眼前的一切，表示此时尿来了，要紧急出去宣泄。钱经理不便耍滑头，表示要庄重思考。

陆副总背着手，在屋里气呼呼转了几圈，又坐了下来。

陆副总也不敢决定。他一根接一根把烟点着又掐灭。看来，他对本次以游玩为主的出访，因我这筐烂事，后悔了，他一脸戚然。

我灰着脸，表现出父亲骂我的犟，我娘怪我的倔，我小婶说我的傻，以及我妻子骂我的死心眼，我就是放屁！我就是茅屎坑的石头！但我不敢昂扬头颅，只做出犯罪低头的样子而不认罪，大家都低着头等待陆副总最终决策。

此时，电话铃响了，是我国设在 X 国的外贸总部打来的，说请陆副总和我等迅速去一趟。

去后得知，A 官员今天一大早告知，说我们的生意可能与 X 国正调查的一起连环诈骗案有关，请我们务必小心。总部那位官员说，为慎重起见，你们的大宗美元暂压不放，并指示我们说，同意 A 官员意见，为保护消息提供者，由我们自己出面妥善处之。

"领旨"到回来的路上，陆副总就一言不发了，还不时的用洁净芬香的小手捐抹着额头止不住的汗。

到了住地，大家更是一言不发，仿佛在共同向什么致哀。

陆副总回到自己房间，苏主任跟屁虫似的跟了去。

过了很长时间，苏主任过来说：

"小李子——去陆头那儿一下。"这会儿，他早已不说我是茅屎坑石头了。

我有点怕进陆副总房间。我硬蹶蹶顶了陆副总以后,确实后怕,像是犯了罪似的不肯迈入去挨几下。

陆副总躺在床上,盖着一件大衣。

我迅速看了他一眼,见他脸灰的不一般,好像棵枝繁叶茂的老树,被滚烫的雨水涮了。陆副总一脸灰暗让我心里直打小鼓。

陆副总认真地注目着他眼前那面墙,胸脯在剧烈起伏。

大不了再挨一阵痛骂!

突然,像是浓浓乌云透出一束光亮,陆副总脸上透出一丝笑意,以极其温和与慈祥的目光看着我。我只从父亲那里见过此目光。

陆副总说:

"李……小李子,不错!你很不错!有前途哟……你老叔我——嗨,你说,人,是不是总会有缺点?就像再完美的东西都会有斑点?"

我没有去想什么斑点不斑点,我听到他,我们敬爱的上司又表扬我"不错",看来是发自内心,我一激动,流泪了。

这时,苏主任来了。

"陆总,那个B总来电话,咋唬着说请我们吃早餐。"

陆副总没理苏主任,像是说给我们两人听的:

"人的最大误区是认识到错后极力掩着,存以侥幸,这样会错上加错,不可收拾哟……"

陆副总的脸大幅度又跳了跳,看得出是在颤抖。说着,又一层大汗掩了出来,迅速在他头上冒出,竟然蒸出一团白气,罩在他那智慧构架的大脑袋上。

"去……叫他们来,开,最后一次小组扩大会。"陆副总说。

8

B总依然啊哈嘿唷地旋风一般来了,很有些豪爽大方、自便自如的随意。

跟随的王翻译一进门就东张西望,眼神幽幽的,当看到我后,就有些神态自若了。我处于复杂的心情向他做出了礼节性点头。

王翻译说:

"B总请你们吃早餐,然后,一起到口岸仓库,付款交货。"

我欣然面之。我知道,这是与B总最后的早餐。

B总问陆副总怎么不来?女翻译说病倒了,很厉害。B总这才降了些调,在琢磨什么。

早餐进行时,我按小组扩大会决定说话了,我一字一句,显得很有力量和分寸,有点像广播电台播重要新闻。

"亲爱的B总先生……我们为双方连日来的共同努力而高兴……我们本着互惠互利,诚实信用的原则,终于达成了千吨羊毛的生意,为此,我建议以茶代酒——干杯!"

B总听后,很兴奋举起茶杯,跟孩子间游戏一样,把杯中茶还晃了晃,一口喝了下去。

我说此话时,王翻译很惊诧。

"今天,按合同我们将成交,B总的千吨羊毛在站台已满满的了吧?"

B总开始疑惑。望着我身边的苏、赵、钱三位雕塑般头像发愣。

"我是说,今天,我们按合同见了所有毛——当然检验认可后,并办理上站出货手续后,我们将当即按原定比例划款。"

王翻译稳当地要为B总翻译我的话,不时,不等王翻译开口,我们的女翻译已直接翻译过去,嘟哩嘟嘟一阵,只见B总的脸一阵青一阵白。

"叽!"B总怪叫一声,熊掌猛一拍餐桌,桌面儿上所有的杯盘都跳了一下。

"叽"——他说,"只要见了货就付款——"

"对。"我说,"多少货呢?"

他说,"货在站台上,都在。"

"对,"我说。

"那——付款吧?"

"不,"我说,"要一包一包地数,一包一包地验。"我将餐桌上那碟堆得高高的方块糖,形象地比划着,一块块挪着。

"No!"B总霍地站了起来,用粗粗的、毛茸茸的手指指着我说:

"谁定的?"

"我。"

"不,你们有头儿在!"

"我是经理,我管事!"我只有这样说。

"你,混蛋!"

"我?是的,我是混蛋。"

"——我找你们陆——"

"我们陆总大病,已送到机场了。"苏主任认真地看了下表说:

"哟,头儿已经起飞了。"

B总猖獗地狞笑着。王翻译作首肯状,左右看看,努力地向B总解释什么。

这突奇而来的巨变打懵了B总,他熊一般的大臂一挥,把身边矮小的王翻译一拨拉, 像要把王翻译推到地球另一端去。

"NO!你们不讲信誉,找你们陆总来!"他吼着甩手而去。

我霍地站起来喊道:

"不NO!你请的早餐,付了钱再NO!"

女翻译和王翻译听了我的话,都莫名其妙怔了一下,很快,美丽的女翻译露出很美的笑容。王翻译在紧随B总出门时,给了我一个奇异的回头……

遗憾的是,他们都没有给B总翻译我的话,以为我是幽默,其实,我是真的。

后　记

这五篇小说成集后,本想在《后记》中说些话,但又不知从何说起,征得著名作家新疆大学刘乃亭教授同意,把他那年为我的中篇小说《斑点》所写的评论,作为我此书的后序,以此当作是对我的是一种鼓励。

作者　曾其祥

努力把握复杂与深刻

——评曾其祥中篇小说《斑点》

乃 亭

在中外小说史上,那些永不凋落的名著,如《红楼梦》和《复活》,《三国演义》和《悲惨世界》,甚至一些中短篇小说,如《第四十一个》和《项链》等,它们几乎无一例外地写出了人和人赖以生存的这个世界的复杂性和深刻性。往往是,对人和人赖以生存的这个世界的复杂性和深刻性的把握程度,将名著和普通作品分野开来,将大作家和一般作家分野开来。或者说,对人和人赖以生存的这个世界的复杂性和深刻性的开掘,是小说的最重要的使命之一。

讲这个,并不是说本文要讨论的中篇小说《斑点》(《绿洲》2004 年第 2 期)就能与上述名著媲美,作者曾其祥就能与曹雪芹和托尔斯泰比肩。不是这个意思。然而通过对中篇小说《斑点》的研读,的确可以看出,作家曾其祥在他的小说实践中,最突出的特点就是,十分重视对人和人赖以生存的这个世界的复杂性和深刻性的把握。或者说,曾其祥小说的最大优点(相对当下新疆文坛),就是他写出了人和人赖以生存的这个世界的复杂性和深刻性。

小说《斑点》,写的是中国西北某城市一个公司到某一邻国谈生意购羊毛的事情。本来,谈生意购羊毛,是公司里一个很单纯的业务,但是这个很单纯的业务要由我们非常复杂地来做,人就会将一些简单的事情复杂化。这么一复杂,再加上对方也给这一简单的事情染上些复杂的要素,就会引发一个接一个的故事,就会有形形色色的人粉墨登场。就像线本来是简单的,但是给这线串上珠子,给这珠子上再串上些珠子,那就成了一个不简单的东西了。由此,小说便产生了。曾其祥对自己所写的人和事,显然是烂熟于心的。他也懂得,小说最重要也最难的任务,就是塑造有血有肉性格丰满的人物形象。攻其一端，不及其余。曾其祥在自己多年的写作训练中，在人物塑造上下过大工夫。一般来说，让所写的人物直截处在矛盾的冲突中，刻画人物性格是比较容易的；可是让所有人物站在矛盾的一方，或者让主要人物都站在矛盾的一方，刻画人物性格就比较难。谈生意，购羊毛，是和某一邻国，可是小说所写的主要人物大都在我们的一方，还要将这些人物都写活，就见出作家刻画人物的功夫来。可以说，在曾其祥的小说中，只要人物一出现，他的性格就跃然在纸面上，哪怕是一些不甚主要的人物。比如《斑点》中的父亲和小婶，几个细节过去，我们就可以看出，生活把这一代底层人物弄得成了什么样子，多年的政治高压使得他们几乎没有了话语，虽然时代早已抛弃了那腐朽陈旧的东西，可是旧时代的精神阴影依然将他们压得喘不过气来，就像常年压在石头缝里的小草，即使石头有一天被搬开，沐浴了阳光，享受了微风，而它们依然抖抖缩缩。笔墨不多的苏主任和女翻译，几乎是小说的点缀，可是也各有神采。至于王翻译、陆副总和"我"，其性格就更具多面性，更复杂，所能折射出的生活和社会内容就更加丰盈富实。惟其如此，小说才有了更加深厚的文学内涵。

小说起名叫《斑点》，从表层上看，是因为小叔在30年前叛逃到某一邻国，从而人生有了斑点，政治上有了斑点，家里人因此而半辈子抬不起头。在这次谈生意购羊毛出国做事的时候，"我"还有一个重要的任务，就是寻找小叔。小说的主要人物应该是这个小叔（也就是后面出现的王翻译）。可以说，小说在塑造这个人物上，是很成功的。无疑，这是一个悲剧性的人物。当你读完这部小说的时候，你会为这个人物感到悲酸的。30年前，在中国大地上发生了震惊中外的饥饿事件。"我"的奶奶，即小叔的妈妈，饥饿得几乎要断气了，在这样的情况下，小叔到生产队的仓库里偷了大约10斤红薯和5斤稻种，却被人以"偷了200斤稻种"而定罪，关押起来，一个19岁的青年，在万般无奈的情况下，偷逃出去，投奔在大西北边陲草原的哥哥，可是哥哥家同样处在饥饿的边缘，添一张嘴，就像增加了天大的负担，况且，长期藏匿到什么时候是个头，恰在此时，在草原上发生了震惊中外的集体叛逃事件，于是小叔一咬牙，随着这一浊流，也是为了生存，叛逃到某一邻国去了。作者在这件事上的描述态度，显然对这个人物是抱着深沉的同情的。一般来说，普通的作家，在小说里处理这类受冤屈的人物的时候，都将这类人塑造得很善良，很无辜，甚至有些作家常常喜欢将这类人再拔高成有正义感有责任感的英雄。大量的右派小说就证明了这一推论。按照我们读者读小说的惯常思维，也期待着这个小叔是个美好的人物。可是曾其祥的高明就在于，他超越了作家创作的这种思维定势，也超越了读者欣赏的惯常思维，因为他对生活有更深的体验。他觉得，委曲和灾难并不一定使一个人的道德升华，也许恰恰相反，会摧毁一个人的道德堤岸，从而使这个人堕落。《斑点》中的小叔就是

这方面的一个典范。当小叔在小说中再次出现的时候,他就
成了王翻译。那是怎样的一个人物哟?满身满脸的猥琐相!
可以说,当小叔以这个王翻译的面目出现在小说中的时候,
一直到小说的结束,作者的描述态度都是鄙夷和轻蔑的。也
难怪,请你看看这个王翻译,作为一个华人在国外,没有一
点做人的尊严感,为了那么一点蝇头小利,跟在外国骗子的
屁股后面,做着欺骗同胞的勾当,一举一动,活像一条无人
理睬的癞皮狗!有着什么样的内心,就有什么样的风度,你
看王翻译吃饭的样子,活像一头猪,在整个桌子上旁若无
人,狼吞虎咽着别人不愿问津的鸡屁股和鸡脖子,在厕所
里,陆副总掉了一两块外币,为了掩盖他的不自觉,陆副总
故意踩在那上面走过了,而我们的王翻译,却将它捡起,如
获至宝,抖抖那上面的脏屑,揣在口袋里。看着王翻译的一系
列细节,不由得使人泛起一阵子恶心感。如果只将这个人物
塑造到此,应该说也是一个不错的艺术形象了。可是曾其祥
并不满足于此,他在已经塑造得不错的这个人物的基础上,
更加深化了一步,当这个王翻译在偶然间发现这次来某一
邻国做生意的主要负责人是自己的亲侄子的时候,亲情使
这个猥琐的男人的良心终于复苏了。由于陆副总的官僚作
风,我方公司几乎马上就要钻进外国骗子的圈套的时候,就
是这个让人恶心的王翻译,冒着生命的危险,偷送来了对方
的真信息,使我方公司在几乎要全军覆没的情况下停止了
脚步,转危为安了。

307

一波三折，在小说的写法上，不仅适应于故事的推进，而且也适应于性格的塑造和内心的深化。曾其祥的小说《斑点》中王翻译这个形象，可谓具有多面性，可谓深刻复杂，是一个丰满有力的艺术形象，塑造得很成功。

按说，一个中篇小说，有那么一个比较满意的复杂人物，就能撑起来了。其他人物点缀上去，就可以像模像样。可是，中篇小说《斑点》里的另一个人物，陆副总，也同样具有多面性。他的塑造，同样可以引起人的许多思考。像陆副总这样的人物，在我们的生活当中，可以说，比比皆是。只要你留心，在你的身边就有陆副总。他们在当官的岗位上，并没有把心思放在什么工作上，他们整日琢磨的是，怎样把这个官当好，用什么方法能使上级信任自己，放心自己，怎样能够稳住这个官，或者再能上一个台阶，更不能将任何尾巴露出来，让人抓住。因此，他们学会了怎样开会，怎样讲话，怎样注意各方面的影响，遇到问题，怎样推卸责任。他们没有兴趣钻研业务，他们也知道业务的好坏和当官没有什么关系。除了当官，他们想的就是享乐，他们喜欢各种活动，因为活动后一定会有饭局，有歌舞厅，有乐子可享。有机会，他们就想法子出国，花着公家的钱到处看世界，还有人跟在屁股后头说奉承话捧着，多好。这次去某一邻国谈生意购羊毛，分公司经理"我"是业务负责，而出访小组组长却是总公司的陆副总。因此一路上就有不断的小组会，小组扩大会，任何场合，都有人讲重大意义，国际影响，十分滑稽。然而谁也

不能料到,对方骗子的一个美女计,竟将陆副总打倒,使他
晕头转向,不停地做出错误的指令,险些酿成大错。这样的
艺术形象,对于低能的作家来说,容易写他更多的劣迹,但
曾其祥在把握他的这个总基调的前提下,写他对于别人的
礼貌,他的克制,他的彬彬有礼,他平时对于男女事的严谨,
更精彩的一笔,当他最终知道自己差点儿酿成大错的时候,
他的精神几乎陷于崩溃,并且,坦诚地向"我"认错。这说明,
陆副总的良心并没有泯灭,作为本来人的他,实际上也是相
当纯净的。那么,读者就会在心里发问,陆副总当上官怎么
就会是那个样子呢?由于对人物做这样复杂的塑造,就会使
欣赏者思考得很多。想到我们的生活,我们的体制,想到产
生有害东西的温床。

　　因为人物形象的丰满,中篇小说《斑点》让人感到沉甸
甸的。出国谈生意购羊毛,本来是非常简单的事情。可是由
于有各色人的出现,就构成了深刻复杂,纵横交错,色彩斑
驳的外在画面和精神画面。掩卷之后,就会陷入深深的思
考。小说标题叫《斑点》,实际是大有深意的。表面上看,小叔
(王翻译)的政治上有斑点,其实,斑点何止于此,难道他的
人性上精神上没有斑点吗?再想想,我们的陆副总身上没有
斑点吗?苏主任身上没有斑点吗?最后,我们不能不想到,中
国社会体制的斑点和政治生活的斑点。想到祖国和民族的
前途。能将这么多的斑点纽集在一个故事当中,可以看出曾
其祥的阅历功夫。无疑,《斑点》具有很深刻的批判性,暴露

性,使人性的丑恶面暴露在阳光下,并进而挖掘出产生形形色色丑恶的深刻的社会根源,提醒我们思考,从而达到文学的审美效果。

当然,中篇小说《斑点》也不是尽善尽美的作品。因此,我想说,《斑点》是块璞玉,只有精雕细刻后才能是一块美玉。好在曾其祥已经觉醒到这一点,他正在加强各方面的艺术研修,以他那种大器的精神,我相信他会在这方面超越自己的。

祝愿老曾今后写出更上层次的作品!

310